Le prix d'un enfant

Marie-France Botte
Jean-Paul Mari

Le prix d'un enfant

4 ans dans l'enfer de la prostitution enfantine à Bangkok

Éditions J'ai lu

A Lao, Patchara, Sonta
et tous les autres «enfants de Bangkok».

A Margot, ma fille.
A Jean-Paul, mon mari.

A Stéphane Thiollier, à sa mémoire.

Préface

Avouons-le : je ne voulais pas écrire ce livre. Je savais ce qu'impliquait, pour moi, de raconter dans le détail ce que j'ai vu et vécu pendant ces longues années en Thaïlande. Revivre, jour après jour, page par page, la plongée dans la nuit de Bangkok, la détresse et les blessures des enfants, la brutalité des tenanciers, le cynisme tranquille des pédophiles, les menaces de la mafia chinoise… l'horreur, la violence et la peur. Non, je ne voulais pas de cette nouvelle descente aux enfers.

Je l'ai fait parce que je n'arrive pas à oublier les regards de Lao, de Sonta et de Patchara, trois petites filles, trois enfants parmi tant d'autres, enlevées, séquestrées, battues et violées dans les bordels de Bangkok. Nous nous sommes battus pour leur rendre leur liberté et leur enfance. Aujourd'hui, Sonta et Patchara sont mortes du sida. Et Lao lutte désespérément contre les progrès de la maladie. Ne pas parler d'elles, ne rien dire, c'était les renvoyer au néant. Je n'en avais pas le droit.

Je l'ai fait avec Jean-Paul Mari parce que nous avons conçu, pensé et écrit ce livre ensemble, parce qu'il a vu ce que j'ai vécu, a dit ce qu'il avait à dire et m'a forcée à aller au bout de mes confidences. Mais je l'ai fait aussi par égoïsme, avec l'espoir secret qu'au bout de ces quelques centaines de pages en forme d'exorcisme je pourrais dormir autrement qu'en laissant la lumière allumée dans ma chambre.

J'ai écrit parce que je l'avais promis à mes amis thaïlandais, Toy, Teelapon, Païthoon et les autres, tous membres de l'équipe du Centre de protection des droits des enfants, avec qui j'ai partagé ces années d'épreuves. Sans eux, je n'aurais rien pu faire. Ils sont maintenant à des milliers de kilomètres de moi. Mais je ne peux pas oublier ce que m'a demandé l'un d'eux, le soir de mon départ: «Marie, quand tu seras de retour en Europe, si tu le peux... aide-nous à continuer le combat.»

Qu'est-ce que je peux faire sinon répéter, encore et encore, ce que j'ai vu et appris là-bas? Dire que derrière l'exotisme et le plaisir de façade, il y a des gosses traités en esclaves. Qui en souffrent et qui en meurent. Combien sont-ils? Deux cent mille sur les huit cent mille prostituées que compterait le pays? Les chiffres sont difficiles à établir: le trafic des gosses est un véritable marché, semi-clandestin; pas une donnée économique officielle. Mais parmi les enfants prostitués que nous avons pu examiner, un sur quatre portait des traces de mauvais traitements, un sur quatre avait une ou plusieurs maladies sexuellement transmissibles et près d'un tiers étaient séropositifs.

Dire aussi et surtout que cela n'est pas inexorable. En quatre ans, l'équipe locale du Centre de protection des droits des enfants a réussi à libérer onze cents enfants enfermés dans les bordels. Et les nouvelles autorités thaïlandaises semblent devenues plus sensibles aux conséquences de ce scandale.

Dire enfin que nous sommes directement responsables d'une partie de cette traite des enfants: soixante pour cent — plus de la moitié — des petits prostitués que nous avons interrogés ont eu des contacts avec des pédophiles occidentaux. Tout au long de l'année, des hommes achètent un billet d'avion pour Bangkok, uniquement pour s'offrir quelques nuits avec des petites filles ou des garçons de dix ou douze ans. Ce qui, chez nous, peut les envoyer en prison ne vaut là-bas qu'une poignée de dollars. Et ils le savent, se le disent, l'écrivent. Mieux: pour se justifier, les pédophiles ont élaboré un discours sur le «nouvel amour», mélange de quelques mauvais arguments «culturels» et de solides contre-vérités. La philosophie du « nouvel amour » n'est qu'un prétexte qui sert à légitimer un crime. Les enfants prostitués ne s'y trompent pas. Ils ont donné un nom aux pédophiles : les « crocodiles ».

Nous en avons rencontré beaucoup. Ce ne sont pas des homosexuels comme je l'ai si souvent entendu. Notre expérience montre qu'il n'y a pas de lien de cause à effet entre l'homosexualité et la pédophilie. Le « crocodile » est le plus souvent un honorable père de famille, homme d'affaires, enseignant, ouvrier, architecte ou infirmier; de vingt à soixante-dix ans. Un homme banal pour un crime banalisé.

Oui, il faut en finir avec tout cela. Parce que c'est insupportable et qu'on peut faire quelque chose. Pour qu'un jour il ne suffise plus de pousser la porte d'un hôtel de Bangkok, d'appeler le garçon d'étage, de lui tendre quelques billets, pour voir arriver dans sa chambre un enfant au regard de somnambule, le corps nu et la serviette à la main.

Marie-France BOTTE

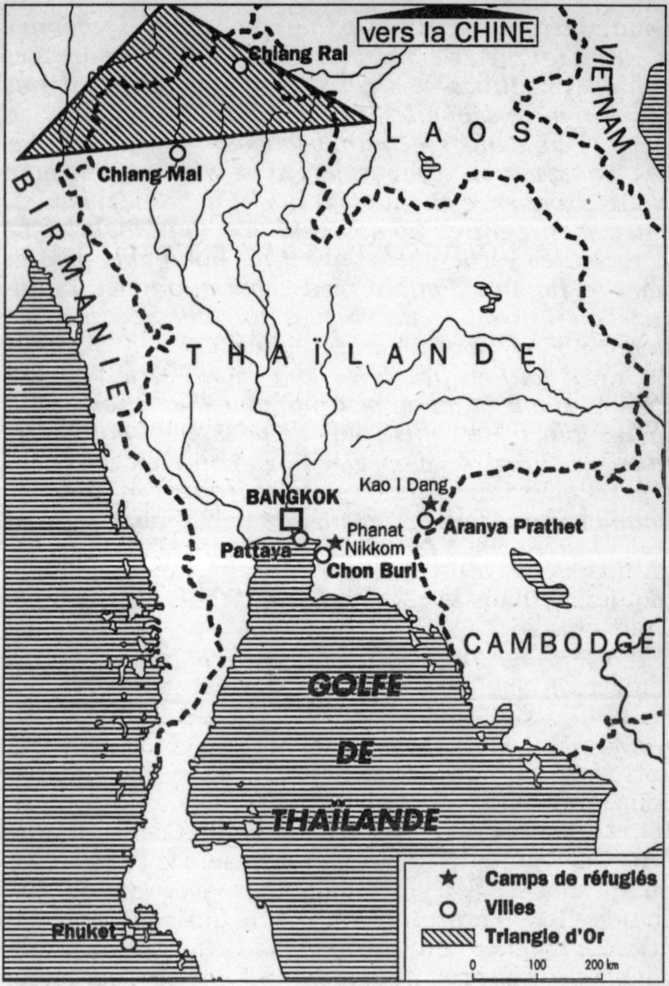

vers la CHINE
Chiang Rai
VIETNAM
L A O S
Chiang Mai
B I R M A N I E
T H A Ï L A N D E
Kao I Dang
BANGKOK
Phanat
Nikkom
Aranya Prathet
Pattaya
Chon Buri
CAMBODGE
GOLFE
DE
THAÏLANDE
Camps de réfugiés
Villes
Triangle d'Or
0
100
200 km
Phuket

1

BANGKOK : LE PRIX D'UN ENFANT

Sonta est entrée dans la chambre de l'hôtel. Sans un mot, elle se dirige vers la salle de bains, prend une douche rapide et ressort, à moitié nue, une serviette autour de la taille. Elle ne dit rien, semble ne rien voir, laisse tomber la serviette et s'allonge sur le lit, ses yeux fixés au plafond, avec les gestes fatigués d'une vieille prostituée. Prête à l'emploi. Elle a la peau foncée des gens du nord de la Thaïlande, de grands yeux bruns et, maintenant, une profonde inquiétude dans le regard. Sonta a huit ans à peine. Une enfant.

Il est vingt et une heures ce 12 janvier 1990. L'hiver est chaud. Nous sommes deux adultes face à l'enfant dans la chambre n° 122 de l'hôtel Suriwongse, une maison de passe en plein cœur de Bangkok. La chambre respire le sordide, les cafards courent dans la salle de bains et le linge sent le moisi. Je reste muette, pétrifiée devant le lit et cette gamine prostituée qui attend qu'on en finisse. De l'autre côté du lit, il y a Toy, le Thaïlandais avec qui je fais équipe. Toy, l'ami, le frère, celui qui a accepté de m'accompagner tout au long de cette interminable enquête sur la prostitution des enfants en Thaïlande. Il s'approche de l'enfant et lui parle longuement, à voix basse. D'abord, la gamine semble ne pas réagir. Puis elle fixe le visage de ce client pas comme les autres. Toy lui explique qu'il ne se passera rien. Ce soir, personne ne la touchera. Brusquement, Sonta se détend. Elle a compris. D'une main, l'enfant reprend sa serviette et se couvre. Avec une pudeur retrouvée. Puis, pour la première fois, la gamine parle : elle a faim. Un plat de riz frit arrive et Toy récupère le plateau par l'entrebâillement de la porte. Surtout ne pas donner l'impression au garçon d'étage que nous sommes différents des autres clients. Sonta plonge la main dans l'assiette de riz qu'elle dévore. Des larmes coulent sur ses joues. Elle montre du doigt des petites taches qui marquent ses bras, son dos et ses pieds. Des taches comme celles-là, sombres et circulaires, j'en retrouverai sur tous les corps des enfants qui vivent ici, dans les bordels. Vilaines brûlures de cigarettes, comme en portent parfois les enfants maltraités qui arrivent aux urgences des hôpitaux européens. Sonta gémit. Une sueur importante inonde son dos, un liquide épais et verdâtre coule d'une plaie infectée : cette gamine est malade.

La chambre est fraîche, l'air conditionné est le seul luxe de l'endroit. Au-dessus du lit, le miroir est gras et deux préservatifs usagés traînent dans le cendrier. Je n'aime pas ce miroir. J'imagine un œil caché qui nous observe de l'autre côté, un sale regard qui attend patiemment que nous commettions une erreur, celle qui nous perdra.

Maintenant, Sonta parle mais son récit est confus. Elle a perdu la notion du temps, mélange le passé et le présent. Elle n'a plus de repères. Vingt-quatre heures sur vingt-quatre, son corps est à disposition des autres. Toy l'interroge doucement en thaï. Quel est le dernier adulte qu'elle a rencontré ? Où ? Comment était-il ? Que lui a-t-il demandé ? Sonta raconte. C'était, il y a trois heures à peine, dans la chambre 147 : un homme grand, à la peau blanche, attend, couché sur le lit. Sonta se douche. Il l'observe, l'air impatient. Une bouteille de whisky et deux verres sont posés sur l'unique table. La chambre pue le tabac et l'alcool. Elle s'allonge sur le lit, l'homme et ses quatre-vingt-dix kilos immobilisent la gamine. Il l'embrasse, la manipule puis le client réclame sa fellation : l'enfant s'exécute. Sa bouche, trop petite, couverte d'abcès, est douloureuse... Toy traduit mot à mot, le récit devient insupportable. Mais il faut poursuivre. Après quelques minutes dans la chambre, l'homme libère l'enfant et sonne le garçon d'étage. Ils discutent ferme et le ton monte. Sonta ne comprend pas mais elle remarque que l'homme ne sourit pas et que le garçon d'étage lui jette un regard noir. Un client mécontent est un client perdu. Elle sait qu'elle va être battue.

Le garçon d'étage reconduit l'enfant dans sa prison, un garage fermé et surveillé par un gardien armé et une vieille Chinoise intraitable. Le garçon d'étage gronde : Sonta travaille mal, elle ne sourit pas et les clients se plaignent. Les coups commencent à pleuvoir. Cinq enfants assistent à la scène, assis sur une natte de paille. Eux aussi passent leur temps, dans cette pièce de cinq mètres sur six, à attendre qu'on les appelle. Dans les étages, d'autres enfants sont déjà occupés. A huit ans, Sonta est la plus jeune, et pourtant la plus ancienne du groupe. Les coups continuent à tomber et elle finit par s'effondrer.

Maintenant, l'enfant s'est tue et le silence s'est réinstallé dans la chambre. J'ai la gorge nouée, Toy ne dit rien et Sonta pleure. Toy, habituellement si solide, détourne le regard et se dirige vers la fenêtre. A quelques centaines de mètres, la vie continue dans le quartier de Patpong, avec ses bars bourrés de touristes et de putes.

Dans la grande rue tout illuminée, de petits restaurants attendent le client. Seul, sur le bord d'un trottoir, un homme grand et lourd avale une soupe. Et si c'était le dernier client de Sonta, celui de la chambre 147 ? Absurde. Plus loin, un couple d'étrangers s'arrête pour négocier un tee-shirt, puis repart, croise un adolescent de moins de quinze ans qui guette le client, avec l'œil et l'allure d'un professionnel du trottoir.

Le regard de Toy est perdu, loin, très loin au-delà du théâtre de la rue. Sonta a allumé la télévision et fixe l'écran où des temples défilent sur fond de musique traditionnelle thaïlandaise. Des bonzes offrent des présents à un Bouddha géant. Tiens! L'hôtel possède lui aussi son autel religieux. Face à la réception, une maison en bois dite « maison aux esprits » attend les offrandes. Sonta se rappelle: son village, la terre rouge du Triangle d'Or, aux frontières de trois pays, les femmes, le dos courbé dans les rizières, et sa famille de la tribu des Akhas, des nomades... Une vie dure, sans école, mais avec des rires d'enfants et du riz tous les jours. Sonta se rappelle aussi ce jour d'avril 1989, le minibus qui approche sur le chemin de terre, une femme en robe verte, avec un chignon et des mains gracieuses. Une femme élégante et belle, si belle! Et les ballons jaunes et rouges qu'elle leur a distribués! L'enfant s'approche du véhicule et... Après, tout est allé très vite. Les cris, le tampon d'ouate sur la bouche, le sommeil profond, l'arrivée dans Bangkok, la mégalopole inconnue, l'arrêt à l'hôtel Suriwongse et, d'emblée, le premier client. Elle se rappelle sa défense, l'homme qu'elle a mordu, et puis les coups, les coups et encore les coups qui ont annihilé toute résistance. Après ?... Silence. Sonta en a assez. Nous aussi. Il est minuit. Elle sombre dans un sommeil profond. Toy la recouvre avec le drap du lit, une pièce de tissu grise et usée qui donne à l'enfant l'allure d'un petit corps mort. Bizarrement, je pense à ma grand-mère, vieille dame de quatre-vingt-dix ans, lovée sur son sofa à Bruxelles. Je cherche dans ma mémoire son odeur de grand-mère, le goût des gâteaux, le son de sa voix... Ah! grand-mère et ses éternelles recommandations. Grand-mère Simm, mes pensées vont vers toi, pour trouver la force de ne pas accepter ce que j'ai vu, de ne pas oublier ce que j'ai entendu.

Quelle heure est-il ? Je ne sais pas. Toy s'est allongé sur le lit, la télévision crache le dernier bulletin d'information thaïlandais. Nous ne fermons pas l'œil. Nos regards restent soudés à Sonta, la main de Toy est posée sur mon épaule et je n'ai pas la force d'exprimer quoi que ce soit. Il est déjà trop tard pour tout arrêter. Ma mémoire est souillée. Je sais que je ne sortirai pas indemne de cette mission.

Cinq heures : Toy s'est jeté du lit, nous sommes debout, hagards. Un homme frappe à la porte de la chambre avec une violence inouïe. Je suis pétrifiée de peur. Sonta, elle, a compris. Comme un automate, elle se dirige vers la porte mais Toy a déjà ouvert et barre le chemin à l'enfant. Le garçon d'étage est là, droit, l'air dur et la main tendue. Il réclame cinq cents bahts de plus pour finir la nuit. On paie cash ou il reprend l'enfant, qui est attendue dans une autre chambre. On paie. Sonta s'enfouit sous le drap. Des sanglots envahissent la chambre. Ne reste que la nuit.

Au matin, il faut quitter la chambre et rendre la fillette. Nous cherchons les mots, les gestes. En vain. Il n'y a rien à dire quand on abandonne un enfant. Nous nous sentons définitivement sales. C'est l'heure du petit déjeuner, le restaurant est plein de touristes masculins. Je fuis.

Quelques mois plus tard, nous sommes de retour à l'hôtel Suriwongse. Mais cette fois, nous venons chercher Sonta. Voilà plus d'un mois que nous vivons la nuit, quarante jours à chercher les enfants prostitués dans les bordels et dans la rue, quarante petits déjeuners dans les hôtels de passe, face à des touristes très particuliers. Avouons-le, nous sommes physiquement fatigués, moralement épuisés. Trouver le sommeil est de plus en plus difficile. Peut-être est-ce pour cela que, pour la première fois, nous allons rompre le code de sécurité que nous nous étions imposé dès le départ. Des règles simples : d'abord, ne jamais retourner voir un enfant ; et surtout, ne rien tenter pour le libérer. C'est moi qui ai craqué. Toy a résisté longtemps ; j'ai insisté, têtue, jouant la raison, l'émotion, tour à tour douce ou agressive, menaçant d'agir seule... Toy a fini par céder. Par accepter une tentative de sauvetage. Une seule. Et maintenant, je suis morte de peur.

Pour la centième fois, nous traversons Patpong, un des quartiers chauds de Bangkok. Dans mon for intérieur, j'espère que Sonta n'est plus au Suriwongse. Mais rien n'a changé. Le gros Chinois est assis sur sa chaise derrière le comptoir et quatre clients regardent une vidéo porno. Le garçon d'étage nous tend la clef de la chambre nº 138, plus petite, plus sombre que la précédente et bourrée de cafards. Déception : deux clients ont déjà payé cash et la petite fille est au travail dans une autre chambre. Impossible de louer Sonta ce soir. Pour la remplacer, le garçon d'étage propose deux petits garçons de dix et onze ans ainsi qu'une fillette chinoise. Toy insiste. Nous voulons Sonta. Rien à faire. Les clients ont payé très cher, on ne peut pas revenir sur le contrat. Pour ce soir, c'est l'échec.

Le lendemain, nous sommes là à nouveau et Sonta entre enfin dans la chambre. Sans un regard, elle se dirige vers la salle de bains. J'ai du mal à la reconnaître. Elle a maigri et paraît épuisée. Son corps est couvert de petites plaques foncées. Et surtout, son visage a perdu toute expression. Toy lui demande de s'asseoir mais l'enfant reste au pied du lit, le regard ailleurs, perdu dans un autre monde. Elle finit par s'allonger mais reste désespérément muette. Les heures passent. La nuit est longue et nous allumons la télévision pour couvrir le bruit de notre conversation. L'enfant n'a pas levé la tête. Nous devons sauver Sonta, l'enlever, la sortir d'ici. Cette enfant va mourir aux pieds du prochain client. Et nous n'aurons rien essayé ! Il faut l'enlever. Toy est furieux. Il sait que c'est trop risqué. Nous n'avons pas la moindre chance de nous en sortir. Il y a le garçon d'étage, l'attitude imprévisible de l'enfant, les clients de l'hôtel hostiles ou au mieux complices, le réceptionniste en bas, la rue... Les arguments de Toy résonnent dans ma tête et pourtant je sais qu'il nous sera impossible de vivre en abandonnant Sonta une nouvelle fois. Je ne suis pas croyante, je n'ai pas de Dieu à qui confier l'enfant, à qui m'accrocher. Que restera-t-il ? Seulement l'image de Sonta et de notre lâcheté. Pas question. Il n'y a qu'une seule possibilité : acheter l'enfant au vieux Chinois de l'entrée. Toy rejette l'idée. Notre chemin commun se termine peut-être là, l'idée de me retrouver seule me glace le sang. Finalement, Toy accepte du bout des lèvres l'idée d'acheter Sonta. Il n'est pas d'accord, mais ne se résout pas à m'abandonner. Bien.

Je commande un gin orange, j'essaie de me concentrer sur ce scénario. Il me faut imaginer les réactions du Chinois. Je compte l'argent qui nous reste : deux mille dollars, un peu plus de dix mille francs. Cela devrait être suffisant. L'enfant est malade, elle va probablement rapporter moins d'argent au tenancier de ce bordel : c'est un argument. Il acceptera, il doit accepter ! Toy est assis sur la chaise, abattu. Son regard se pose tantôt sur Sonta, tantôt sur moi. Ses grands yeux noirs le trahissent, la situation lui échappe. Le jour s'est levé. Dans la rue, le bruit des voitures et les cris des marchands ambulants entrent par la fenêtre. C'est l'heure. Sonta est toujours allongée sur le lit. Je sors. Dans le couloir, je croise un client fatigué et qui pue l'alcool. Je passe devant le garçon d'étage, endormi sur une chaise au coin de l'escalier. Mes jambes tremblent de peur. Mais quelque chose me pousse à marcher. Le rez-de-chaussée est presque vide, un client s'est endormi sur son siège et la vidéo porno n'en finit pas de tourner Assis sur sa chaise, le gros Chinois compte ses billets, des liasses de plusieurs milliers de bahts posées sur le comptoir. Il lève un œil et me fixe. Cinq ou six mètres me séparent de lui. Plus question de revenir en arrière. Je lui dis mes arguments: j'aime les enfants et particulièrement Sonta, je m'installe à Bangkok pour un an ou deux, cette fillette est malade et je suis prête à la prendre... Il ne cille pas. Je lâche: «Votre prix est le mien.» Son œil s'allume et la conversation s'engage. Le garçon d'étage arrive et les deux hommes discutent en thaï. Surtout ne pas montrer ma peur et mes efforts pour avaler ma salive; surtout ne pas montrer mes mains qui dégoulinent de sueur... Une éternité plus tard, la bouche du Chinois s'arrondit sur un chiffre: «Huit cents dollars. Pas moins.» Je plonge la main dans mon sac. Il compte et me tourne le dos. Je grimpe l'escalier et reviens dans la chambre. En deux mots, j'explique la situation à Toy et nous ramassons bagages et enfant. Sonta se laisse habiller, le regard toujours ailleurs. Je la prends par la main et traverse le couloir vers la réception. Le client dort toujours, la vidéo crache une musique infernale et le Chinois nous regarde passer. Dehors, Toy presse le pas. Nous marchons comme des forcenés. Un taxi passe à notre hauteur, Toy lui fait signe de s'arrêter... Soudain, le doute m'envahit. Cette histoire va trop vite! Nous allons être accusés d'enlèvement. Demi-tour! Je repars vers le Suriwongse. Le Chinois est toujours là, installé sur sa chaise haute. J'explique une nouvelle fois, presque brutalement: «Nous partons avec la fille. Et nous ne reviendrons plus. C'est bien compris?» L'homme lève lentement la tête, me regarde et détache ses mots: «Vous avez acheté. Maintenant, tirez-vous.» Je lui tourne le dos. Cette phrase résonne dans ma tête. Pour moins de cinq mille francs, huit cents dollars, nous avons acheté un enfant.

La tête me tourne. Grand-mère, dis-moi que tout ceci n'est qu'un cauchemar de gamine blonde qui se serait gavée de trop de chocolat. Dis-moi ce que je fais ici à des milliers de kilomètres de Bruxelles ? Comment, en quelques années, le temps d'une respiration de la mémoire, on peut passer d'une grande maison douillette aux couloirs glacés d'un hôpital belge et se retrouver, par une nuit d'hiver tropicale, à l'autre bout du monde, dans un hôtel de passe, à monnayer le salut d'une poupée cassée ? Quand est-ce que tout cela a vraiment commencé ? C'était peut-être le jour où j'ai décidé de chercher ces enfants qui disparaissaient des camps de réfugiés du nord de la Thaïlande. Ou, quelques semaines plus tôt, quand j'ai poussé la porte d'une organisation humanitaire. Ou encore, par une vilaine journée d'hiver en Europe, froide et pluvieuse, quand trois fantômes sont entrés, par effraction, dans ma vie trop bien réglée. C'était il y a déjà cinq ans... Retour en arrière.

2

BRUXELLES, HÔPITAL SAINT-PIERRE,
SAMEDI 20 NOVEMBRE 1985,
SEPT HEURES DU MATIN

Le hall de l'hôpital est vide, un homme âgé habillé d'un pyjama de l'hôpital attend patiemment que la machine à café crache son gobelet de plastique. Il a l'air triste, je m'attarde un peu avant de prendre l'ascenseur. Voilà plus de deux ans que je travaille comme assistante sociale dans cet hôpital du centre-ville, le quartier défavorisé de Bruxelles. Le bâtiment est vieux, mal fichu. La nuit, les longs couloirs semblent interminables. L'hôpital est désuet mais plein de charme, peut-être parce que des milliers de gens y ont laissé un morceau de leur vie, de leur espoir et de leur résurrection. Comme un pied de nez à l'obscurité. Ce matin, le sixième étage du département médico-psychologique est encore désert.

Premier café, premier dossier ; celui de Marianne est resté ouvert sur le bureau. Je le classe machinalement en pensant à sa fille, Rouquine, cette gamine de deux ans que je vois chaque semaine. Marianne a vingt ans et se prostitue pour survivre. Nous nous connaissons depuis plusieurs mois. Marianne vient en consultation médico-psychologique et hospitalise son enfant chaque fois qu'elle fait une dépression nerveuse. Rouquine a longtemps été mal soignée mais le contact entre la mère et sa gamine reste excellent. Et Marianne s'est engagée désormais à protéger son enfant. Elle a accepté de la confier à l'hôpital huit heures par jour. Quand la mère est en crise, l'enfant est hospitalisée. La salle « n° 33 » de pédiatrie est devenue sa seconde famille. Parfois, Marianne est capable de se rendre sourde à tout argument : elle hurle, agresse toute personne à sa portée. Dans ces cas-là, elle clame son statut de prostituée, prend un malin plaisir à effrayer les gens de la salle d'attente, à les provoquer, à hurler qu'elle complète ses revenus de l'Aide sociale avec des passes à cinquante francs. Marianne est en détresse.

Deuxième café. La nuit a été mauvaise. Philippe, mon ami, m'a quittée et j'ai du mal à accuser le coup. D'autant qu'il travaille dans le même hôpital. Passons. Mon bip sonne : cette petite boîte magique est le fil qui nous rattache tous à la vie de cette énorme machine qu'est un hôpital universitaire. Cette fois, c'est un message de mon père. Depuis quelques semaines, il a beaucoup maigri et souffre des poumons. Il est inquiet et me rappelle qu'il m'a demandé, hier soir, de prendre rendez-vous chez un spécialiste de pneumologie. Je descends au troisième étage et réserve ma matinée du lundi pour l'accompagner chez un spécialiste. Je ne pense pas que ce soit très grave : il est encore en forme et, comme toujours, très actif. La matinée s'écoule rapidement. Un nouvel enfant de deux mois attend en pédiatrie : fracture simple au bras. Mais ses parents sont bizarres et le pédiatre aimerait y voir plus clair. On va l'hospitaliser, le temps de comprendre ce qui s'est passé réellement. La routine.

Lundi, huit heures : je déjeune avec mon père juste avant son examen médical. Il avale un croissant, plaisante, histoire de cacher son anxiété, parle de mon prochain déménagement — quatre malles en tout ! — et décrit sa dernière voiture, une anglaise, version sport. Il est temps, nous montons directement à la radio. A peine l'examen terminé, mon père est déjà dans le couloir. Il sourit : « Tout s'est bien passé. » Je frappe à la porte du laboratoire. A l'intérieur, un médecin tient des radios et dicte les résultats à une secrétaire. Il voit ma blouse blanche et me tend le dossier : « Votre patient peut encore vivre deux mois. Cancer. Il y a des métastases partout. »

Qu'est-ce qu'il a dit ? Mes jambes flottent, se dérobent, je me retrouve à même le sol. Mon patient… Mon père… Deux mois au maximum… Le médecin se penche sur moi, regarde le nom inscrit sur la blouse, puis celui sur le dossier. Il a compris : « Merde ! Sa fille… C'est sa fille ! » J'arrive enfin à me relever et, dans la confusion, je récupère le dossier. Une phrase sort de ma gorge : « Je vous déteste. Tous ! Je vous déteste. » Dehors, je me ressaisis. Surtout ne rien montrer à mon père. Un sourire et je l'emmène vers la sortie. Mon père marche lentement, le couloir n'en finit plus et, dans ma tête, une voix martèle : « Deux mois. Seulement deux mois. Deux mois maximum. » Mon père est mort quarante jours plus tard.

L'angoisse arrive toujours avec la nuit. Ce vendredi de février, les infirmières endorment les enfants malades. Du côté des urgences, on entend la sirène d'une ambulance. Je suis fatiguée et il est trop tard pour rejoindre mes amis. L'hôpital mange toute ma vie. Vingt minutes de marche jusqu'à la maison, le chat attend dans l'entrée, le répondeur digère ses messages : rien d'urgent. Je m'endors. Quand le téléphone sonne, le cadran du réveil digital affiche cinq heures du matin. Au téléphone, Barbara, une pédiatre avec qui je travaille souvent, a la voix tendue : « Allô, écoute, c'est pour ta petite patiente, Rouquine… La police vient de l'accompagner aux urgences. Tu ferais mieux de venir tout de suite. » A l'hôpital, la salle de garde est pleine à craquer, des enfants pleurent, des parents s'impatientent et les infirmières essaient de sourire à tout le monde. Rouquine est là, assise sur la table d'examen, ses yeux rougis par les larmes, une girafe en caoutchouc à la main. A côté d'elle, un policier en service attend, un dossier posé sur les genoux. Une stagiaire infirmière tend un biberon de lait à l'enfant qui engloutit la bouteille. L'officier de police m'entraîne dans un bureau et raconte ce qui s'est passé : au n° 112 de la rue Verte, chez Marianne, une inondation a traversé le plafond des voisins. Au deuxième étage, on entendait Rouquine pleurer. La voisine est montée et a poussé la porte du deux-pièces. Rouquine était assise dans sa chaise de bébé, seule. Dans la baignoire, Marianne était morte. Etranglée.

Dans quelques années, installée dans une famille d'accueil, Rouquine deviendra une fille aux grands yeux bruns et aux cheveux couleur carotte, capable de jouer dans une cour de récréation, comme des milliers d'autres gamines de son âge. Mais pour l'instant, Rouquine est dans son lit, endormie, orpheline à deux ans. Dehors, le jour s'est levé sur l'hôpital. Il pleut sur Bruxelles. A présent, trois fantômes hantent ma vie à l'hôpital : mon père, Philippe et Marianne.

Au sixième étage du département médico-psychologique, la vie continue. Ma collègue débute sa dixième année de travail, des enfants défilent tous les jours et j'essaie de m'interdire les sentiments, de m'en tenir à la technique. Mon travail est devenu un « gagne-pain ». Le doute s'installe en moi. Je ne peux plus rester ici, je ne le veux plus. Il doit y avoir de la vie ailleurs. Ma famille et mes amis ne me comprennent pas : ils parlent d'une fuite en avant, d'un début de dépression. Je ne me sens pas vraiment triste, j'ai seulement envie d'essayer autre chose, de changer ma vie, de ne pas la rater. Allez ! Adieu, Bruxelles.

Le hasard n'existe pas. Une amie me parle d'une toute petite association française qui recherche quelqu'un pour travailler dans un camp de réfugiés en Thaïlande. Difficile de se rendre à Paris : la France est paralysée par la grève des transports. Il me faut douze heures pour rejoindre la capitale française, mais un petit après-midi suffit pour convaincre la présidente. L'association est trop familiale pour être vraiment professionnelle. Plus embêtant : le poste que l'on me propose est mal défini — l'enseignement du français et la « sociabilisation » d'enfants cambodgiens en difficulté dans un camp de réfugiés, à cent cinquante kilomètres de Bangkok. Peu importe ! Je suis décidée à partir et, le jour même, je signe le contrat. Dans le train pour Bruxelles, je m'endors facilement, convaincue d'avoir pris la bonne décision. Reste à me séparer pendant six mois de ma famille, de mes amis... et de Jean-Paul. Je l'ai rencontré voilà quelques mois, après ma rupture avec Philippe. Depuis, nous partageons l'essentiel de nos week-ends. Il sait tout, connaît tout, le dernier endroit à la mode, la dernière exposition et le dernier livre. Son énergie et ses connaissances me séduisent. Il va me manquer. Pourtant, ma décision est prise. Dans ma valise : *Le Petit Prince* de Saint-Exupéry, quelques photos, des effets personnels, à peine douze kilos de bagages. Au cours de la soirée d'adieu, Jean-Paul est triste. Je pars peut-être au moment où tout pourrait changer. Mais il est trop tôt, les fantômes sont toujours là et ils ont besoin de temps pour s'éloigner. Comment pourrais-je savoir que, plus tard, bien plus tard, l'homme que je laisse derrière moi deviendra... mon mari, et le père adoptif d'un bébé vietnamien que nous irons chercher ensemble à Hanoi ? Comment pourrais-je imaginer qu'il va rester dans ma vie, souvent à des milliers de kilomètres de moi, mais toujours si proche ? Que rien ne sera possible sans son soutien, sa compréhension, sa force ?

Pour l'heure, je suis aveugle. Le départ est pour demain. Je m'en vais.

3

THAÏLANDE : LES MARIONNETTES DE PAPIER DU CAMP DE PHANAT-NIKOM

Aéroport de Bangkok : la chaleur est humide, les vêtements collent à la peau après douze heures de vol. Le centre-ville est à une heure de taxi, le trafic est dense, la route principale est bordée de bâtiments en construction et des rangées de bidonvilles sont collées à la voie ferrée. Les gens vivent ici comme des fourmis et le moindre espace est rentabilisé. Le point de rencontre fixé est un petit hôtel gris, coincé entre deux bâtiments abandonnés et une mosquée, près de l'ambassade de France. Un volontaire de l'association doit y avoir déposé le « pass », un document indispensable pour accéder au camp, ainsi qu'un plan pour me rendre dans la ville de Phanat-Nikom. Sur place, pourtant, aucun papier ne m'attend. Mystère. Je profite de la journée perdue pour flâner dans les rues du vieux quartier chinois. J'entre dans une pagode : tout y est rouge et or. Une pharmacie traditionnelle, installée dans la cour, propose de la corne de buffle, des écailles de serpent et d'autres drogues étranges, élixirs du bonheur. Une Chinoise très âgée soupèse un bloc de craie blanche, se couvre les joues de cette poudre et, visiblement satisfaite, négocie son prix. Sur le comptoir en bois, une fillette balance les jambes en regardant, du coin de l'œil, mes cheveux blond paille. Plus loin, une échoppe vend chemises, pantalons et chapeaux : vêtements de papier pour un costume de défunt, nouveaux habits pour une nouvelle vie. Le commerce de la mort prend ici des allures de coquetterie. La nuit est tombée en quelques minutes, le nuage épais des gaz d'échappement vous prend à la gorge et des grappes de gens s'accrochent à des bus pleins à craquer. Sur les trottoirs, des enfants jouent en pyjama et les marchands de soupe commencent leurs tournées. On se perd dans Bangkok, le dédale de ses rues minuscules, l'odeur des parfums qui se mélangent, celles du gingembre, de l'encens et des poubelles. A l'hôtel, la salle à manger est déserte. Je n'ai pas faim et je me couche sans avoir ouvert mes bagages.

Six heures trente : le bruit des *touk-touks* monte jusqu'au troisième étage. Ces petits tricycles à moteur sillonnent la ville, une bonbonne de gaz placée sous le siège du passager ; les chauffeurs s'intoxiquent quinze heures par jour au volant de ces bombes roulantes. J'ai enfin un message pour moi à la réception : un bus local part à onze heures vers Phanat-Nikom.

La gare des bus est un endroit impressionnant. Des bus en rang d'oignons attendent les passagers, des centaines d'Asiatiques se bousculent pour acheter les billets. Ma voisine, une jeune Thaïe de quinze ans, dévalise l'échoppe et emporte dans un sac plastique l'équivalent d'un véritable garde-manger. Départ pour neuf heures de bus non stop. Le ticket mentionne « Tamada », terme utilisé pour les véhicules sans air conditionné. Bus numéro 4, place n° 22, je m'installe. Le chauffeur termine les derniers réglages de la vidéo et la bande-annonce promet un film de kung-fu, violence et globules rouges garantis. Après trois heures de bus, le paysage jaunit, la végétation est brûlée par une trop longue saison sèche. Dans les champs, des femmes portent des bidons d'eau en équilibre sur le dos : les paysans irriguent les rizières comme ils peuvent ! Des enfants en uniforme bleu et blanc marchent en file indienne en bordure de la route en tenant à la main des gamelles métalliques. Au loin, on aperçoit un temple et une école.

Arrivée à la station de Phanat-Nikom, sur la place publique, Georges est là avec, à la main, un carton qui indique mon nom. Georges travaille depuis six mois à l'école ; l'ancien étudiant des langues orientales à Paris a choisi de venir ici pratiquer son thaïlandais. Il me donne quelques informations et la clef du logement que nous serons quatre à partager. Le travail commence demain. Les présentations à peine terminées, Georges tourne les talons. Ce garçon est plutôt froid. Je me retrouve seule. Du coup, j'emprunte le vélo du gardien pour visiter le quartier où tout le monde est déjà en habit de nuit. Il ne leur manque que le bonnet sur la tête, mais nous sommes loin de l'Europe du Nord. Il y a des gargotes partout et l'odeur des aliments qui mijotent sur les vieux fourneaux est un régal. Je m'arrête chez un épicier où toute la famille œuvre en cuisine. Une grand-mère, le regard fixe, manipule un bracelet de jade en miaulant une chanson chinoise. Koon Maie a cent deux ans, elle est aveugle. Une fillette touche ses mains fripées et dépose devant elle un bol de porcelaine rempli d'une soupe de nouilles brûlantes. La vie à Phanat-Nikom semble se résumer à ces quelques rues enroulées autour d'un marché. Ici, on se couche tôt.

Départ à six heures pour le camp. Au bout du chemin, deux postes de police, de longs rouleaux de barbelés et une entrée principale tenue par des soldats armés : ce camp de réfugiés ressemble à un camp de prisonniers. Il est divisé en deux sections séparées par la route : à gauche, les réfugiés en attente de départ pour l'étranger, principalement des Cambodgiens et des Laotiens ; à droite, plusieurs milliers de Vietnamiens, ceux qui ont échoué. Ceux-là ne partiront jamais. Nous entrons dans l'enceinte. Un militaire vérifie soigneusement chaque carte d'autorisation. Bizarrement, il tient le document... à l'envers.

L'école est faite de pavillons de bois et de tôle; enfants et adultes attendent patiemment devant chaque bâtiment. Georges et Virginie m'emmènent vers la dernière maison, les classes des petits. Virginie est institutrice et s'occupe des plus grands depuis près d'un an. Elle me parle longuement de la trentaine de têtes brunes qui feront mon quotidien. Dans la classe, pas de chaises mais une table, un grand tableau noir et de grandes nattes de paille qui recouvrent le sol. Les murs sont vides, il va falloir y mettre un peu de vie. Les enfants se présentent les uns après les autres en m'observant du coin de l'œil. Comment vais-je retenir tous ces prénoms difficiles : Sovatana, Bounsri, Sophalè, Arine, Sophat, Ratana... ? Tous ces mômes sont nés dans des camps de la frontière après l'arrivée de leurs parents en territoire thaïlandais. Trois petites filles sont arrivées tardivement en 1984. Trois sœurs de sept, neuf et onze ans. Trois orphelines. La mère qui les accompagnait est morte, tuée par des soldats khmers rouges. On a recueilli les fillettes à moins d'un kilomètre de la frontière. Je jette un coup d'œil sur leur fiche qui mentionne des troubles du comportement et une dépression chez les deux plus jeunes. Sophat, l'aînée, assume la responsabilité de la famille. Elles sont là, accroupies, un peu en retrait de la classe : « Ces trois-là sont inséparables », dit Virginie. Elles habitent la « maison 34 C » à cinq cents mètres de l'école, la bâtisse de bois et de paille partagée avec neuf autres réfugiés dont la présence assure la sécurité des enfants. Mme Surin, une femme de quarante ans, professeur bénévole à l'école, me propose de partager son déjeuner. Elle enseignait le français au lycée de Phnom Penh, au Cambodge. « Le bon temps », dit-elle. En 1970, Mme Surin épouse un professeur de droit et donne naissance très vite à un premier bébé. Cinq ans plus tard, Pol Pot va tout balayer, au nom du communisme. Aujourd'hui, il ne reste rien du bonheur de Mme Surin : son mari a été assassiné à coups de hache sur le bord de la nationale 3, son enfant est mort de faim quelques mois plus tard, ses parents et ses cousins sont morts, assassinés ou épuisés par les maladies. Alors, elle a fui à pied vers la frontière. Vingt-trois jours de marche dans la forêt, parmi les corps déchiquetés par les mines, cadavres qui pourrissent à même le sol. Chaque pas est un défi au piège de l'ennemi. Les vieux, les enfants en bas âge, épuisés, doivent être abandonnés. Des milliers de vies s'arrêtent là, au détour d'un sentier, au pied d'un arbre inconnu, dans un fourré du bout du monde. Devant eux, des hommes, des femmes passent en détournant la tête : « Nous n'avions pas le choix », se rappelle Mme Surin. Ils sont un million à avoir payé de leur vie cette folie, plus de deux cent cinquante mille à attendre dans les camps d'Asie du Sud-Est que s'ouvre enfin une porte, celle du troisième pays. Troisième ? Le premier est celui des racines, des souvenirs ; le deuxième est celui de l'exil et de l'attente ; le troisième est celui du rêve et de l'espoir. Celui que beaucoup n'atteindront jamais.

Quand l'attente est devenue trop humiliante, il arrive qu'un réfugié choisisse un quatrième pays, à la portée de son désespoir : un coin du camp, à l'abri des regards, avec un arbre où se pendre. Mme Surin se lève, gênée, en s'excusant mille fois de raconter cette histoire : « Comprenez-moi, je ne peux pas oublier. Je ne peux pas... » Sur la table, nos soupes sont toujours là, froides et intactes. Il est quatorze heures, l'heure de reprendre la classe.

La première semaine, épuisante, se termine. Six jours d'affilée, de six heures trente à dix-huit heures trente, la tête sous un soleil de plomb, les pieds dans la poussière épaisse. Le toit des classes est fait de tôles et, certains après-midi, le thermomètre atteint quarante degrés malgré un ventilateur fatigué qui ne brasse que de l'air brûlant. Mais je ne sens pas trop la fatigue, les enfants débordent d'énergie, ils ont soif d'apprendre et les plus timides commencent à parler. Mais quand nous évoquons le Cambodge, ils se murent dans le silence. Un refus total jusqu'à l'agressivité. Il faut aller au-delà, briser les murs de cette prison intérieure qui les étouffe. Une idée! Nous allons confectionner des marionnettes en papier mâché, chaque enfant sera représenté par une figurine qu'il animera lui-même. Enthousiastes, les enfants veulent commencer tout de suite et nous installons des bassins où faire tremper le papier pour la nuit. Un brouhaha a envahi la classe et chaque enfant imagine son propre personnage. Les petites filles vont rechercher des déchets de tissu pour confectionner le sarong, le carré d'étoffe traditionnel porté autour de la taille. Le choix est précis : il détermine le statut de la femme. Le travail est interrompu par une sonnerie, les écoliers se bousculent vers la sortie. Scène banale, si on oublie la vue des barbelés.

Le lendemain, Chanta est debout devant mon bureau. Il traîne comme chaque jour, prétexte la perte de son cahier ou un mal de ventre. Son problème est ailleurs : Chanta vit seul avec un père handicapé et amer. Personne pour s'apercevoir que son tee-shirt est trop petit, pour le consoler, le cajoler. Parfois ce petit homme traîne sur la terrasse de l'école jusqu'à six heures et nous regarde partir le visage triste. Je rencontre son père très régulièrement en accompagnant l'enfant au bâtiment n° 12 ; les vingt mètres carrés du logement sont dans un désordre indescriptible. Comment le lui reprocher? Ancien soldat des forces d'opposition au régime, les combats et les mines ne l'ont pas épargné : il a perdu une jambe. L'organisation humanitaire Handicap international lui a confectionné une prothèse de bois qui lui permet de se déplacer plus facilement. Mais la blessure est plus profonde. Jour et nuit, cet homme de quarante ans rumine son passé, sa femme disparue, la tragédie de toute une famille. Leur départ pour la France est prévu pour le mois prochain. Un oncle de sa femme est bijoutier et a obtenu le regroupement familial. Enfin, un peu de chance. Pourtant, il est difficile de quitter l'Asie. Ici, le lieu des ancêtres reste très important. Partir est ressenti comme un véritable abandon des autres, des vivants et des morts. Et l'invalide ne cesse d'évoquer ces milliers d'âmes qui errent dans la capitale cambodgienne, ces cadavres jetés dans des fosses sans sépulture et qui, jamais, ne pourront trouver le repos. Il y a quelques années encore, sa femme, proche de la haute bourgeoisie cambodgienne, enseignait la danse au palais royal. La famille coulait des jours heureux. Douze ans plus tard, perdu dans un camp de vingt mille réfugiés, un père en exil traîne son moignon en cherchant un sens à sa vie.

Deux mois se sont écoulés depuis mon arrivée, les épiciers chinois m'ont trouvé un logement et j'emménage ce soir. Un coin à moi. Enfin ! La maison de M. Hoa est perdue au fond de la jungle d'un jardin. Derrière une porte en tôle ondulée, un petit chemin conduit vers quatre murs de bois, de paille de riz et un toit. Une maison de poupée. M. Hoa, un vieil homme, habite seul depuis la mort de sa femme. Quinze à vingt chats ont élu domicile et règnent sur les quatre pièces de la maison. Je loue l'étage et la terrasse, d'où la vue est imprenable sur la végétation alentour. La salle de bains est installée à l'extrémité du jardin, l'électricité fait défaut mais l'installation d'une petite ampoule suffira. Je savoure l'idée de vivre à nouveau seule ; j'ai déjà adopté cet endroit. Dès mon retour de l'école, M. Hoa s'installe sur la terrasse. Il s'agite, parle sans cesse en chinois alors que je ne comprends pas un mot de ce qu'il raconte. Qu'importe ! M. Hoa peut parler des heures en se contentant d'une oreille bienveillante ou d'un sourire. Notre cohabitation est une grande histoire. Ma présence semble articuler sa vie. Il me guette, attend jusqu'au soir et profite de la moindre occasion pour me dérober mon vélo. Nos journées commencent à cinq heures trente, lorsque la fumée que dégage sa cuisinière de fortune envahit ma chambre, une odeur de café et de brûlé qui me soulève le cœur. Comment expliquer à grand-père Hoa que le dimanche est un jour sans réveil et qu'il est inutile de tempêter pour me faire sortir de mon lit? Les jours fériés, je parcours le marché et rédige du courrier pendant des heures. Mon envie de faire partager ce que je vis est telle que j'inonde mes amis et ma famille de lettres. En retour, la visite de la boîte postale est une chose importante. Parfois, elle est vide et la nuit est longue. Mais très souvent, les jours ont la couleur des aérogrammes, ces petites enveloppes bleues envoyées par avion. Jean-Paul veille à prendre la plume, ses lettres restent une bouffée d'oxygène. D'autant que les journées au camp sont de plus en plus dures, des réfugiés ont été rapatriés en secret sur ordre de l'armée thaïe, les gens ont peur et nous sentons tous monter la panique lorsque approche l'heure de notre départ, à la tombée de la nuit. Nous n'avons pas le droit de rester dans le camp au-delà de dix-huit heures trente. La nuit et les jours fériés, les réfugiés sont à la merci des soldats thaïs. Régulièrement, les soldats visitent les maisons et confisquent les cartes du Haut Commissariat aux réfugiés. Ce papier froissé, chiffonné, indique le matricule et le parcours de chaque individu. Il lui permet d'obtenir les rations de riz et de poisson séché et de bénéficier des soins de santé à l'hôpital du camp. Ce document est toute la fortune d'un réfugié : son identité. Mme Surin le cache dans une enveloppe de plastique abîmée. La nuit, elle le garde sous sa natte. Quand des soldats lui réclament sa carte, elle dit toujours l'avoir laissée à l'école française. « Je n'ai pas peur, dit tranquillement notre institutrice, j'ai déjà tout perdu. » D'autres craquent sous la menace, sont dépouillés de la ration de riz de la semaine ou du dernier bijou. Parfois une femme est emmenée dans un bâtiment vide et les militaires la violent. Au petit matin, les gens du quartier n'en parlent qu'à demi-mot. La victime, elle, s'enferme dans son silence, par peur des représailles et des nuits qui suivront. Lorsqu'un représentant d'une association soulève cette question, les autorités se contentent de nier.

La situation des Vietnamiens est la plus tragique, les Thaïlandais entretiennent à leur égard une haine profonde et historique. En fait, ils les craignent. Et donc s'acharnent sur eux. Chaque semaine, des enfants continuent d'arriver sur des coquilles de noix, des barques d'humains secoués par dix à quinze jours de mer, qui ont survécu aux tempêtes, à la faim, à la soif, aux attaques des pirates thaïs, au viol et à la torture. Des survivants. Souvent, une famille de Saigon vend sa maison et tous ses bijoux pour acheter le droit d'embarquer un enfant de onze ans. Si l'enfant survit à la traversée, il se déclare aussitôt orphelin à son arrivée au camp et cherche à se faire envoyer aux Etats-Unis. Là-bas, une fois installé dans une famille à Chicago ou à Denver, le gosse et la famille restée au Viêt-nam n'ont plus qu'à demander le regroupement familial. Déception de la famille d'adoption et colère du ministère des Affaires étrangères américain ! Du coup, l'examen préalable de ces cas est toujours difficile. L'enfant sait bien qu'il joue en trois entretiens l'avenir de toute sa famille. J'ai vu des gamins monter des scénarios ingénieux et réussir à tromper l'officiel de l'ambassade, alors que l'enquête jointe au dossier annonçait l'existence, au Viêt-nam, d'une famille de douze personnes. Sacrés mômes !

Mais le plus souvent, les tentatives échouent. Le désespoir, les suicides et la violence sont le lot quotidien des rares équipes qui travaillent ici. Le commandant du camp, un Thaï de cinquante ans, pousse la perversion jusqu'à organiser avec solennité les départs pour l'aéroport dans la cour qui jouxte la section « C ». Des grappes de femmes, d'hommes et d'enfants se bousculent alors contre le grillage métallique qui les sépare du rêve. Je déteste ce moment, partagé entre la joie des familles qui, enfin, quittent le camp après plusieurs années d'exil, et la vision de ces hommes laissés pour compte.

La vie que je mène dans ce camp de réfugiés est bizarre : je baigne dans la joie et la douleur, la justice et l'injustice. Pas un jour ne s'est écoulé sans qu'un incident m'oblige à réfléchir. Je découvre naïvement que tout homme est capable du pire et du meilleur. Le destin a réuni ici des victimes de régimes autoritaires et des volontaires, croyants ou non, qui offrent leur temps, parfois leur vie, aux réfugiés, à côté de soldats thaïs qui piétinent les droits de l'homme. Nous vivons, travaillons dans cet enclos de barbelés ; à l'heure du repas, nous mangeons la même soupe. La confusion, le doute qui m'envahit certains soirs me semblent normaux, mais mes collègues pensent qu'il est inutile de se poser ce genre de question. Quoi ? Il suffirait d'être présent. C'est tout ! Moi, je ne peux pas, j'ai besoin de comprendre.

Aujourd'hui, les enfants ont répété une pièce de théâtre. Nous avons mis au point un petit scénario pour le jeu des marionnettes. Des situations difficiles se succèdent : imaginer Ratana perdue dans Paris, Chanta enfermé dans une cabine téléphonique place de la République et Chem poursuivi par un chien féroce. Dès la première réplique, les enfants ont ri comme jamais et les marionnettes semblaient presque vivantes. Des spectateurs enfants et adultes se sont bousculés aux fenêtres. Nous avions notre public, c'était une véritable représentation.

La saison des pluies s'annonce et des tonnes d'eau se déversent chaque jour sur le camp. Nous marchons les pieds dans la boue et lorsque l'orage éclate vers trois heures de l'après-midi, la pluie qui fouette les tôles du toit est si forte qu'il est impossible de s'entendre dans la classe. Chez M. Hoa, nous avons installé des récipients, car le toit laisse ici ou là l'eau s'infiltrer. J'aime ces soirées de pluie, la fraîcheur du soir revenue et le chant de l'eau qui vous berce vers le sommeil. Demain, vendredi, est une date importante : six mois que je suis ici ! Le temps passe... Ce matin, l'entrée du camp est bloquée, nous patientons vingt minutes avant de pouvoir rejoindre le bâtiment de l'école. Sovatana, une élève, se précipite dans la classe et raconte dans la confusion la plus totale une histoire de soldats, de familles et de petits papiers. Un tiers des enfants manquent à l'appel. Je cherche Mme Surin. Elle seule peut m'aider à démêler cette histoire.

Sovatana essaie de reprendre l'histoire à zéro : des soldats sont entrés dans les maisons à la tombée de la nuit, ils ont confisqué les cartes de réfugiés et sont partis en emmenant avec eux plusieurs familles. La gamine raconte : les gens qui crient, pleurent, les soldats qui les bousculent, la foule qui disparaît, avalée par la nuit noire. A l'aube, un bus passe devant le camp. Il emmène des réfugiés vers un camp de la frontière. Par les fenêtres du véhicule, les passagers jettent des papillons de papier sur lesquels sont inscrits les matricules. Des appels à l'aide. Sovatana a suivi le bus jusqu'à la barrière et a ramassé les petits papiers. Elle nous lit chaque message puis s'assoit, la tête dans ses mains. L'enfant pleure. Je ne peux m'empêcher de penser aux histoires de grand-mère Simm : la Deuxième Guerre mondiale, les trains remplis de juifs qui quittent la ville de Malines en Belgique pour rejoindre les camps de la mort, et les messages jetés par les ouvertures du wagon ; des morceaux de papier, avec un nom, un numéro, portés par le vent.

Nous sortons les marionnettes du carton mais neuf d'entre elles restent au fond de la boîte. Les enfants utilisent leur personnage pour raconter ce qu'ils ont vu. Tout est angoisse et peur. Sovatana projette son personnage contre le mur et quitte la classe sans un mot. Plusieurs marionnettes atterrissent dans un coin de la salle. Chanta déchire pièce par pièce le costume de sa figurine. Tous s'en vont. Seule dans la classe, je me penche sur les débris de papier et de tissu. Je ne pouvais espérer mieux pour exorciser les démons. Je pleure en rangeant les personnages au fond du carton.

Mme Surin entre dans la pièce, s'assied et me regarde : « Vous allez partir ? » Partir ? J'éponge mes larmes, je ne sais pas, peut-être. Au bureau du commandant du camp, le militaire explique que les réfugiés « déplacés » ont été refusés par un éventuel pays d'accueil. Ces mesures expéditives ne sont pas les premières ici. Peu importe que les réfugiés aient passé dix années de camp et d'humiliation. Pas de droits de l'homme pour des matricules refusés par un organisme international. Quelque part dans un bureau occidental, un homme a biffé neuf dossiers et, à Bangkok, un militaire a confirmé l'ordre de transfert. On a géré des papiers, pas des hommes. Pour moi, rester ici, c'est cautionner ce genre de méthode. Ma décision est prise, je rentre en Europe.

Trois semaines me séparent du jour du départ et M. Hoa accueille cette nouvelle avec difficulté. Dans son regard, quelque chose s'est éteint. Sa vie s'est articulée autour de la mienne, sa journée était rythmée par mes horaires, peut-être que l'idée d'être à nouveau seul lui est insupportable. Pauvre M. Hoa. A l'école, ce mercredi, une fête de départ se prépare. Les enfants décorent la classe, répètent leurs pas de danse et apportent un à un leurs dessins sur ma table de travail : c'est ma dernière journée dans le camp. Je les regarde intensément, j'essaie de fixer chaque visage dans ma mémoire, de retenir les odeurs. Mes doigts caressent la tête de Chanta. Une petite fille approche et me donne le carton de marionnettes. Elles sont là, au fond de la boîte. Pendant les représentations, elles ont incarné la vie de chaque enfant. Je vais les emporter avec moi, pour ne jamais oublier.

Derrière les barbelés de la porte principale du camp de Phanat-Nikom, des bras s'agitent, des enfants crient. Mme Surin me serre les mains et dit de sa voix douce et chantante : « Partez vite, mais ne nous abandonnez pas. » Le père de Chanta s'époumone, une phrase arrive jusqu'à moi : « A bientôt, en France ! »

Dans la voiture, assise à la droite du chauffeur, je regarde défiler pour la dernière fois les rizières vertes et les paysans au dos courbé. Je n'ai pas osé me retourner en quittant le périmètre du camp, en passant la barrière, par peur de ne plus pouvoir partir. A la station de bus, j'aperçois M. Hoa, le corps cassé par son grand âge, il guette l'entrée des passagers. Il tient de la main gauche un sachet en papier gris et pousse un cri en me voyant m'approcher du guichet des réservations. Il rit, prononce une phrase en chinois. J'ai l'impression de le comprendre. Ses yeux sont rougis, il me donne son paquet et disparaît sans un mot. Adieu, monsieur Hoa. J'ai laissé pour vous des petits cadeaux dissimulés dans notre maison : des cigarettes françaises, une petite bouteille d'alcool « Mékong », un sac de vingt kilos de riz caché derrière la porte de ma chambre et l'équivalent de deux mois de location sur la petite table.

Cent cinquante kilomètres en bus me séparent de Bangkok. Dans vingt-quatre heures, je serai de retour dans mon pays. Les six mois de vie à Phanat-Nikom défilent lentement. Je ne regrette rien, j'ai appris beaucoup avec ces réfugiés, j'ai partagé de grands moments de découragement, mais aussi les rires, la confiance. Je les ai aimés. Reste une question qui me taraude l'esprit : que deviennent les enfants qui disparaissent des camps ?

4

RETOUR EN THAÏLANDE : LE DÉBUT D'UNE PISTE

A Bruxelles, une déception m'attend, les deux cent cinquante mille Cambodgiens exilés en Thaïlande n'intéressent personne. Mes amis sont préoccupés par les problèmes du quotidien, leurs impôts ou le nouvel appartement à emménager. Seul Jean-Paul manifeste un réel intérêt pour ces hommes du bout du monde. Il se prépare à quitter Bruxelles pour rejoindre les Nations unies à Nairobi. Trois semaines nous séparent de la date de départ et nous partageons chaque minute qui nous reste.

De passage à Genève pour rendre visite à des amis, une affiche de l'association Terre des Hommes attire mon attention. Lausanne est à deux pas : j'y file. Les bureaux sont installés au Mont-sur-Lausanne. Le responsable du recrutement me propose plusieurs choix : une mission à Taiwan où des petites filles sont prises dans les mailles des réseaux de prostitution, un poste de coordination en Egypte ou une mission en Thaïlande pour des enfants réfugiés. Heureusement, les trois directeurs de programme sont à l'étranger, ce qui me donne le temps de réfléchir.

De retour à Bruxelles, mon cœur balance entre le Moyen-Orient et l'Asie. Ce matin, un appel téléphonique de Tim est venu perturber ma réflexion. Tim est le responsable du secteur Asie de Terre des Hommes. C'est un personnage infiniment british avec son mètre quatre-vingts, ses yeux bleus, son goût pour le gin, la lecture du *Herald Tribune* et les plats au curry. C'est surtout un spécialiste incontesté du problème des enfants des rues de Bogota, de Delhi, de Katmandou ou de Dacca. Un homme courageux, qui s'est fait expulser de Thaïlande pour avoir accusé les autorités de collaborer avec les réseaux de prostitution d'enfants. Il vient de rentrer de mission et souhaite que nous nous rencontrions au plus vite pour parler du programme de Taiwan. Mon intuition me dit que cette mission n'est pas pour moi. Je ne connais rien ou presque de la prostitution des enfants et je ne vois pas très bien comment, du haut de mon mètre cinquante-huit, je pourrais leur venir en aide. Tim insiste, convaincant, un brin manipulateur, laissant entendre que mon refus pourrait nuire à mes futures demandes de poste... La discussion va durer des heures. Il est solide. Je suis têtue. C'est non pour Taiwan mais j'accepte la mission Thaïlande. Départ prévu pour le mois prochain.

Terre des Hommes a obtenu quatre-vingts visas du gouvernement suisse pour des enfants réfugiés de moins de seize ans, qui vivent depuis plusieurs années dans des conditions difficiles. Mon travail est de mettre un nom sur chaque visa accordé en blanc. Au Haut Commissariat pour les réfugiés à Genève, je rencontre Mary Pettevi, un bout de femme brune avec de grands yeux qui lui mangent le visage, une Chypriote, séduisante, très humaine mais ferme en négociations. Si je dois la réussite de cette future mission à quelqu'un, c'est bien à elle ! Mary dirige la réunion et brosse un tableau extrêmement précis des obstacles que nous rencontrerons. Le régime de Pol Pot au Cambodge remonte à dix ans, aucun espoir donc de trouver des enfants en bas âge, pourtant plus faciles à intégrer dans une famille suisse. Ne restent que des adolescents en détresse, reclus depuis cinq à sept ans derrière des barbelés, des enfants atteints de maladies graves et des handicapés physiques. Mary connaît la joie du réfugié accompagné à l'aéroport, mais aussi les échecs, les adaptations impossibles et l'attitude de notre société qui ne fait pas de cadeaux. Le choix de chaque enfant est donc primordial. Mary s'engage à obtenir toutes les autorisations pour pénétrer dans les camps et une véritable collaboration de ses collègues de Bangkok. Elle m'inspire la plus grande confiance et je sens que je ne vais pas le regretter. Au Mont-sur-Lausanne, différentes personnes s'arrachent déjà la paternité de ce projet. Allons ! Le monde des associations n'est pas bien différent de certaines entreprises, avec leurs rivalités et leurs luttes pour le pouvoir.

En gare de Lausanne, ce dimanche d'octobre, il fait frais sur le quai. Des familles attendent le train pour Zurich, des enfants trépignent et trois grands-mères dégustent des gâteaux assises sur un banc en bois. Installée dans le compartiment, je cherche dans mon sac mon compagnon de voyage, une édition usée et fatiguée du *Petit Prince* de Saint-Exupéry. Dans ma poche, le billet d'avion. Départ vingt-deux heures trente, direction la Thaïlande, sans escale. Bon vent !

Bangkok. Dès la descente de l'avion, je retrouve le bouillonnement asiatique de cette ville en fusion perpétuelle. D'abord, le taxi file à toute allure, puis la circulation se fait plus dense, oblige le chauffeur à ralentir ; les voitures s'arrêtent, imbriquées les unes dans les autres et il faut attendre la police pour ouvrir la voie. A gauche, un bâtiment en construction où des femmes emmitouflées dans des haillons disparaissent dans la poussière des travaux. Elles travaillent quinze heures par jour, vivent là, sur les chantiers, entourées de leurs gosses qui portent des seaux d'eau ou charrient des sacs de gravier. Sur la droite de la route, au-delà des voies ferrées, des maisons faites de bric et de broc, sans eau ni électricité, abritent les exclus, sans travail et sans logement décent. Une petite fille âgée de dix ans marche sur le bord de la route. Elle porte l'uniforme obligatoire des écoles thaïlandaises. Sa chemise blanche n'a pas un faux pli. J'imagine un instant sa maison de carton et les difficultés de sa mère pour l'envoyer à l'école. Les flics arrivent enfin, le taxi repart et nous arrivons à l'hôtel Swan. Le réceptionniste me donne la clef n° 406, et je monte péniblement les quatre étages avec mon sac de quinze kilos. La chambre est petite mais bien exposée au soleil. Le bruit régulier du ventilateur donne à cette pièce quelque chose de sympathique. Une douche et au travail ! Je confirme mes rendez-vous au Haut Commissariat pour les réfugiés. Je transporte depuis Bruxelles un véritable garde-manger confié par une amie, un colis à transmettre au plus vite à Patrick Van De Velde, un Belge du bout du monde. Patrick est le responsable de l'UNBRO, l'opération des Nations unies chargée des personnes déplacées sur la frontière thaïlando-cambodgienne.

Me voilà dans les embouteillages de huit heures du matin : un nuage épais a envahi la ville, un mélange de gaz d'échappement et de pollution industrielle. Dans le quartier chinois, les véhicules avancent au pas. Patrick, le Belge, me décrit la situation sur la frontière et les priorités du moment. Son introduction auprès du personnel du Haut Commissariat pour les réfugiés me sera d'une aide précieuse. Patrick deviendra un ami. Au bout du couloir, Pierre Jambor, un Italien, brun et sympathique, voit défiler les représentants d'associations qui viennent se lamenter sur les conditions dramatiques des réfugiés. Il préfère ceux qui proposent des actions concrètes, sans trémolos dans la voix. Un fax de Mary Pettevi est posé sur le bureau, souligné d'un épais trait rouge. J'expose nos objectifs et nos questions : le Haut Commissariat pour les réfugiés à Bangkok est-il prêt à collaborer ? Si oui, comment ?

Pierre Jambor sourit et appelle son assistante. Une

petite Asiatique au regard vif pénètre dans la pièce. Pierre nous conseille de nous mettre au travail rapidement : il veut un plan dans les trois jours. Efficacité. Nous travaillerons jusque tard dans la nuit. La table est jonchée de grandes feuilles bourrées de noms et de données informatiques : les coordonnées de chaque enfant, les handicaps, traumatismes particuliers, date d'entrée dans les camps, etc. De temps en temps, une tête se penche au-dessus de nous : Patrick s'arrête le temps d'une plaisanterie. En vingt-quatre heures de travail intensif, nous retenons cent quatre petits candidats. Il s'agit maintenant de planifier les rencontres. Direction les camps.

Nous roulons depuis plus de quatre heures et nous approchons de la frontière cambodgienne. La campagne est belle et les rizières presque vertes. Difficile d'imaginer que moins de trente kilomètres séparent les réfugiés cambodgiens de leurs racines. Une pancarte en bois annonce le camp de Kao-I-Dang. Des barbelés entourent le périmètre du camp et le souvenir de Phanat-Nikom m'envahit. Douze mille réfugiés vivent ici depuis plusieurs années dans l'attente d'un troisième pays. Au loin, un arbre se dégage d'un monticule de terre. Mon interprète raconte : « Hier encore, un homme de vingt-deux ans s'est pendu à cet arbre. Son dossier avait été rejeté par une ambassade. Pour la cinquième fois. » Il était arrivé en Thaïlande en 1979, sous le feu des soldats de Pol Pot. Et il se croyait sauvé. Histoire banale ici.

Un gosse s'avance. A douze ans, Chem, matricule 67895, traîne derrière lui une vieille dame au regard définitivement égaré. Sa mère a survécu à une malnutrition avancée, mais elle est restée handicapée, conséquence directe des chocs vécus sous le régime khmer rouge. Chem n'est pas orphelin : il ne sera jamais accepté par un troisième pays.

Dès mon arrivée dans le camp, je surprends des regards d'espoir. Comme toujours, l'arrivée ici d'un étranger est perçue par un réfugié comme une nouvelle chance, peut-être la dernière, d'être entendu par une ambassade et d'être retenu comme candidat au départ. Vers l'Amérique, de préférence, pays mythique, où tout est possible. C'est de plus en plus rare. Les intellectuels et les hommes qualifiés, les «productifs», ont déjà été sélectionnés par les pays d'accueil. Aujourd'hui, la population de Kao-I-Dang est largement composée de laissés-pour-compte et de paysans généralement analphabètes.

On met un petit bureau à ma disposition. Les familles s'agglutinent devant ma porte. Des mères portent à bout de bras des bébés, certains handicapés. Je vois un petit mongolien à la tête lourde et une fillette de quelques années, la jambe arrachée. Un père caresse la tête de son enfant. La petite a la peau noircie par une horrible brûlure et son visage n'a plus grand-chose d'humain. Ils sont des centaines à espérer. Je me sens ridicule avec mes quatre-vingts visas pour la Suisse. A quelques kilomètres, sur la ligne frontière du Cambodge, l'explosion d'une mine retentit. La paix semble si loin.

Un enfant a poussé timidement la porte, il s'assied et salue des mains jointes. Sofan a onze ans et une jambe en moins. Il récite son histoire pour la cinquième ou sixième fois en observant chacune de mes réactions. Le second enfant est une gamine née dans les camps et abandonnée depuis quatre ans par une mère en difficulté. Sur ses genoux, elle a posé un petit balluchon. Comme si elle espérait partir dès ce soir, avec moi. Cinq jours plus tard, j'ai réussi à boucler vingt-sept dossiers. Seulement. Accrochée à ma table de travail, j'ai écouté et essayé de comprendre la situation de chaque enfant; j'ai visité leur logement: ma présence a semé l'espoir. Et je dois en abandonner la plus grande partie en apposant sur leur dossier la mention: «Dossier sans suite»! Je repense aux histoires qu'ils m'ont racontées, aux Khmers rouges, au règne de Pol Pot. Où étions-nous pendant toutes ces années ? Les portes du Cambodge se sont refermées et nous avons détourné le regard.

Nouvel arrêt, nouveau camp, nouveau bureau : un enfant entre dans la pièce, salue gracieusement et dépose son dossier sur la tablette. Sounsri raconte son histoire, s'arrête et reprend, comme s'il s'agissait d'un examen scolaire. Ce petit garçon de douze ans vit dans le camp depuis presque sept ans. Quand il est arrivé à la frontière, il traînait derrière lui une petite sœur de trois ans. En décembre 1980, avec sa mère et sa sœur, Koum, il marchait dans la forêt. La frontière avec la Thaïlande n'était plus qu'à quatre jours de là. Marcher, ne pas penser, ni aux pièges, ni aux mines. Enfin, ils arrivaient ! La frontière était à trois cents mètres à peine. Près d'eux, un hurlement a déchiré la nuit, un corps, soulevé par le souffle, est retombé sur la terre humide. Un homme agonisait, la jambe déchiquetée. La mère de Koum a détourné le regard et serré ses deux enfants contre elle. L'enfant se souvient des bornes de la frontière, des hommes en habits noirs et des militaires thaïs. Il restait quelques mètres à parcourir. Un bruit a retenti, un sifflement. Et la mère a lâché l'enfant. Les longs cheveux bruns de la femme se sont couverts de sang. A côté d'elle, les gosses n'ont pas compris. D'autres réfugiés couraient comme des fous, leurs bras d'hommes ont enlacé les deux enfants et les ont entraînés. Depuis ce jour, Sounsri porte le matricule du Haut Commissariat pour les réfugiés, section « enfants non accompagnés ».

Soudain, l'enfant se fige sur sa chaise et des larmes lui coulent sur les joues. L'interprète tente de le consoler mais le petit garçon se jette sur la table, déchire la page centrale du dossier et piétine sa carte de réfugié. Il hurle en thaïlandais, et Koi, mon interprète, traduit chaque bribe de phrase. Je comprends enfin : la sœur de Sounsri a disparu du camp depuis onze jours. Il l'a cherchée partout, mais personne ne sait où est passée cette petite fille de huit ans. Peu à peu, l'enfant se calme et une éducatrice le ramène vers son foyer. Cette histoire me cloue sur ma chaise. Incapable de dire un mot, je tourne la tête vers Koi. Son regard est celui d'un homme blessé. Le chef du camp n'a rien entrepris. Il est absent mais ne perd rien pour attendre! Je prends rendez-vous pour le lendemain à la première heure. La voiture roule vers l'hôtel tandis qu'un pesant silence s'est installé. Pourtant, une intuition me dit que ce jeune interprète de vingt ans vient de changer le cours de mon histoire.

Vingt-deux heures: il fait frais. J'ai préféré ne pas sortir pour dîner. Dehors, la nuit noire est tombée, le restaurant est vide et, de ma fenêtre, je peux voir la rue déserte. Soudain, quelqu'un tambourine à la porte. Le temps de passer un tee-shirt et me voilà face à Koi, l'interprète. Il ressemble à un grand lycéen, habillé d'un jean et d'un blouson vert. Le doigt posé sur les lèvres, il me fait signe de le suivre. Une petite lueur éclaire son regard. Cette promenade nocturne nous entraîne vers la sortie de la ville, au bord de la rivière. Nous marchons d'un pas rapide, sans un mot, guidés par une confiance mutuelle. Dans la pénombre, deux jeunes femmes attendent, assises sur un banc. Koi engage la conversation et me traduit en français le contenu de cet échange. Les deux Thaïes sont éducatrices dans le camp où a disparu la sœur de Sounsri. La première veut parler, s'avance. Elle chuchote: «Des enfants réfugiés disparaissent régulièrement. Les militaires enlèvent les petites filles pour fournir les bordels de Bangkok. Les petits garçons sont vendus aux usines clandestines. Ces filières existent aussi dans d'autres camps sur la frontière cambodgienne. Et nous ne pouvons rien y faire! En Thaïlande, c'est la mafia chinoise qui organise le commerce d'enfants.» Elle s'arrête, hésite: «Nous risquons gros en vous racontant tout cela. Promettez-nous de ne pas mentionner nos noms dans votre rapport. Voici le contact de deux amies dans les camps de Kao-I-Dang et de Phanat-Nikom. Là-bas, la situation est exactement la même.» Phanat-Nikom! Le camp que j'ai connu, celui de M. Hoa, de Mme Surin, des petites marionnettes de chiffon... Nous nous quittons d'un signe de la main. Les deux silhouettes élancées disparaissent dans la nuit. Je me retourne une dernière fois: elles semblent ne jamais avoir existé. Cette nuit-là, il me sera impossible de fermer l'œil.

Le lendemain, le responsable du camp, un homme d'une cinquantaine d'années, est debout dans son bureau, droit et sûr de lui. Mais son discours sonne faux: «Il arrive que les enfants fuguent et ne reviennent pas. Nous n'y pouvons rien...» Il n'en dira pas plus. Maintenant qu'elle a disparu, la sœur de Sounsri n'est plus qu'un numéro de dossier. Rien de plus. Sauf pour celui qui l'a achetée quinze ou vingt mille bahts.

Le temps passe et je dois poursuivre ma route. Il me reste trente-quatre enfants à rencontrer. Sounsri reste seul. Je prends la plume et rédige une note au dos du dossier afin que cet enfant soit prioritaire. Il me reste à visiter onze enfants dans la section «C» de Phanat-Nikom. Six semaines se sont écoulées depuis mon arrivée en Thaïlande. Il est temps de poser mes bagages au bord de la mer, histoire de mettre un peu de distance entre tous ces récits et ma vie.

Je regrette un peu cette mission, elle me donne une fausse impression de sauvetage. A chaque rencontre avec un réfugié, je me demande pourquoi je devrais le sauver au détriment d'un autre. Ils sont deux cent cinquante mille et nous en sortirons quatre-vingts. Derrière le terme «identification» se cache le mot choix. Un tri. Ici, il s'agit de choisir des hommes.

On roule. Phanat-Nikom n'a pas changé, mais plusieurs familles ont quitté le camp pour l'étranger. Comme chaque mardi, la distribution de riz des Nations unies rassemble les chefs de famille ou de maison. En file, ils attendent en silence les sacs de riz et le poisson séché. Mme Surin est toujours là. Son départ est prévu pour le mois prochain : « Encore un peu de patience ! » dit-elle. Nous nous retrouvons avec tendresse, dans l'unique restaurant du camp, celui où nous nous sommes connues. C'était il y a quinze mois. Je lui raconte les différentes visites dans les camps et ces mystérieuses disparitions d'enfants. Avec un sourire amer, Mme Surin me confirme que déjà, en 1980, sur la frontière, des dizaines de gosses disparaissaient. Les familles thaïes achètent ainsi du personnel de maison ; d'autres revendent de très jeunes Cambodgiennes dans les bordels. La filière est donc ancienne, et extrêmement bien rodée. J'avertis Terre des Hommes et j'attends son feu vert pour me lancer dans des investigations plus profondes. Je veux savoir si ce commerce existe. Il faut découvrir les mécanismes de la filière, trouver les consommateurs.

A Phanat-Nikom, je découvre la section « C », de l'autre côté de cette route que j'ai empruntée des dizaines de fois. Derrière les deux cents mètres de barbelés, neuf mille Vietnamiens attendent désespérément un troisième pays. Parmi eux, mille cinq cents enfants sont « non accompagnés ». L'enquête-évaluation touche à sa fin. J'ai distribué l'espoir. J'espère que la machine humanitaire à Lausanne va bien fonctionner. Pour la seconde fois en deux ans, je quitte Phanat-Nikom, ce camp que j'avais fui lorsque neuf de mes élèves avaient disparu. J'y suis revenue pour en arracher quatre-vingts à l'univers des barbelés. Mais surtout, cette fois-ci, j'ai découvert l'horreur du trafic d'enfants.

De plus en plus, je me demande si ces disparitions ne vont pas changer le cours de ma vie. Une fois encore, c'est à toi, grand-mère Simm, que je pense. Tu es la seule à pouvoir m'aider à trouver la réponse.

5

PATTAYA : RENCONTRE AVEC LES « CROCODILES »

De retour à Bangkok, j'attends le passage de Tim pour revoir chaque dossier avant de les expédier. Et passer une nuit sur la côte, pour tenter de débusquer ces enfants prostitués qui vivent dans les bars du bord de plage. En attendant, j'ai identifié un hôtel de Bangkok, dans le célèbre quartier de Patpong, où des enfants sont mis à disposition de la clientèle touristique. J'ai aussi lancé des appels auprès des associations thaïlandaises afin de trouver un partenaire qui pourrait m'aider. Soyons sérieux : je n'ai évidemment aucune chance de pénétrer ce milieu semi-clandestin. Une femme blonde aux yeux bleus ! Tim semble satisfait de l'évaluation des enfants réfugiés et se propose de vérifier si l'hôtel en question fournit des enfants. Quelques heures lui suffisent pour rencontrer deux petits garçons. Le lendemain, nous partons pour Pattaya, station balnéaire située à cent cinquante kilomètres de la capitale. Pattaya jouit d'une réputation internationale, depuis que les années de guerre du Viêt-nam en ont fait un haut lieu de la prostitution. Les guides de Bangkok, sur les comptoirs des hôtels, des bars, ou des simples salons de thé informent largement sur les possibilités de Pattaya-la-pute. Nous avons recueilli quelques informations sur l'existence d'un bar, le Sirene Boxing. Dans l'arrière-salle, les enfants attendent le client avant de monter dans leur hôtel pour quelques centaines de bahts. Le chauffeur de la voiture de location nous dépose dans la rue principale. Il est vingt et une heures ; nous traînons sur le trottoir. Des deux côtés de la rue s'alignent des bars, des salles de boxe thaïe, des cliniques pour maladies vénériennes et des bordels où des centaines de touristes occidentaux regardent la marchandise exposée. Comme au zoo. Des filles de tous âges, le sourire figé, attendent le client qui paiera quelques dollars.

Pendant le dîner, Tim essaie de m'expliquer ce qu'un homme peut ressentir dans un tel environnement. J'ai du mal à le suivre. Pour moi, cela ressemble trait pour trait à de l'esclavage. Un gigantesque comptoir humain où tout se loue et s'achète. Vers vingt-trois heures, nous nous séparons, chacun à la recherche d'enfants. Je circule de bar en bar. Inconsciemment, j'espère encore que nous n'allons rien trouver. A cinquante mètres, je peux voir une enseigne lumineuse et un nom en couleurs : le Baby Bar. Je m'installe sur un haut tabouret de plastique rouge. Des serveuses à l'œil fatigué y remplissent les verres de « Mékong », un mauvais whisky local, pendant que des touristes allemands commentent à voix haute le physique de l'une des filles. Le nez plongé dans mon jus de citron, je me sens terriblement mal au milieu de cette faune. Mon voisin de gauche est un Allemand, petit, gras, avec un visage en tête de poisson. Délicat, il me décoche un coup de coude pour engager la conversation. Helmut fait partie des habitués de Pattaya. Depuis sept ans, il y vient régulièrement, trois semaines en été, deux semaines à Noël. Il dépense ici toutes les économies de onze mois de travail dans un bureau d'assurances à Munich. Il ne vit que pour son retour ici, au « pays du sourire ». Dès l'aéroport de Bangkok, pour ne pas perdre de temps, Helmut achète un billet de bus directement pour Pattaya. Sur place, il s'installe dans un petit hôtel à quelques centaines de mètres de la rue principale. Il vit la nuit, dort le jour et semble connaître toutes les filles du bar. Pour lui, tout est simple, la vie des prostituées est facile et permet de faire vivre toute une famille. « Les filles apprennent même les langues étrangères au contact des touristes », grasseye Helmut. Allons ! Quelques minutes et une ou deux bières de plus et il va m'expliquer sans doute les bienfaits thérapeutiques du métier de prostituée à Pattaya. Cette année pourtant, Helmut est venu chercher la femme idéale, celle qu'il va emmener en Allemagne après un mariage rapide à l'ambassade de son pays. « Ah, les Thaïes ! Elles n'ont pas de besoins, ne réclament rien et restent toujours souriantes », dit Helmut qui se perd dans un long monologue sur les qualités de ces femmes. Une chose le séduit par-dessus tout : la soumission. Je le quitte.

Un peu plus loin, des jeunes enfants de cinq, six, sept ans vendent bonbons et cigarettes. La législation thaïlandaise interdit le travail des enfants au-dessous de seize ans. Au coin de la rue, un policier en service détourne le regard : aveugle ou complice. Un enfant s'approche, son stock de marchandises sur l'épaule. Il a six ans peut-être et mesure un mètre, à peine. Quant au policier, transformé en statue sous les néons du bar, il ne semble plus impressionner personne. Etrange... Ce bar ressemble à un manège. De petits vendeurs, hauts comme trois pommes, jouent à touche-touche au milieu des clients. La nuit est maintenant largement entamée et un gamin de six ou sept ans me grimpe sur les genoux. Il se love contre moi et engloutit mon verre de soda. Ce môme, minuscule, ne cherche qu'un peu de tendresse. Dix minutes plus tard, d'un mouvement brusque, l'enfant se projette sur mon voisin. De genoux en genoux, de client en client, l'enfant arrive jusqu'à l'autre côté du comptoir. Un homme d'une quarantaine d'années entreprend de le caresser. Son bras musclé entoure le corps frêle de l'enfant. D'un mouvement répété, sa main se balade sur le haut des cuisses du gamin. A voir son attitude assurée, ce n'est pas la première fois que l'homme est dans cette situation. Sous l'effet de l'émotion ou de l'alcool, son visage rougit. Il pose sur la table quelques billets rouges, plusieurs centaines de bahts. L'enfant regarde la somme et le touriste. Une serveuse trop maquillée ramasse les billets. Marché conclu : l'homme est déjà debout, il prend l'enfant par la main et quitte le bar. Abasourdie, je mets un certain temps avant de comprendre. Au milieu de cette foule, l'homme et l'enfant sont déjà loin.

A côté de moi, un Italien rondouillard attire mon attention. Il tient serré contre lui un petit garçon de sept ou huit ans. Mon regard doit trahir mes interrogations. Mario, âgé de trente-trois ans, engage la conversation. Que fait une jeune Occidentale dans un bar comme celui-ci ? Lui est un commerçant presque banal, qui visite la Thaïlande régulièrement, pour rencontrer ses fournisseurs de cotonnades. L'homme est plutôt sympathique : un bon père de famille napolitain, à la tête d'une entreprise de confection. Mais il termine chaque séjour par une semaine à Pattaya. La conversation dévie, je l'interroge sur la rencontre de ce petit garçon dont il semble si proche. Mario a un grand sourire :

— La prostitution, ici, ne veut rien dire. Vendre son corps lorsqu'on est enfant fait partie des opportunités économiques. Ici, ce sont les pères qui initient leurs enfants...

Je ne sais pas très bien comment réagir. Visiblement, il ne plaisante pas, ne cherche pas à me provoquer. Et semble convaincu de ce qu'il dit. Je ne peux m'empêcher de l'imaginer à Rome à la terrasse d'un café. Une rencontre au hasard d'un voyage, une amitié normale qui aurait pu se nouer. Je pousse la conversation un peu plus loin :

— Et vous, Mario, vous avez eu des relations de ce type avec vos propres enfants ?

— Bien sûr que non, ne mélangez pas tout, le

modèle culturel n'est pas le même. Nos enfants ne peuvent comprendre cette forme d'amour. Ils n'y sont pas préparés, dit Mario en faisant la moue, et voyez-vous, c'est dommage.

Cette fois, j'attaque :

— En Europe, ces petites fantaisies vous coûteraient une dizaine d'années de prison. Mais ici, vous pouvez, en toute impunité, violer des enfants. Il ne vous faut qu'un peu d'argent. Et un mauvais alibi culturel.

Piqué, il hésite avant de se lancer dans un discours sur la libération des mœurs, le nouvel amour, l'Antiquité grecque...

Silence ! Rideau ! J'en ai trop entendu. J'ai envie moi aussi de commander un verre de cette saloperie de « Mékong », histoire d'oublier les voix de Helmut et de Mario. Et s'il y avait d'autres bars comme celuici, avec d'autres Mario, d'autres Helmut ? J'ai du mal à le croire. Je me lève.

Dans la rue, j'ai remarqué un autre bar où jouent des enfants. Le Mamaya Bar est semblable à tous les autres avec son comptoir illuminé, ses hautes chaises en plastique rouge, sa musique assourdissante et ses filles qui dansent sans conviction. Certains touristes sont avachis sur des tabourets ; d'autres, plus en forme, parlent de leurs performances sexuelles et de la dernière fellation dans un hôtel sans étoile. Une serveuse usée remplit les verres de whisky-Coca. Au fond de la salle, deux adolescents de quatorze ou quinze ans combattent sur un ring en bois. Un match de boxe où les coups pleuvent. Le sang coule devant des touristes excités. On mise gros.

Nous sommes une douzaine de clients derrière le bar. Deux Français s'installent, deux jeunes cadres d'une entreprise privée. Je ne peux m'empêcher de tendre l'oreille. Les voilà fascinés par leur première visite nocturne de Pattaya, par ces centaines de filles qui les attendent, par leur fraîcheur et leur jeune âge. Ils me voient. Quelques mots, un sourire et nous plaisantons sur le grotesque de la situation. Philippe est ingénieur. Il est souriant, séduisant et direct :

— Qu'est-ce que tu viens faire dans cet endroit ?

Bonne question. Vite ! Un scénario : me voilà infirmière dans un dispensaire du quartier, chargée des consultations pour les maladies sexuellement transmissibles. Je connais suffisamment le sujet : je ne risque pas de me perdre dans ce petit mensonge. Le jeune ingénieur a un mouvement de recul :

— Le sida ici ! (Le ton de sa voix est devenu soudain agressif.) Nous sommes au Royal Cliff Hotel et le directeur nous a affirmé que le sida n'existait pas à Pattaya.

Je m'empresse de lui livrer les statistiques gouvernementales, celles dont font état le *Bangkok Post* et *The Nation*, les journaux du pays. Elles sont nettes : quatre cent mille séropositifs déclarés. Bien sûr, les prostituées sont les plus touchées. Philippe a approché son siège du mien, si près que je perçois l'odeur de son after-shave Ralph Lauren. Et celle de sa peur. Je le trouve touchant avec ses yeux d'adolescent. Prostitution, contamination, sida, préservatifs... Le sujet est lancé, il va occuper la soirée. Son ami a choisi le mépris. Il détourne la tête, histoire de protéger son rêve. Mais il fait une drôle de mine. En voilà deux qui ne dormiront pas très bien cette nuit !

A deux heures et demie du matin, dans un dernier bar, j'écoute une Chinoise au visage rond discuter avec un homme de cinquante ans. Ils négocient le prix d'une petite prostituée, une fille de quatorze ans. Et la conversation devient houleuse :

— Je vous en donne six cents francs !

— Non. Vous avez demandé une fille vierge. Vous l'avez. Si vous la voulez, c'est mille francs !

— Huit cents francs. Dernier prix !

Un signe de la tête, le marché est conclu. En Thaïlande, cette femme est une « Mamasan », le nom des tenancières de bordel. Elles sont souvent d'anciennes prostituées qui organisent la location ou la vente des filles. Face au bar, l'adolescente attend son client dans une chambre du salon de coiffure. L'homme, un citoyen britannique au profil de bibliothécaire, pourrait être employé à la Victoria Library. Un peu raide, il se lève et traverse la rue.

Dans le bar, rien n'a changé. Dix fois je regarde ma montre. A trois heures et demie, l'homme réapparaît, se dirige vers le bar et prend place à droite du comptoir. Sa chemise est déboutonnée et ses joues sont rougies. Le « libraire » a renoncé aux apparences. Un de ses amis lui pose quelques questions. Tous deux ont trop bu. Le « libraire » commente le physique de la fille-enfant et les positions qu'il lui a imposées. Son ami a l'air très excité. Et je lutte contre l'envie de vomir. Il est temps de quitter cet endroit. Je m'arrête un instant devant le salon de coiffure. Tout y est éteint. Marcher ! Mettre de la distance entre eux et moi. Entre elle et moi.

La nuit est noire, et presque calme. Au loin, le bruit des vagues. Des touristes trop saouls cherchent leur chemin, en traînant derrière eux des filles fatiguées. Je traverse une ruelle, vestige du vieux Pattaya des années 50, au temps où ce joli bout de plage n'était pas encore un cloaque à ciel ouvert. Un Thaï me rattrape et me propose un catalogue. Je ne comprends pas ce qu'il veut, il parle trop vite.

— Attendez, attendez, nous avons ce que vous cherchez.

Je m'arrête, intriguée. Le catalogue ouvert exhibe des candidats masculins en tenue légère.

— Trois cents francs la nuit, Koon Madame, très performants.

Un rapide coup d'œil à ma montre m'indique que je suis déjà en retard de quarante minutes au rendez-vous convenu avec Tim. Je cours. Dans mon esprit défilent les visages de ces hommes qui tripotaient les gosses derrière un bar, l'air du « libraire » qui affichait en vitrine une dignité de pacotille, l'allure de

Mario, bon papa napolitain à qui une mère confierait volontiers son enfant le temps d'une course au supermarché... Qu'ont-ils tous en commun? Je ne sais pas. Les gosses, eux, doivent le savoir puisqu'ils leur ont donné un nom. Je ne sais pas si c'est leur façon d'attraper leur proie, leur peau fripée ou quelque chose de nauséabond qui émane de leurs clients mais les mômes me diront un jour comment ils les appellent: des « crocodiles ». Oui, c'est cela. Les gosses ont raison. Des crocodiles.

6

BANGKOK : TOUCHER LE FOND

Il est quatre heures du matin. Et je cours toujours. Pattaya s'est éteinte comme une bougie. J'essaie de me rappeler le chemin. Au loin, à la lumière des réverbères, j'aperçois la silhouette de Tim, assis sur un bord de trottoir. Le chauffeur de la voiture s'est assoupi au volant du véhicule. Nous quittons cette ville folle pour rejoindre Bangkok. Deux heures de route dans un silence total. Nous n'avons pas la moindre envie de parler, de partager nos horreurs. Je voudrais nager jusqu'à l'épuisement physique, ne plus sentir le poids de mes membres et surtout le bourdonnement qui me vrille la tête. Le jour se lève doucement, la voiture file à toute allure sur l'autoroute que les premiers camions commencent déjà à encombrer. Nous dépassons les minibus qui emmènent vers la capitale la main-d'œuvre ouvrière. Comment font-ils pour voyager à quinze, serrés comme des sardines ? Nous approchons de Bangkok alors que la ville s'éveille. Au parc Lumpini courent les premiers joggeurs tandis que les vendeurs s'installent sur les trottoirs. Sur les cuisinières roulantes, des soupes bouillonnantes attendent l'arrivée des premiers employés. A l'arrière, Tim s'est endormi.

Nous arrivons dans l'appartement d'un ami, dans le quartier de Sukumvit, au nº 1 d'un *soï*, ces petites ruelles de Bangkok. John est responsable de projets dans une association internationale. Je revois son visage couvert de taches de rousseur. Un homme cultivé, fou d'antiquités chinoises, qui parle quatre langues mais sait rester secret. Je ne lui ai jamais connu une amie, ou un ami. Absent pour plusieurs semaines, il m'appelle de temps en temps pour me donner des nouvelles et prendre ses messages. La résidence est encore endormie. Tim se dirige vers la chambre et sombre dans un profond sommeil : son départ pour le Bangladesh est prévu pour le lendemain. Quant à moi, impossible de dormir, le sommeil me fuit. Seule dans la piscine, je nage jusqu'à l'épuisement, mes bras deviennent douloureux et ma tête se vide peu à peu. Depuis ma plus tendre enfance, nager est une forme d'exutoire. Je laisse dans l'eau des piscines toutes mes frustrations, toute ma violence retenue, toute ma colère.

Treize heures, l'air conditionné rafraîchit la pièce. Nous émergeons de notre torpeur psychologique. Mme Shen, la dame de maison, prépare des mets thaïs dont l'odeur de curry envahit l'appartement. Elle a la maigreur sèche des paysannes usées par le soleil des rizières. Assis au milieu du salon, nous reprenons chaque détail de nos expériences de la veille. Tim a suivi un enfant accompagné d'un client étranger jusqu'à l'hôtel. Le réceptionniste a fait mine de ne pas voir le gamin dont la taille n'atteignait pas le comptoir. D'autres clients se sont présentés et le scénario s'est répété. Les enfants ont regagné la rue tard dans la nuit, quelques billets en poche. J'éprouve des difficultés à raconter avec précision cette dernière nuit. Quelque chose en moi lutte pour oublier, comme si ma mémoire refusait d'accepter ces récits, comme si nous avions tout inventé. Tim a compris :

— Parler, il faut parler pour que la violence dont tu as été le témoin ne laisse pas de trace. Pour que cette expérience ne te bouffe pas !

J'ai parlé. Mme Shen est partie sur la pointe des pieds. Tim prépare ses bagages. Je me sens déjà terriblement seule. Cette mission faite de camps de réfugiés, de disparitions, d'enfants prostitués a changé quelque chose au plus profond de moi. Je dois poursuivre, tenter de comprendre les mécanismes de ce trafic d'enfants, le pourquoi de cette omniprésence occidentale chez les consommateurs. Pourtant, j'ai peur. Oui, j'ai peur. J'ai vingt-cinq ans et je risque de perdre confiance en l'homme pour le reste de ma vie.

Au petit déjeuner, Tim triture nerveusement un morceau de pain. J'écoute ses dernières recommandations. Il m'autorise à poursuivre l'investigation pendant les deux semaines qui me restent à passer en Thaïlande. C'est trop court. J'éprouve à l'égard de Tim un sentiment confus. J'ai l'impression que cette idée d'enquête-évaluation l'embarrasse. Je sais que ce domaine est le sien, il connaît très bien l'Asie et les enfants qui vivent dans la rue à Bogota, Bangkok ou Delhi. Je ne voudrais pas voir naître entre nous une sorte de rivalité. Je chasse cette idée. Dans le hall des départs de l'aéroport de Bangkok, Tim lève une dernière fois la main, une porte s'ouvre. Je le perds dans la foule.

Seule dans le taxi du retour, je réfléchis. Il faut que j'aie un contact direct avec les enfants prostitués du quartier chaud de Patpong. C'est le seul moyen de comprendre. Un problème: je suis une femme, blonde, aux yeux bleus, et ce n'est pas exactement le profil du consommateur. A Bangkok, les enfants, du moins les petites filles, ne sont pas visibles. Elles sont enfermées dans des hôtels pour touristes. Seuls des garçons vivent sur le trottoir. J'ai quelques informations concernant des hôtels «spécialisés» qui fournissent aux clients des petites filles de moins de quatorze ans, deux d'entre eux sont sur une artère principale, Suriwongse Road. John m'a aidée à trouver le guide «Spartacus»: huit cents pages de manuel de voyage à l'usage des homosexuels. Quand on épluche le document, on s'aperçoit très vite que les consommateurs sont très probablement des pédophiles. Les données permettent de trouver sans difficulté les hôtels où des « jeunes hommes » sont à disposition. Le guide explique comment les aborder. Lorsqu'un enfant a onze ans, il ne s'agit pas encore d'un adulte. Mais « Spartacus » utilise ce terme pour masquer les réseaux de pédophiles. Ces huit cents pages de saloperies sont vendues dans toutes les capitales d'Europe. Dans un kiosque de métro, une librairie spécialisée ou un sex-shop. Dans les salons de massage, j'ai ramassé des dépliants touristiques qui indiquaient des hôtels où les enfants semblent être à disposition des clients.

Voilà huit jours que je passe mes nuits dans les bars de Patpong. Les touristes étrangers fréquentent les bars aux premières heures de la nuit et disparaissent pour laisser la place aux habitués, souvent des expatriés installés à Bangkok de longue date. Des hommes thaïs accoudés au bar attendent on ne sait quoi. Certains bars ferment à deux heures du matin comme le veut la législation du pays, mais derrière les portes closes, la « fête » continue. Sur le comptoir argenté, des filles dansent sur le dernier disque américain, gestes mécaniques pour corps sans conviction. A la fin de la nuit, les visages des clients sont bouffis d'alcool et les yeux des prostituées vidés par trop de pilules d'amphétamines. J'imagine assez mal comment ces très jeunes femmes vivent sept jours sur sept dans ces conditions sans prendre de came. Je pousse la porte de l'hôtel S de la Suriwongse Road, m'assieds dans l'entrée au milieu des clients, des hommes occidentaux entre trente-cinq et quarante-cinq ans. Leurs regards fixent, sur l'écran de télévision, une scène porno à la chinoise ; deux jeunes filles thaïes triturent les épaules d'un homme, un Indien probablement. Un couple d'Européens détonne. La femme est triste et pensive. L'homme approche de la soixantaine d'années, un ventre rond et des mains épaisses posées sur les genoux. D'un geste, la femme se lève et quitte la salle. La porte ouverte laisse pénétrer un souffle d'air chaud. Dans la cour, deux enfants jouent au ballon à la lumière des néons, une rangée de garages bordent la cour intérieure, des petits rideaux rouges cachent les véhicules et permettent aux clients une entrée anonyme. Ici, pas besoin d'inscription au registre, ni de passeport. Le fric suffit.

Un homme seul se dirige vers la réception, les mains dans les poches, sans bagages. Un gros Chinois assis sur une chaise haute fixe le prix de la chambre : deux cents francs pour la nuit ou cent vingt pour deux ou trois heures. La consommation est en supplément, et les boissons sont à payer au bar. Quelle est donc la différence entre « consommation » et « boissons » ? Simple : la boisson se limite au « Mékong-soda » ; quant à la consommation, il ne peut s'agir que des filles. Le client a choisi le tarif pour quelques heures et le Chinois prend une clef sur le tableau : « n° 121, 1er étage ».

Un constat : il me faut un partenaire pour infiltrer ces réseaux. Seule, je n'ai aucune chance. La réponse à mes questions est cachée dans une de ces chambres. Trouver un homme qui acceptera de jouer ce jeu avec moi ne sera pas facile ! Je quitte l'hôtel, cinquante mètres de *soï* me séparent de l'avenue. Il fait sombre. Des adolescents, serrés les uns contre les autres dans un coin du *soï*, respirent une odeur de colle brûlée, le nez dans un sachet de plastique. Des sanglots attirent mon attention. Sur le bord du trottoir, une Européenne fume une cigarette. Des larmes coulent sur son visage, elle me jette un regard rapide, tourne le dos et se dirige vers l'hôtel S. Son homme doit déjà y être.

Il est tard, je prends un *touk-touk*. Le gardien de la résidence dort profondément. Dans l'appartement, le voyant lumineux du répondeur affiche quatre messages. John a appelé de Hong Kong. Lui connaît peut-être une personne qui pourrait m'aider. Quelques heures de sommeil avant que le soleil ne se lève. Depuis mon départ de Bruxelles, j'ai réduit mes nuits à cinq ou six heures. Je déborde d'énergie et les fantômes du passé me visitent de moins en moins. Je suis réveillée par le téléphone : c'est John. Il connaît un ami australien, un nommé Alf, qui pourra m'aider. Alf est en Thaïlande depuis quatre ans, il est responsable d'une boîte d'import-export et marié à une Thaïe dont il vient de se séparer. Je l'appelle aussitôt, un rendez-vous est fixé pour cette fin d'après-midi. Vite, je suis déjà en retard, je dois rencontrer les responsables de la Fondation pour les enfants, une association humanitaire thaïlandaise qui, d'après John, possède une petite expérience en matière de prostitution enfantine. Je ne sais pas encore que ses animateurs joueront un rôle capital dans mon projet. Le siège de cette association est situé de l'autre côté du fleuve. Impossible à trouver. Aucun signe d'une association sur cette grande artère. Je m'adresse au premier policier planté sur le carrefour. Sans espoir, il ne comprend pas. Je fouille dans mon sac, retrouve leur numéro de téléphone, une secrétaire décroche. D'accord, j'ai compris : à cent cinquante mètres de la cabine, sur la gauche ; à front de rue, la porte d'un garage et, derrière celle-ci, les bureaux de la Fondation. Je n'aurais jamais trouvé !

Le bâtiment déborde de personnel, d'enfants et de dossiers, une ambiance sympathique règne dans ce lieu. L'homme qui vient vers moi deviendra un ami et un soutien sans faille : Teelapon est un jeune avocat de trente-cinq ans. Il est grand, un mètre quatre-vingts, vous détaille de ses petits yeux malins et son sourire est un vrai sourire. Il me propose un partenaire, un jeune Thaï du nom de Toy, qui vit dans le Nord-Est. Un peu fou mais fiable. Mais il faut du temps pour le contacter. En attendant, Teelapon l'avocat m'indique quatre hôtels où des enfants sont enfermés en plein quartier touristique. L'hôtel S, que je viens de voir, est sur la liste.

— Attention, prévient l'avocat. Les hôtels pour touristes sont les plus dangereux. Ils sont protégés par la mafia locale et la police.

La police thaïlandaise, extrêmement corrompue et impliquée dans tous les trafics, semble liée à la prostitution. Nous nous quittons avec la certitude de nous revoir rapidement.

Seize heures : Alf, le contact de John, est assis sur le sofa de l'appartement. Il porte une chemise bleu de Chine qui lui donne une allure presque féminine. Je n'aime pas son regard fuyant. Shen, la servante, pose sur la table une théière et deux tasses de porcelaine bleue. Le jasmin parfume déjà la pièce. Je lui explique mon projet. Alf réfléchit et me propose de rappeler demain à la première heure. Je sais déjà qu'il ne le fera jamais. La peur se lit sur son visage.

Après trois jours d'attente, Toy, le contact de Teelapon l'avocat, doit arriver ce soir. Il doit pourtant voyager une bonne douzaine d'heures pour venir du nord de la Thaïlande. Nous avons rendez-vous dans un restaurant vietnamien. J'aime cet endroit, avec son arbre artificiel planté au milieu de la pièce. Bizarrement, on a l'impression que cet arbre a toujours été là.

Je suis en avance, aucun des clients ne ressemble à la description de Toy. Le temps passe... Encore un faux espoir ? Soudain, un homme se dirige droit vers moi : un mètre quatre-vingts, très grand pour la moyenne des Thaïlandais, la peau foncée, une chemise blanche portée sur un simple jean. Il s'assied.

— Vous êtes Marie et je suis Toy. Désolé, mais mon bus a pris du retard, huit heures de route au lieu des six prévues.

Nous engageons la conversation. Trois minutes suffisent pour avoir l'impression de se connaître depuis toujours. Il parle lentement mais il pense vite et juste.

, des touristes abusent de lui. Son corps
races de sévices ; son épaule notamment
de brûlures de cigarettes : les tenanciers
savent se faire obéir et briser toutes les

e à la porte et le corps de l'enfant se
récupère le plateau de riz, la porte se
l'enfant se détend. Il a peur du Chinois
çon d'étage. Longtemps, Moo a espéré
En vain. Les enfants ne sont jamais seuls.
rçon grimace : il déteste les hommes, les
st tard : le gosse s'endort au pied du lit, au
jouets.
d une couverture et la pose sur le corps de
mme. Je réfléchis : nous avons loué une
hôtel très spéciale, avec un gamin fourni
de. Et nous avons offert une nuit d'en-
petit esclave. Et maintenant ? Toy a fini
ger sur le lit, les yeux fixés au plafond, sa
ne posée sur mon épaule. Il est trop tôt
et trop tard pour trouver le sommeil.
uloir, des bruits de pas, de nouveaux
s la chambre d'à côté, un autre enfant est
omme. Pour être violé.
es du matin : Moo le gamin est réveillé. Il
êtements, rassemble ses jouets, ouvre la
t et cache le sachet en plastique au fond

st pas normal d'avoir des jouets ici, c'est
pour vous, dit le môme qui connaît les
a maison, je viendrai les chercher à un
nt.
dans les bras de Toy qui a juste le temps
er. Il l'embrasse, me fait un signe de la
araît dans le couloir.
terriblement mal. Seule sous la douche,
la main, le dégoût me colle à la peau. Je
à quitter la salle de bains.
iète. Il imagine un malaise, pousse la

— OK, je vais vous aider. Je ne sais pas pourquoi. Mon intuition me dit que je dois le faire. C'est tout. Alors, écoutez-moi bien. Je suis thaï et vous êtes étrangère. Les règles du jeu sont différentes. Vous avez un passeport et un billet d'avion et je n'ai rien de tout cela.

— Et alors ?

— Alors, c'est moi qui mène le jeu.

Glups ! J'avale ma salive.

— D'accord, Toy. Allez-y… Je vous écoute.

Il se radoucit.

— J'ai de l'admiration pour la femme étrangère que vous êtes.

Une ombre traverse son regard.

— Mais vous n'avez pas idée de ce que vous allez découvrir derrière ces portes d'hôtel. Si nous travaillons ensemble, c'est pour un travail d'observation. Pas de sauvetage. Aucun enfant ne sera arraché à la prostitution.

J'acquiesce. On sert le repas. Les règles sont fixées. La voix de Toy est maintenant plus détendue.

Nous échangeons nos expériences. Toy travaille dans une petite ville du Nord-Est, région connue pour ses longs mois de sécheresse et la pauvreté de la population. Il s'occupe d'un projet social dans un bidonville et du soutien à des filles mères. Il est marié à une institutrice et père d'une petite fille de deux ans. Toy collabore régulièrement avec la Fondation pour les enfants.

— Dès demain, je peux vous aider pour l'enquête. Mais je ne dispose que de sept jours. Si les résultats sont bons, je pourrai me rendre disponible deux mois de plus, au printemps prochain. Rendez-vous demain soir, au Petit Paris, un restaurant français sur Patpong 1. A vingt-deux heures. D'accord ? Au revoir.

Et Toy disparaît.

Incroyable rencontre. Pour la première fois, dans cette ville étrange, j'éprouve du plaisir à marcher seule dans la nuit. Dans Silom et Patpong, les trottoirs sont couverts d'échoppes de vêtements, bourrées de copies de chemises Lacoste ou de sacs Louis Vuitton. Au carrefour de Silom, des nuées d'enfants attendent la fin de la nuit, sniffent de la colle et boivent de l'alcool pour oublier leur détresse. Celle de tous les enfants de la rue. Des clients occidentaux abordent les gamins, discutent le prix. Ils fument une cigarette, partagent des fruits, un peu de chaleur et les gosses confiants les suivent. Pour une nuit dans un lit, un repas et quelques centaines de bahts. Inutile d'être un spécialiste pour observer ce genre de scène. Il suffit de s'arrêter vingt minutes. Et d'attendre. A cinquante mètres de là, une patrouille de la Tourist Police veille à la sécurité de ces étrangers en or, troisième source de revenus du pays.

Le lendemain, je suis évidemment en avance au rendez-vous. Et terriblement impatiente. Devant les boîtes de nuit, les rabatteurs attirent le client en braillant : « Banana show au Pink Panther. No charge, sir. Gratuit, monsieur ! » Tous les dix mètres, un jeune Thaï vante les spécialités de la maison.

Toy est là, à l'heure. Au programme, ce soir, visite au Suriwongse Hotel. Nous allons louer une chambre, jouer le couple et tenter de louer un enfant. Dix fois, nous répétons le scénario. Maintenant, il faut y aller. A la réception de l'hôtel, un gros Chinois est posté sur une chaise haute. Nous nous installons au bar, devant la vidéo porno. Le Chinois n'a pas bronché. Toy se dirige vers l'homme, réserve une chambre pour la nuit et paie cash. Je quitte ma chaise et le suis sans oser regarder personne. Dans le reflet du miroir central, je vérifie si tout paraît normal. Moi, en revanche, je bouillonne de peur. Chambre n° 224, deuxième étage, à droite de l'escalier. La pièce est triste et sale. Un relent de moisissure nous prend à la gorge. Je retrouverai souvent cette sale odeur. Chaque fois, j'aurai le même recul. Le garçon d'étage est couvert de bijoux en or. A la taille, il porte un couteau. Charmant. Pour lors, il attend son pour-

boire, puis, sans ménage
çon. Dix, douze ou seize
signe de la tête et indique
paï », dix ans. J'arrive à p
soient aussi faciles, les p
sans véritables précautio
totale impunité !

Il nous reste à attendre

Quinze minutes s'écoule
sée d'une main d'enfant. I
dix ans se dirige vers l
douche rapide et se prése
une serviette de bain. To
voix est chaude et l'enfan
tent plus les jouets que no
une voiture de pompiers r
petite poupée blonde. Peu
un enfant. Assis sur le sol,
s'est assis à ses côtés, il lu
tuer son histoire. Le gosse
la Thaïlande, un village a
regard de l'enfant s'illum
maux, le bœuf de la famill
poussiéreux. Jusqu'au jou
est passée. C'était il y a u
posé des contrats pour
salaire d'avance et l'en
cents bahts par enfant.
pour un an, précisait qu
une fabrique de vêtem
même de l'envoyer dan
arrivée à Bangkok, Moo
les bureaux de l'agence
miner, l'ont regardé de
demandé d'enlever ses
nu au milieu de la piè
négocié son prix. Et, tou
Sans ménagement, l'en
hôtel et offert aux cl

chaque soi
porte des t
est couvert
de bordel
résistances

On frap
raidit. Toy
referme et
et du gar
s'échapper
Le petit ga
clients. Il e
milieu des

Toy pren
ce petit h
chambre d
à la dema
fance à ce
par s'allon
main gau
pour parle
Dans le c
clients. Da
livré à un

Sept heu
enfile ses
table de nu
du tiroir :

— Ce n'
trop risqué
risques de
autre mom

Moo saut
de le rattra
main et dis

Je me sen
mon savon
n'arrive plu

Toy s'inq

porte et nous nous retrouvons nez à nez. Il est gêné. Nous ramassons nos maigres bagages et quittons la chambre. Toy est pudique, comme tous les Thaïs, partout dans ce pays, qu'ils vivent dans les rizières, sur les plages ou dans les villes. Et pourtant, dans un monde parallèle, celui de la nuit, des bars et des bordels, cette pudeur oubliée se transforme brutalement en froide vulgarité. Aussi froide que cette chambre nº 224 que nous venons de quitter.

Je n'oublierai jamais cette nuit, ni les chiffres imprimés sur la porte. Au rez-de-chaussée, dans la cafétéria, une trentaine de « crocodiles » savourent leur petit déjeuner. Ils ont entre vingt-cinq et quarante-cinq ans, ils sont seuls, ils mangent. Il n'y a pas une femme dans toute la salle. Combien de ces Occidentaux viennent de renvoyer un enfant au petit matin ?

Nous partageons notre table avec un architecte français, trente-six ans, bon chic, bon genre. Il détonne plutôt dans cet hôtel sale et triste. Je l'imagine dans un autre décor, à la terrasse d'un hôtel de luxe, dégustant les plats les plus fins en compagnie d'un associé thaï. Dans cette salle minable, il ne ressemble pas aux autres. Ce doit être une erreur. Un taxi a dû lui refiler une mauvaise information, ou sa secrétaire s'est peut-être trompée dans les réservations...

— Etes-vous mariés ? demande Alain.

Il a l'air intrigué par le couple mixte que nous formons.

— Oui, depuis six mois. J'ai rencontré Toy à Londres chez des amis. Nous allons nous installer pour un an à Bangkok.

Alain paraît surpris. Il interroge :

— Le Suriwongse est le seul hôtel que vous ayez trouvé ?

Visiblement, il sait ce qu'est l'hôtel. Sa présence ici n'est donc pas une erreur.

— Le Suriwongse ? Il nous a été recommandé par un très bon ami.

— Vous connaissez donc les facilités de cet hôtel? Alain se fait plus précis.

— De quoi voulez-vous parler? (Je joue un peu les naïves.) De la modestie du prix, de sa situation en plein centre-ville, à moins de quatre minutes de Patpong ou... des spécialités?

— Des spécialités, confirme Alain avec un demi-sourire.

La conversation dévie lentement. Entre les œufs et le café, l'architecte se détend, comme s'il pensait que nous sommes venus dans cet hôtel pour les gamins.

— Je viens ici pour mon travail, cinq à six fois par an, confie le Français. Je m'arrête quelques jours au Suriwongse pour recharger mes batteries. Puis je m'installe à l'Oriental. Vous comprenez, je ne peux pas recevoir les clients dans cet hôtel sans étoile.

On comprend. D'un geste de la main, il appelle la serveuse et demande un autre café. Si je lui parle de Moo, le petit prostitué, il va peut-être me parler de ses nuits, sa clef — n° 263 — est posée sur la table. Brièvement, j'évoque Moo et «l'excellente» nuit que nous venons de passer. Ça marche. Deux minutes plus tard, il raconte fièrement ses expériences sexuelles.

— J'ai rencontré un enfant de huit ans hier soir. Il travaille ici. C'est un enfant attachant, d'une grande maturité sexuelle. Nous avons passé quelques heures ensemble. Vous comprenez, je n'ose pas les garder toute une nuit, par peur qu'ils ne dérobent quelque chose dans mes bagages.

On comprend.

— Très intéressant. Mais parlez-vous le thaï?

— Un peu. Des rudiments. Mais les enfants recherchent un peu d'amour, pas de la littérature!

Toy reste plongé dans son journal thaïlandais. De temps en temps, il jette un regard sans expression à l'étranger. Je sais qu'il le méprise profondément. L'architecte français poursuit sur sa lancée:

— Ici, les enfants ont une maturité sexuelle très jeunes. A huit, dix ans peut-être. Alors, ils offrent leur corps. Se prostituent. Parce qu'ils ont une valeur économique. Mais ils ne souffrent pas ! Un adulte peut aimer physiquement un enfant sans lui faire mal. Les journaux racontent n'importe quoi. En Europe, toute relation sexuelle avec un enfant est considérée comme un abus, une horreur. Mais il existe autre chose. Vous comprenez : c'est le nouvel amour.

On comprend. Mais j'ai surtout très envie de vous planter là, avec vos conneries, et de m'enfuir. Vous comprenez ? Poursuivons.

— Vous imaginez aussi ces relations amoureuses avec vos enfants en France ?

— Non, bien sûr... Mais c'est dommage. Car nous passons à côté de relations authentiques. Vous venez d'épouser un Thaï, une expérience... rare et intéressante. Lorsque vous aurez des enfants, vous comprendrez mieux la relation enfant-père chez les Thaïs. Que peut-on imaginer de plus sécurisant pour une petite fille ou un petit garçon que de découvrir la sexualité avec son père ? Vous trouvez normal que ce soit un étranger qui s'en charge ?

Cet homme a grandi au sein d'une famille aisée, il a étudié dans les meilleures universités et il a des enfants. Je n'arrive pas à le comprendre.

Je me souviens un instant des pédophiles rencontrés, quelques années plus tôt, à la consultation de l'hôpital. Parce que, chez nous, ce genre de choses se soigne. Ces pédophiles avaient pourtant un point commun avec nos crocodiles : leur discours, fait d'un seul bloc, une logique qui leur est propre, qu'aucun argument ne peut atteindre. Alain a exactement cette attitude, il n'entend rien. La conversation change de sujet, roule sur les changements politiques en Asie du Sud-Est, l'ouverture du Viêt-nam, la concurrence féroce entre Bangkok et Hô Chi Minh-Ville, ex-Saigon, et la vie de la nuit qui reprend ses activités dans l'ancienne capitale du Sud communiste. Alain a l'œil qui s'allume :

— Je rentre d'un court séjour à Saigon. Tout a changé, les prostituées ne se cachent plus, une flopée de bars se sont ouverts. Je me suis installé dans un hôtel. Excellent ! Et on m'a proposé des enfants pour cinq dollars la nuit. Bien sûr, j'ai accepté. Pour mieux connaître la culture du pays. Vous comprenez ?

On comprend. Cinq dollars, moins de trente francs pour un enfant. La « culture » n'est pas chère dans un pays ruiné par vingt-cinq ans de guerre.

— Je connais bien les Philippines, poursuit Alain. J'y ai monté quelques affaires. Mais la situation économique est catastrophique et je n'ai plus aucun plaisir à m'y arrêter. Les gens sont pauvres, sales... et les enfants souvent malades. Là-bas, il s'agit vraiment de prostitution.

Je pense à ce que me racontait Tim sur la misère des gosses des rues de Manille. Leurs blessures, leur vie à même l'asphalte, les coups, la colle respirée, leur regard de vieillard. Cloués à vie sur un trottoir avec les flics d'un côté et les crocodiles de l'autre. J'aimerais tant qu'Alain l'architecte consente à se taire un instant !

Il semble m'avoir entendue, regarde le cadran de sa montre :

— Neuf heures trente... déjà ! Désolé, mais je dois vous quitter. Un rendez-vous à l'autre bout de la ville. Je suis à Bangkok pour quatre jours encore, venez donc prendre un verre un soir. Oriental Hotel, chambre 212. Appelez-moi, d'accord ?

Toy referme son journal et boit son café. La salle est presque vide, une serveuse débarrasse les tables. Je ne peux pas imaginer revoir cet homme, encore moins prendre un verre en sa compagnie à la terrasse d'un hôtel de luxe. Je sais que c'est une erreur. Si je veux des informations sur ce trafic, je dois accepter de suivre toutes les pistes. Mais c'est trop dur. Premier constat : je m'attendais à rencontrer des monstres — ils ressemblent à monsieur-Tout-le-Monde. Ça m'écœure. J'ai besoin de temps pour digérer tout ça.

Dehors, la circulation est dense, un nuage de pollution couvre le ciel de Bangkok, Toy est épuisé. Nous nous séparons sur le trottoir. Prochain rendez-vous, ce soir, vingt-trois heures, même endroit. Je retrouve l'appartement de mon ami avec un plaisir infini, une vraie douche, des pièces ensoleillées et un univers rassurant. Je m'impose quelques brasses dans la piscine.

Mme Shen, la femme de ménage, est entrée sur la pointe des pieds. Il doit être midi. Je l'entends s'activer dans la cuisine, une odeur de soupe pimentée envahit la pièce. Dans quelques semaines, j'aurai vingt-sept ans. Derrière moi la vie d'une petite fille heureuse, une famille sans problème, une scolarité réussie et la vie affective des femmes de mon âge. Jusqu'ici, j'ai été relativement épargnée. Le premier signe du destin fut la disparition de mon père. Mais cette nuit, sans trop savoir comment, je viens de passer derrière le miroir. En rencontrant ces enfants prisonniers des bordels, j'ai touché le fond. Je ne serai jamais plus la même. Je suis partagée entre le désir de poursuivre jusqu'au bout cette enquête et l'envie d'arrêter tout de suite, d'oublier tout. Mais si je refuse d'accepter la réalité de ce trafic, je serai incapable de me regarder en face. En fait, je n'ai plus le choix. J'ai poussé la première porte. Je vais aller jusqu'au bout de l'horreur.

La journée s'écoule entre la rédaction du premier rapport et une longue sieste inutile. Je me sens toujours aussi épuisée. Fatigue psychologique. Ma tête est lourde.

Il faut rejoindre Toy. Le trafic est plus dense que d'habitude. Le premier vendredi du mois est le jour où les Thaïs dépensent leur salaire dans les grands supermarchés de la capitale.

La ville est bloquée, les files de voitures s'étirent sur des dizaines de kilomètres. Mon *touk-touk* est englué dans l'artère Henri-Dunant derrière un énorme camion qui crache une épaisse fumée noire. Irrespirable, la gorge me pique : je poursuis à pied. Patpong doit être à moins de vingt minutes. J'aperçois au loin le magasin Jim Thompson, une superbe boutique de soieries où il m'arrive de flâner, à la recherche d'une petite chose pour ma grand-mère. Les coupons de soie, alignés sur les murs, ressemblent à des aquarelles. Jim Thompson, c'est aussi une grande histoire, celle d'un Américain qui a investi toute sa fortune dans la relance du commerce de la soie avant, dans les années 60, de disparaître mystérieusement au cœur de la Malaisie. Les Thaïs aiment cette histoire qui fait désormais partie du patrimoine du pays. Les uns pensent que Jim Thompson fut dévoré par un fauve ; d'autres racontent que cet Américain était un agent de la CIA.

Deux rues parallèles, Patpong 1 et 2, forment le quartier du même nom. On raconte qu'il appartenait à une seule famille thaïe : les Patpong. Plusieurs bars sont tenus par des Européens. Le plus célèbre est installé à l'angle de Patpong 1 et de Suriwongse. Spécialisé dans les banana shows, il est tenu depuis dix ans par un Français qui travaille pour la célèbre famille thaïe. Contre un salaire confortable et la protection de la police qui ponctionne chaque soir un pourcentage du chiffre d'affaires.

Un autre bar, à peine moins populaire, est dirigé par un Allemand. Toy me dira qu'il a quitté son pays en catastrophe, laissant une société en difficulté et d'importantes dettes.

Justement, Toy est là, installé à la terrasse du café. Il lève la tête, ses petits yeux noirs manifestent son contentement.

— Je croyais que tu ne viendrais pas ce soir... D'ailleurs, je ne t'en aurais pas voulu.

Nous prenons un café. Nos voisins jettent un œil sur le couple peu commun que nous formons. Il est assez rare de rencontrer un homme thaï accompagné d'une femme blanche. L'inverse est monnaie courante. Un couple de Français d'une soixantaine d'années regarde avec la plus grande attention le spectacle de la rue : des provinciaux qui terminent le séjour classique proposé par une grande agence de voyages. Ils viennent de passer dix jours sur la côte à Pattaya, étape inévitable de tout voyage organisé. Même si la baie de Pattaya, où les égouts rejettent chaque jour les déchets ménagers de la ville, est la plus polluée de Thaïlande. Même si des navires débarquent, sur sa plage, des centaines de marins américains en permission. Même si le tourisme y est misérable.

Ce soir, la nuit commence par une nouvelle piste. Nous avons relevé le nom d'un hôtel dans une revue touristique. L'hôtel R vante sa gamme de « services sexuels ». L'article précise qu'il suffit de contacter le gardien. Il donne même son nom : « Roy ».

L'hôtel est situé sur Suriwongse Road. A priori rien ne permet de croire qu'il cache un commerce d'enfants. Il ressemble à des milliers d'autres : un grand bâtiment, un peu démodé, aux étoiles un peu usées. Le gardien s'est assoupi sur sa chaise : costume trop grand pour son corps maigre, visage aux traits chinois, forte odeur de whisky « Mékong ». La majorité des clefs sont accrochées sur le tableau. Toy me jette un regard amusé et décoche une tape sur l'épaule du veilleur endormi. Le petit homme ouvre un œil, se lève, sourit à la vue du magazine que tient mon ami à la main. La négociation commence : deux petits garçons pour deux cent soixante francs. Le prix comprend la location des enfants et celui de la chambre pour deux heures. Ici il n'y a que du *short-time*, « courte période », précise le gardien. Le réceptionniste nous remet la clef de la 222. La chambre, spacieuse, ne ressemble en rien au Suriwongse. Le lit est recouvert d'un tissu fleuri, les serviettes de bain sont propres et une fenêtre donne sur la rue. Le gardien frappe trois coups à la porte. Les deux garçons entrent en fixant leurs pieds nus. L'homme les pousse dans la pièce, comme un maître pousse ses chiens. Il réclame la moitié des deux cent soixante francs. Solde à payer à la réception. Après consommation. Il s'en va. Les enfants n'ont pas bougé d'un pouce. Ils ont entre dix et douze ans, portent des vêtements sales et dégagent une odeur aigre d'enfant mal lavé. Rapidement, ils entrent dans la cabine de douche. De retour dans la chambre, une serviette de bain sur leur corps maigre, ils s'allongent sur le lit, les yeux fixés au plafond. Deux petits automates. Toy s'assied sur le lit, explique notre démarche. Ce soir, personne ne les touchera, nous voulons seulement parler. Le plus petit jette un regard à son copain et bondit du lit en prenant le sac de billes de verre que nous avons laissé en évidence sur la table. Assis sur le sol, il découvre ce nouveau jeu et les billes se dispersent dans la pièce. L'enfant sourit. Il a encore des dents de lait.

Mais le plus grand, nommé Noy, reste silencieux. D'un mouvement du corps, il se colle à Toy et tente de le séduire. Mon ami lui répète que nous ne le toucherons pas. L'enfant poursuit sa tentative de séduction. Celui-là s'est conduit trop longtemps comme un enfant-putain ; il ne sait plus se comporter autrement. J'en verrai beaucoup de ces gamins des rues, trop âgés, qui ont passé trop d'années dans les bordels ou à traîner dans les parcs de Bangkok. A force de négocier un sandwich contre une caresse à un étranger, à force de se donner à des hommes blonds en croyant trouver un ami, à force de se laisser fouler aux pieds, ils ont fini par croire que la vie était réduite à ce quotidien glauque. Plus grave, ils ont définitivement perdu leur enfance. Et devant nous, souvent, il ne reste qu'un gamin provocant, aux airs lascifs, à l'attitude de prostitué professionnel, qui rit quand on lui parle de sa misère, qui devient agressif dès qu'on lui tend la main, qui fuit lorsqu'on lui offre autre chose que de l'argent et un hôtel de passe. Ceux-là sont irrécupérables ou, du moins, très difficiles à réinsérer, nous dira l'avocat Teelapon. Face à ces gosses perdus, j'ai eu souvent envie de baisser les bras. Plus souvent encore, la colère faisait place à un sentiment aigu d'urgence. Il faut faire vite pour qu'un gamin violé ne devienne pas un adolescent pourri jusqu'à la moelle. Il faut faire vite avant que la rue n'ait fait son œuvre. Une course contre la montre avec tous les « crocodiles ».

Dans la chambre, le gamin continue à se trémousser. Toy, agacé, le repousse une dernière fois. Le gamin gémit, paumé. Une heure passe. Le plus jeune s'est endormi sur la moquette. L'autre, assis sur le lit, boit un Coca et raconte son histoire d'une voix fuyante. Noy n'est pas prisonnier ici. Il vit dans la rue et travaille pour les hôtels douteux du quartier. Il touche vingt-cinq pour cent de la passe et on lui permet quelques heures de sommeil dans un débarras. Il ne sait plus depuis combien de temps il vit dans la rue. Quand on lui pose la question, il répond : « Depuis toujours. » Il ne se rappelle pas avoir eu une famille et fréquente les hôtels depuis un an. Depuis le soir où un touriste de Patpong lui a proposé de le suivre dans sa chambre en échange de cinquante francs. L'étranger lui a demandé d'enlever ses vêtements, de se coucher sur le ventre et de fermer les yeux. Noy n'a rien oublié :

— Il s'est allongé sur moi. J'ai crié, j'avais mal, mais personne n'est venu à mon secours. L'homme m'a mis la main sur la bouche pour étouffer mes cris. Quand il a eu fini, je suis resté allongé un long moment, incapable de bouger, mon ventre était trop douloureux. Lorsque je me suis réveillé, l'homme avait disparu en laissant quelques billets posés sur la table.

Noy ne voulait plus faire ça. Mais le gardien est venu le chercher plusieurs fois dans la rue. Les clients attendaient.

— Je n'avais rien d'autre pour vivre. J'ai accepté. Avec le prix d'une passe, j'ai à manger pour deux jours. Et de quoi aider les copains qui n'ont rien trouvé. Lorsque je ne travaille pas, nous vivons en bande de cinq ou six; le soir nous dormons sur les trottoirs ou dans les entrées de supermarché. Dans des cartons.

A force de parler, Noy a repris une attitude et un discours de gamin. Il grimace en pensant aux touristes:

— Ils nous demandent des choses écœurantes, je les masturbe, je leur fais des choses avec la bouche... Et pire encore. Souvent, ça fait mal. Eux, ils croient que nous aimons cela! Je déteste les hommes.

Il ferme les yeux.

— Quand je serai grand, j'aurai une femme et une jolie maison.

Le second enfant est toujours endormi, mais son histoire ne doit pas être très différente de celle de Noy. Bangkok compte plusieurs milliers d'enfants à la rue.

Deux heures se sont écoulées, le gardien frappe à la porte, d'autres clients attendent. Les enfants se lèvent d'un bond, Noy nous jette un dernier regard, comme un SOS, et il disparaît dans le couloir. J'enrage. Je ne m'y habituerai jamais!

Nous réglons la facture. Le jeune Thaï encaisse les billets rouges et demande d'une voix monocorde:

— La soirée a été bonne? A très bientôt.

Dans la rue, la nuit noire est tombée. Toy me propose de faire une pause avant de poursuivre au Suriwongse, mais je préfère continuer pour en finir au plus vite.

Dans l'entrée de l'hôtel Suriwongse, rien n'a changé : vidéo porno, serveuses fatiguées, gros Chinois assoupi sur la chaise haute... Le garçon d'étage nous a reconnus, il descend l'escalier et décroche une clef du tableau, la tend à Toy. Chambre 228 : là aussi, rien n'a changé. Un robinet fuit dans la salle de bains, les draps du lit sont gris, tout dans cette chambre inspire le dégoût. Appuyé contre la porte, le garçon d'étage propose les différents enfants disponibles : quatre petites filles du Nord âgées de moins de treize ans, une petite Chinoise à la peau blanche et une jeune Birmane de quatorze ans. Seule, Sonta est déjà réservée par un client. Sonta ! Cette petite fille de huit ans que je n'ai jamais pu oublier depuis notre première rencontre, il y a quelques mois ; Sonta, son regard profond comme un puits de douleur. Chaque fois que nous passons ou entrons dans cet hôtel Suriwongse, c'est à elle que je pense. Une des règles d'or de notre sécurité est de ne jamais revoir un enfant prostitué. Pourtant, je n'arrive pas à effacer son visage, celui d'une gamine mourante que je finirai par acheter pour pouvoir la sortir de son enfer... Cela, je ne le sais pas encore. Je sais seulement qu'elle est là, à quelques chambres de nous, entre les mains d'un homme. Je serre les dents.

Nous choisissons la petite Chinoise. Le garçon précise qu'elle n'est plus vierge mais n'a connu que trois ou quatre clients. Une nouvelle dans le circuit. Le prix est donc plus élevé que pour Sonta. Mille francs la nuit, la moitié pour les quatre premières heures.

Toy a refermé la porte. Encore cette envie de vomir ! Toy s'en aperçoit :

— Ecoute, Mally (il dit toujours Mally pour Marie), tu sais qu'on peut s'arrêter là. Si tu le souhaites, on peut partir. Tout de suite.

Je me reprends.

— Non, on reste encore cette nuit. C'est trop tard. Partir maintenant peut attirer l'attention…

Je m'enferme dans la salle de bains à la recherche d'un peu de courage. Est-ce que tout cela est vraiment nécessaire? Bruits de pas dans le couloir, une porte qui claque, l'enfant est entrée dans la chambre.

C'est vraiment une petite Chinoise. Elle a une peau blanche comme du lait et, à la place des yeux, deux petites fentes qui s'entrouvrent sur des pupilles d'un noir de jais. Evidemment, son visage est triste. Jamais, dans un bordel, je ne rencontrerai un enfant qui ne porte sur lui la même immense tristesse. Quand ils parlent d'« amour et de plaisir » partagés, les crocodiles doivent avoir la vue trouble.

L'enfant est incapable de répondre aux questions les plus simples de Toy. Elle ne comprend pas le thaï mais nous regarde intensément. La gamine est intelligente, elle a compris que nous n'étions pas là pour abuser d'elle. D'un signe de la main, elle mime un plat de nouilles: elle a faim. Les tenanciers de bordel ne se contentent pas de faire travailler les enfants des nuits entières, ils les battent sauvagement au moindre signe de protestation et leur donnent à peine de quoi ne pas crever de faim, juste assez pour rester soumis au patron et présentables pour le client!

Toy appelle le garçon d'étage qui arrive au pas de course:

— Qu'est-ce qu'il y a? Un problème?

Toy lui commande un repas pour trois et lui referme la porte au nez. Une serveuse dépose bientôt un plateau devant la porte et frappe quatre coups. A la simple vue des assiettes pleines de nouilles sautées, le visage de l'enfant s'illumine. Elle n'a pas dû avaler grand-chose ces derniers jours. En quelques minutes, elle engloutit deux plats de larges nouilles jaunes. Nous sommes impuissants face à cette enfant dont la langue nous est étrangère. Elle pointe son doigt sur la poitrine, répète: « Ly... Ly. » Probablement son prénom. Elle dit quelque chose en chinois et enlève sa blouse rouge synthétique.

Une large plaie apparaît sur son épaule droite, une blessure encore fraîche, couverte de sang séché. Ly attrape le cahier posé sur mon sac et dessine : un couteau, un homme de grande taille et des mains couvertes de sang. Le salopard qui lui a fait ça peut être aussi bien le patron chinois que le dernier client. Ici, quand on a de l'argent, n'importe quel sadique peut se payer le luxe d'une séance de torture avec une gamine. A condition, bien sûr, de ne pas trop abîmer la « marchandise ». Ou d'avoir beaucoup de fric.

Dans mon sac, j'ai toujours une petite trousse de soins. J'hésite : utiliser mon matériel, désinfecter la plaie et placer un pansement traitant, c'est un geste simple mais qui peut aussi nous rendre suspects. La laisser dans cet état... c'est l'infection garantie.

— Mally, le risque est grand, dit Toy.

— Je sais...

— Ici, les clients ne soignent jamais les enfants.

— Je sais.

Peut-être est-ce notre dernière visite dans cet hôtel. Le souvenir de Sonta m'obsède. Je voudrais la revoir. Une fois seulement. Pour l'instant, il faut panser la plaie de la petite Chinoise.

— Toy ?...

— D'accord, Mally. De toute façon, on n'a pas le choix. On ne peut laisser cette gosse dans cet état, n'est-ce pas ?

La blessure est déjà infectée et l'enfant se dérobe aux soins. Je place un pansement de coton désinfectant et glisse dans sa poche quatre pansements de rechange et quelques comprimés d'aspirine.

Quel paradoxe ! Nous soignons une petite fille prisonnière. A cet âge, exposée aux mauvais traitements physiques, aux maladies sexuellement transmissibles, au sida, elle a peu d'espoir de connaître une vie d'adulte. Dans ces conditions, les chances de survie sont pratiquement nulles.

Toy s'est assis sur le canapé, il a l'air ailleurs, perdu dans ses pensées. Il allume la télévision, monte le volume sonore et me parle à voix basse :

— Tu dois rester, Mally. Dix jours, c'est trop court. Cette enquête, cette évaluation comme vous dites, n'aura aucun poids si nous ne voyons que quelques enfants. Il faut aller plus loin, travailler un mois, peut-être deux. Et écrire un projet avec la Fondation pour les enfants.

J'accuse le coup.

— Je sais, Toy. Mais, pour Terre des Hommes, ce n'est pas possible. Un autre travail doit être fait : l'accueil des réfugiés. J'espère seulement obtenir assez d'informations. Pour qu'une autre personne prenne le relais.

Toy secoue la tête :

— Je ne vous comprends pas, vous, les gens d'Occident... Vous touchez à tout et vous repartez avec du papier à classer. Tu les as vus ces enfants, non ? Tu dois les aider !

Je me rebiffe :

— Ne me juge pas, s'il te plaît ! La situation est déjà assez difficile pour moi. Tout ce que j'ai vu... cette môme... son corps blessé... ce regard sali...

— Sali par les tiens, Mally !

Silence.

C'est la première fois que nous nous querellons. Je sais qu'il a raison. Mais je sais aussi que l'association va refuser toute enquête en profondeur. Je suis une femme. Et le sujet, polémique, dérange. Il soulève trop de questions sur le comportement des hommes ! Je sais que je vais me faire pas mal d'ennemis.

La fillette s'est endormie, allongée sur le lit, son corps paraît minuscule, son visage a l'air plus apaisé. Nous lui avons offert une nuit d'enfance. Pour l'instant, nous ne pouvons rien de plus.

Il est quatre heures et demie, le silence est complet. Toy s'est assoupi sur le sofa, ses cheveux noirs ébouriffés reposent sur un coussin vieilli, son long corps est détendu et ses lunettes métalliques dorées ont glissé sur le sol. Je m'allonge aux côtés de l'enfant et sombre à mon tour dans un sommeil agité.

Sept heures, nous sommes réveillés par le bruit de la douche. Ly profite de cette occasion pour savourer le plaisir d'une vraie toilette. Elle enfile ses vêtements et nous salue d'un geste de la main. L'enfant pousse la porte et réintègre sa prison. Cette gamine ne parle que le chinois. Mais, en quelques signes et un dessin, elle a réussi à nous faire passer l'essentiel.

Un énorme sentiment de détresse m'envahit. Je ne sais plus s'il est utile de poursuivre. Je me sens inefficace, lâche, nulle. Je ne peux retenir mes larmes davantage.

Toy se glisse près de moi et me serre dans ses bras. Geste fraternel et rare. Il est thaï et n'a pas l'habitude de nos effusions à l'occidentale. Pour transgresser sa pudeur et ses réserves, il faut qu'il ait senti à quel point je suis malheureuse. Nous restons ainsi un long moment sans pouvoir prononcer un seul mot. Dehors, un bruit de chariot ; la femme de ménage a commencé sa tournée. Il est temps de partir.

Il me reste seulement quatre jours avant mon départ pour Genève et nous avons encore trois adresses à visiter. Des pistes trouvées dans le trop célèbre guide « Spartacus ».

Au total, nous avons rencontré douze enfants, rédigé un rapport sur chaque histoire et réussi quelques photos. C'est peu. Mais Tim, mon responsable à Terre des Hommes, refuse de prolonger davantage cette enquête. Je n'ai pas le temps d'aller plus loin.

Toy est arrivé. Installés sur la terrasse face à la piscine, nous prenons le temps de parler des différentes possibilités d'action dans le futur. Un seul partenaire nous semble possible : la Fondation pour les enfants.

Nous allons les rencontrer encore une fois et tenter de rédiger un premier projet ensemble avant mon départ. Mon rêve est que Toy prenne en charge la suite de cette première évaluation, qu'il devienne le moteur principal de la machine qui devra arracher les enfants aux bordels.

Toy refuse catégoriquement cette proposition. J'insiste. Toy est furieux :

— Le contrat entre nous était clair. Je t'aidais à entrer en contact avec ces enfants. Je suis prêt à attendre ton retour, à te guider quelques semaines encore. Mais en faire un travail quotidien, c'est un non définitif ! Tu es étrangère à l'Asie, tu as un passeport et l'argent nécessaire pour quitter le pays en deux heures. Moi, je n'ai rien de tout cela. Je suis thaï. Dans mon pays, on tue un homme pour cent dollars. Moins de six cents francs... tu comprends ? J'ai accepté de t'aider dans cette action pour des raisons personnelles et je te demande de ne pas essayer de les connaître.

Toy se lève, me tourne le dos et va dans la cuisine. Fin de la discussion. Les cris des enfants qui jouent dans la piscine n'arrivent même pas à rompre le silence qui s'est tout à coup installé entre nous.

Nous venons de passer dix jours ensemble, et je sais peu de chose de sa vie, sinon qu'une femme et un enfant en bas âge l'attendent dans une ville du Nord-Est. Il garde toujours sur lui la photo d'une petite fille de quatre ans au visage rond, aux yeux bridés. Un énorme sourire. Il travaille dans un bidonville pour une association locale dont je ne connais même pas le nom. Il va partir rejoindre les siens sans même me donner une adresse. Seul Teelapon, l'avocat, restera comme intermédiaire. Alors, pourquoi ce luxe de précautions ? Je ne pourrais même pas prouver son existence. Je n'ai qu'un prénom... pour une population de cinquante-cinq millions d'habitants. Mais je suis une égoïste ! Sur le fond, je sais qu'il a raison. Il revient. Professionnel :

— Ce soir, nous nous retrouverons vers minuit dans un bar de Patpong. Je voudrais que tu rencontres une amie, une ex-enfant prostituée, devenue prostituée adulte et handicapée pour la vie.

Il se détend :

— On se retrouve là-bas ? Ne fais pas la tête, Mally, tu sais qu'ici on sourit toujours !

Il grimace un sourire. Et quitte la pièce.

Déjà vingt-trois heures. Les bars de Patpong débordent de clients. En cette saison, il semble que les touristes italiens soient les plus nombreux. Il doit y avoir une centaine de bars sur ces deux rues de Patpong 1 et 2. Je cherche l'enseigne lumineuse du Gogo Cat's, situé au troisième étage d'un bâtiment de cette rue. Les trottoirs sont encombrés d'échoppes. Enfin, la voilà, cette façade rouge et or qui annonce le Gogo Cat's. Je pousse la porte. Une lumière jaune m'aveugle, la musique est assourdissante, des filles presque nues se balancent sur le dernier succès thaï. Des touristes sont assis autour du bar central, les yeux fixés sur le mouvement des filles ; certains d'entre eux tiennent sur les genoux une fille très jeune. Au fond de la pièce, Toy est installé sur une banquette verte. Il parle avec une jeune Thaïe, en costume léopard. A quelques mètres de moi, un jeune Français regarde intensément une des femmes qui dansent sur le comptoir. Elle est grande, porte les cheveux tirés en chignon et des sous-vêtements transparents. Son sexe se dessine sous un semblant de culotte. L'homme fait un petit geste de la main et la fille quitte la scène. Une autre fille lui succède sur la piste de danse. Toy s'avance vers moi :

— Tu es là, enfin ! Voici mon amie Sowit, celle dont je t'ai parlé.

Nous quittons cette salle enfumée et trop bruyante pour une brasserie située deux rues plus loin. La carte mentionne douze qualités de cafés différents.

Nous commandons trois petits crèmes. Ma mémoire vagabonde et m'entraîne quelques secondes vers un troquet de la rue Montmartre à Paris.

Après de brèves présentations, Sowit me raconte son histoire. Elle commence vingt-deux années plus tôt, dans une petite ville du nord-est de la Thaïlande. Sowit est la cadette d'une famille de six enfants ; les parents sont des paysans simples mais tout le monde mange à sa faim. Un matin de mai 1978, Sowit est portée disparue. Son frère aîné l'a vendue à une petite usine chinoise en échange de quelques milliers de bahts. Enfermée dans une fabrique de tee-shirts, elle travaille quatorze heures par jour, dans les odeurs de colle et de peinture. Le contremaître, un Chinois d'une trentaine d'années, profite de chaque absence du patron pour s'enfermer pendant des heures avec l'enfant dans un débarras. Sowit est violée et battue à la moindre occasion. Par peur des représailles, elle se mure dans le silence. Quinze garçons travaillent dans ce local de soixante mètres carrés où Sowit est la seule petite fille. Lorsqu'un enfant quitte l'usine, personne ne sait ce qu'il devient. Aussitôt, un autre gamin rejoint le groupe et prend sa place dans la chaîne de travail.

Sowit reste prisonnière trois années. Une nuit, la femme du contremaître entend l'enfant geindre, dans la pièce annexe à la chambre. Elle quitte son lit et aperçoit son mari qui pousse l'enfant dans le débarras. Au petit matin, elle attrape la fillette dans un coin et l'interroge. Sowit avoue que le contremaître a plusieurs fois abusé d'elle. Deux jours plus tard, en l'absence du Chinois, la femme emmène l'enfant dans sa voiture. Elles roulent une bonne heure avant de s'arrêter devant une maison en bois, avec des lampions au balcon. Un homme sort, examine l'enfant et remet à la femme une liasse de billets rouges. Sowit ne comprend pas. A l'intérieur, sur un banc en bois, des filles attendent, nues. A quinze ans, Sowit devient la plus jeune prostituée de ce bordel proche de la frontière malaisienne.

Un nouveau cauchemar commence. Enfermée dans une chambre faite de quatre cloisons de bois, elle subit les assauts de dizaines de clients malais qui traversent le pont de bois de la frontière pour venir en Thaïlande. La Malaisie interdit le commerce du sexe en vertu de la religion musulmane.

Sowit, captive, vit dans une semi-obscurité. Elle perd la notion du jour et de la nuit. Son seul repère est le moment où une main lui glisse une gamelle de fer : du riz, quelques légumes, parfois un peu de viande. Cette même main, aux doigts fins, une main de femme, lui apporte régulièrement une bassine d'eau.

Ce soir-là, Sowit est fatiguée. Sept clients ont défilé dans les vingt mètres carrés de cette baraque. Le dernier homme se relève, boucle sa ceinture et s'en va. Elle a envie de dormir. Mais un filet de lumière passe entre les deux battants de la porte. Sowit n'ose espérer que... elle se lève et pousse délicatement la pièce de bois. Les tenanciers ont oublié de fermer le cadenas ! Dehors, pas un bruit, le néon est éteint et les patrons se sont endormis. Seul le chien de garde bouge la tête. Elle le connaît. Sowit hésite un moment. Un aboiement, une erreur, un échec... et c'est peut-être la mort. Mais elle ne veut plus de cette vie, du défilé des clients et de la violence du patron. Sur la pointe des pieds, elle traverse la pièce centrale. Le chien la regarde, mais ne bouge pas. L'instant d'après, Sowit est dans la rue. Elle fuit. Elle court, court à en avoir le souffle coupé. Un panneau indique une gare à cinq cents mètres. Un moteur au loin, un bruit de freins et Sowit est dans le train. Dans le compartiment, pas un signe de vie. Elle s'assied sur une banquette en bois, ouvre la fenêtre et respire le vent frais de la nuit, le vent de la liberté. Elle a dix-sept ans.

Il est six heures du matin, le train vient d'entrer en

gare. De la fenêtre du wagon, Sowit aperçoit l'horloge centrale de la gare de Bangkok. Elle ne connaît pas la capitale. Sur le quai, des dizaines de gens attendent d'embarquer, des mendiants dorment dans les coins de la salle principale. Sowit a faim, mais pas un sou en poche. Ces cinq dernières années, elle a travaillé tous les jours, mais n'a pas vu la couleur d'un billet de banque. Elle sort de la gare, marche dans les petits *soï*. La faim se fait sentir et son estomac est douloureux. Elle va errer quarante-huit heures. Libre mais condamnée. A bout de souffle.

Sur sa route, Sowit va rencontrer une « Mamasan », une vieille prostituée chinoise qui rabat la marchandise jusque dans les bordels. Le cycle infernal recommence. Sowit travaille dans un bar de Patpong, danse sur le comptoir et sniffe de la cocaïne deux à trois fois par nuit. Pour avoir la force de sourire aux clients. Elle a bien pensé retrouver sa famille dans le Nord-Est. Mais elle sait qu'il est trop tard. Le retour d'une fille prostituée, sans un sou en poche, est une honte pour la famille.

Un soir de juin 1986, en pleine saison des pluies, elle marche dans une rue inondée avec un client japonais qui vient de la louer pour la nuit. L'homme doit être âgé de trente ans, porte des vêtements classiques de bon goût et un badge de journaliste. Youri est correspondant de presse pour un journal important au Japon. Il travaille en Thaïlande régulièrement et connaît la langue du pays. Dans la chambre d'un bon hôtel, le Japonais s'exécute rapidement, sans passion, mais sans violence. Il propose à Sowit de rester cette nuit avec lui. Il est tard, et l'idée de retourner dormir dans le dortoir du bordel, à dix dans une même pièce, ne la ravit pas : elle accepte. Après tout, il l'a payée pour la nuit.

Quelques jours plus tôt, Sowit a assisté à une conversation qui l'a beaucoup remuée. Le patron du bar négociait la virginité d'une petite Birmane de douze ans enfermée dans une maison du quartier chinois. Une enfant kidnappée sur la frontière. Le client, un Britannique, a noté l'adresse sur un petit papier ; Sowit a juste eu le temps de mémoriser le numéro du *soï* et celui de la maison. Sowit a vingt-deux ans, l'histoire de cette enfant birmane est aussi un peu la sienne. Dix ans plus tôt.

Elle se confie au journaliste japonais, raconte en détail la conversation entendue et lui demande de l'aide. Youri, envoyé spécial d'un grand journal, lui promet solennellement de l'aider. Il se propose de vérifier cette information tout de suite en visitant cette maison. Il est deux heures du matin, Youri quitte la chambre. Et Sowit est tout à coup prise de panique. Pourquoi a-t-elle parlé à cet étranger qu'elle connaît à peine ?

Au petit matin, Sowit regagne le bordel de Patpong. Tout est calme. Dans la chambre dortoir, les filles dorment sur des nattes. Mais deux jours plus tard, le patron et son garde du corps entraînent Sowit dans une voiture garée à l'arrière du bâtiment. Les portières sont bloquées et le patron a son air des mauvais jours. Sowit a peur. Elle pense à Youri et au témoignage qu'elle lui a livré.

Le véhicule quitte la route nationale et s'engage sur une voie sans issue, vers une maison. La voiture pénètre dans un garage, le moteur s'arrête et les deux hommes sortent Sowit sans ménagement du véhicule.

Là, tout va très vite. La jeune femme est traînée dans une pièce obscure. Un inconnu lui bande les yeux avec un tissu noir épais et d'autres hommes s'agitent autour d'elle. Elle ne comprend rien. Un ordre du patron la force à placer ses deux mains sur une table. Silence de mort. Ses mains sont posées à plat, séparées l'une de l'autre d'une vingtaine de centimètres. Sowit a peur. Une sueur froide lui coule le long du dos.

Une douleur épouvantable lui envahit la main

droite, un liquide chaud et visqueux coule sur ses jambes. La tête de Sowit se met à tourner. Son corps bascule de la chaise et percute le sol.

Quand, plusieurs heures plus tard, Sowit reprend connaissance, elle peut apercevoir la chaise renversée et une mare de sang. De sa main gauche, elle tente de tâter la blessure qui lui paralyse le bas du bras droit. A l'extrémité de la main, il n'y a plus rien : le vide. Ses quatre doigts ont disparu.

Sowit me regarde et cache par pudeur sa main mutilée sous un grand châle de coton : « Voilà le sort réservé à celles qui dénoncent », dit-elle.

Le café va fermer. Nous marchons sans un mot vers le bar où notre amie continue de travailler, comme serveuse cette fois, car les clients des prostituées ne veulent pas d'une handicapée. Au Gogo Cat's, rien n'a changé, les filles dansent toujours sur le comptoir sous les regards des touristes, le Français a quitté le bar avec la fille de son choix. Sowit enfile son tablier. A côté, un grand brun discute avec son copain, des bribes de conversation arrivent jusqu'à nous : « Patpong est la vitrine des putes thaïlandaises, de la prostitution bon enfant, dit le grand brun. Tu sais qu'elles gagnent beaucoup de fric ! Et, au moins, elles ne travaillent pas dans les rizières du Nord-Est... »

Ils rient. Sowit s'est approchée de leur table, dépose deux bières et encaisse la note de la main gauche. La droite, elle la cache dans la poche de son tablier.

Dehors, les rues sont presque désertes. Dans des lits de carton ou de déchets de plastique, des corps roulés en boule cherchent quelques heures de sommeil. Au loin, les vitrines du supermarché Robinson sont toujours illuminées, des publicités alimentaires clignotent dans la nuit. Cet important complexe commercial est situé sur le carrefour de Silom Road et de Henri-Dunant, face au parc Lumpini. Des bancs en métal bordent l'angle extérieur du magasin. L'endroit est connu des pédophiles qui guettent les gamins. Le soir, des bandes d'enfants zonent dans ce périmètre, mendient quelques bahts ou tentent de chaparder dans les caddies des consommateurs. Ce soir, un crocodile est assis sur un banc. Il tente de séduire un gamin de dix ans en lui offrant un hamburger. Le gamin s'approche et se jette sur le paquet. Il crève de faim. L'homme le retient par le bras et l'attire vers lui. Ce jeu va durer quelques minutes avant que l'enfant ne se pose sur les genoux de son interlocuteur. Je comprends mieux pourquoi les enfants appellent les pédophiles des crocodiles : ils saisissent leur proie comme des reptiles. Nous nous sommes arrêtés au coin du carrefour, moins de vingt mètres nous séparent de l'homme et de l'enfant. Le gamin est couché sur le bas-ventre de l'étranger, toujours assis. L'homme a les yeux fermés et les mains posées sur la nuque du gamin. Un mouvement répété agite la tête du petit Thaï. Sous les néons du Robinson, un enfant de dix ans fait une fellation à un touriste pédophile. Insupportable.

L'instant d'après, Toy s'est planté devant l'étranger à la peau blanche. L'homme se lève, tente de fuir. Trop tard. Le coup de poing est parti. Le crocodile retombe en arrière sur le banc, le nez et la lèvre ensanglantés. Il ne bouge plus, assommé autant par la surprise que par le choc.

Toy affiche une expression de soulagement. Il rit :

— Voilà longtemps, ma petite Mally, longtemps que j'attendais ce moment !

7

LA FONDATION POUR LES ENFANTS

Dans ma chambre, j'ai caché sous mon oreiller une chemise de nuit de grand-mère. Le tissu de coton fleuri exhale un parfum sucré, comme seules les grand-mères sont capables d'en porter. Mieux. Ce soir, une lettre de Jean-Paul est posée sur mon lit. La lecture des deux pages d'écriture régulière est un régal. Nous sommes séparés géographiquement et pourtant tellement proches. Le sommeil me gagne peu à peu alors que le jour se lève.

Onze heures, une migraine me martèle le crâne, Toy a disparu et Chem, la femme de ménage, est au marché. Un mot sur la table me rappelle notre rendez-vous à la Fondation pour les enfants. Sur le répondeur, un message m'avertit du retour de John dans quatre jours. Nous allons nous manquer de quelques heures, mais je ne peux pas retarder mon départ pour Genève. Dommage. J'ai juste assez de temps pour plonger dans la piscine, y faire quelques brasses et poursuivre la rédaction de mon rapport. Dans moins de quarante-huit heures, Toy me quittera pour rejoindre sa famille dans le nord-est du pays. Il a laissé sa réservation de train sur la table du salon. Acte manqué ? Non. Il l'a fait exprès. Pour me confirmer une fois encore sa décision. Ce bonhomme est de fer.

Un *touk-touk* m'emmène dans le quartier de Charœn Nakorn où se trouve le siège de la Fondation thaïlandaise. C'est ma seconde visite à cette association et je reste incapable de retrouver mon chemin. Une demi-heure plus tard, à force d'errer, mon *touk-touk* finit par me déposer devant l'entrée du fameux garage. Païthoon, un homme d'une cinquantaine d'années, m'attend devant l'entrée. Il est le responsable des relations internationales de la Fondation. Il reçoit les visiteurs, gère les propositions de financement et participe à tous les congrès internationaux. Païthoon a passé une maîtrise de langue française à l'université de Besançon. Autant dire qu'il parle un français remarquable. Il a une tête de professeur un peu débonnaire. Païthoon a d'ailleurs enseigné de longues années et aurait pu finir tranquillement sa carrière dans une école pour fils de riches de Bangkok. Mais il a préféré venir se battre dans les rangs de la Fondation. Aux côtés de Teelapon l'avocat. « Maître Teelapon » et « Païthoon le prof » !

A l'arrière du garage, un bâtiment abrite les bureaux de la Fondation. Les pièces sont décorées de jolis dessins d'enfants et il y règne un climat de paix. Païthoon le prof m'introduit dans une salle où quatre personnes attendent. Toy parle avec maître Teelapon de notre visite à l'hôtel Suriwongse. Il y a aussi Sanphasit, quarante ans, un autre avocat de formation, responsable du Centre de protection pour les enfants, spécialiste international des droits des enfants. Et Biphop, son voisin, un homme de cinquante ans, séduisant, beau visage encadré par des cheveux longs coupés au carré. Les enfants l'appellent « Papa Pop ». Il dirige le village-école de Kanchanaburi, perdu dans la forêt, en bordure de la rivière Kwaï. Là-bas, une centaine d'enfants âgés de six à dix-huit ans réapprennent à vivre. Anciens gosses des rues, prostitués, esclaves au travail ou gamins maltraités. Le centre fonctionne selon les méthodes de Summerhill, de Neill, célèbre pédagogue britannique, et les concepts du bouddhisme. Lorsqu'un enfant est admis au village, le plus souvent en état de crise, un éducateur se charge de l'accompagner dans la découverte de cette nouvelle vie. Ensemble, ils feront face aux difficultés. Tout est permis tant que la liberté des autres n'est pas compromise. Le village dispose de sa propre école pour les enfants trop fragiles. Il y a des ateliers de poterie et de peinture et surtout un « conseil des enfants » qui se réunit tous les quinze jours pour leur donner la parole. Un projet unique en Thaïlande où la pédagogie reste basée sur le maître et son autorité. Il faut dire que la Fondation est née, elle-même, dans des circonstances peu banales.

Nous sommes en 1979, trois années après les émeutes du 6 octobre 1976 où une partie de la population est descendue dans les rues. Un souffle de démocratie agite encore les universités de Bangkok. Les étudiants ont manifesté, réclamé l'abolition de la monarchie et des droits pour tous. Le grand jeu! L'armée n'a pas apprécié. Plusieurs centaines d'étudiants sont tombés face aux chars des militaires. La presse a fermé les yeux et le pouvoir a repris le pays d'une main de fer. Mais la fracture demeure. Depuis, les coups d'Etat se sont succédé. Des militaires ont remplacé d'autres militaires mais les structures sont restées les mêmes et les programmes anticorruption ne s'attaquent pas à la corruption. Pourtant, au lendemain des massacres, des professeurs d'université, des juristes et des étudiants refusent de reprendre le chemin des facultés. La lutte ouverte est impossible. Alors, ils cherchent une alternative. Ceux-là pensent que pour réformer la future société thaïlandaise, il faut commencer par éduquer les enfants dans le respect des droits de l'homme. En s'attachant aux plus démunis, aux plus misérables.

Un petit noyau d'intellectuels, dont « Papa Pop » et sa femme, se mettent au travail : ouverture d'un village-école et d'un centre de nutrition, aide sociale aux familles des bidonvilles... Très vite, des étudiants et des volontaires rejoignent le mouvement. Mais il faut attendre 1984 et l'arrivée des deux avocats, Sanphasit, le spécialiste des droits des enfants, et maître

Teelapon, pour que la Fondation développe un intérêt particulier pour les enfants esclaves. Les deux hommes enquêtent sur les réseaux de trafic d'enfants sur le territoire thaïlandais. Ils dénoncent, preuves à l'appui, la présence de petites filles mineures dans les hôtels et mettent en évidence la corruption de la police locale. On les accuse d'être des activistes politiques ; la mafia les menace... Rien ne les arrête. Ce sont ces hommes qui sont là, aujourd'hui, devant moi. Et ils sont prêts à m'écouter, à m'aider. Du concret. Du solide.

Toy est impatient de commencer. Un Centre de protection des enfants existe déjà depuis un an. Mais faute de moyens, son fonctionnement se limite à quelques actions.

— Avec un budget raisonnable, dit Sanphasit, nous pourrions libérer au moins une centaine d'enfants par an et former des équipes de dépistage.

— Il est urgent d'ouvrir deux centres, un pour accueillir les enfants et un autre pour les garder six mois, poursuit maître Teelapon. Il faut favoriser leur réinsertion, leur donner des soins médicaux et ouvrir un programme de prévention dans les montagnes du Nord. La majorité des enfants que nous avons aidés provenaient de cette zone.

Païthoon le prof fait la moue :

— Difficile de recruter du personnel pour un projet à risques, non ?

Sa moue se transforme en grimace :

— La mafia ne va pas accueillir notre projet avec le sourire !

Dehors, la nuit est tombée. Nous discutons des moindres détails. En tapotant sur sa machine à calculer, « Papa Pop » estime le coût probable d'une telle action. Les zéros s'alignent, le chiffre final est impressionnant. Tout est clair. Les questions sont bien posées. La manière dont cette équipe fonctionne témoigne d'un professionnalisme évident.

Il me reste à convaincre Terre des Hommes de

financer ce programme. L'action est d'envergure et le partenaire local est dynamique et déterminé, comme on dit dans le jargon humanitaire. Tout cela me rassure un peu et me confirme dans l'idée qu'il ne faut pas abandonner. Je ne partage pas l'idée de mon ami John. Il pense que, faute de pouvoir agir et sauver les enfants, il vaut mieux révéler le contenu du rapport à la presse internationale. Objectif: tout publier et obliger les autorités thaïes à réagir. Je n'y crois pas. Ce type d'action est prématuré. On n'accuse pas un Etat si l'on n'a pas de solution à proposer. D'autant que la présence des touristes étrangers engage la responsabilité des Occidentaux.

Comment va réagir Terre des Hommes? Je me propose de tenir informés mes nouveaux amis et de leur donner une réponse d'ici trois mois. Nous nous quittons. Confiants.

— Je ne serai pas le moteur de ton action, me dit Toy en souriant, mais tu as toutes tes chances avec Teelapon. Il rêve déjà de construire ce projet...

Toy me propose de dîner avec maître Teelapon dans le restaurant vietnamien où nous nous sommes rencontrés il y a déjà dix jours.

Je retrouve ce décor que j'aime: des ombrelles vietnamiennes plantées dans de grands pots de grès, un mobilier raffiné de bambou, l'arbre et ses mille branches qui habitent la pièce. Je ne sais pas encore que cet endroit va devenir, pendant quatre ans, un lieu de rencontre régulier. Teelapon est vraiment très attachant. Dix ans plus tôt, il étudiait le droit pour devenir avocat comme le souhaitait alors son père. Il est issu d'une famille aisée. Ses parents possèdent une affaire importante dans le sud de la Thaïlande et ses frères et sœurs travaillent déjà dans l'entreprise familiale. Brillant élément, maître Teelapon se prépare à une carrière d'envergure. Mais il rêve d'autre chose: de droits de l'homme pour son pays, de démocratie, de changement. Il ne sera jamais avocat d'affaires avec un bureau cossu dans une tour de quarante-deux étages : le luxe et l'argent ne l'intéressent pas. Il rejoint la Fondation et milite pour les droits des enfants. Il épouse une enseignante, un petit bout de femme qui adhère à ses convictions politiques et en accepte les risques. D'abord, ses parents restent murés dans leur incompréhension. Puis, avec le temps, ils finissent par accepter que leur fils Teelapon se batte... pour des intérêts différents des leurs. Teelapon travaille depuis au CPCR, en français : « Centre pour la protection et la défense des droits des enfants ». Avec lui, une dizaine de permanents et une bonne vingtaine de volontaires et d'étudiants. Au programme : demandes d'aide, signalements de gamins disparus, accueil des enfants en état de choc, victimes d'abus sexuels ou de maltraitance. Jour et nuit, le centre bouillonne. Le personnel localise un bordel, recherche une famille dans un village du Nord, rassure des enfants qui attendent de partir vers le village-école de Kanchanaburi... « Le temps nous manque toujours », dit Teelapon en souriant.

Nous avons longuement parlé et je viens de passer une superbe soirée, la première depuis plusieurs semaines. Seul, Toy est resté silencieux. Les lèvres me brûlaient de l'interroger sur son passé. Mais je m'en suis abstenue. Puisqu'il le veut ainsi. Etrange. Quelque chose oppose et réunit ces deux hommes. Maître Teelapon est aussi transparent que de l'eau de source alors que Toy n'est que mystère. Une chose est sûre : notre futur programme aura besoin de l'un et de l'autre.

Il est temps de nous quitter, Teelapon habite à deux heures de route de Bangkok et il est déjà minuit. Nous le quittons à l'angle de Patpong 1 et de Suriwongse, et marchons vers le parc Lumpini. J'ai imaginé un bref instant que la soirée s'arrêterait là, mais Toy est bien décidé à visiter un hôtel qu'il a repéré, sur *soï* Nana. Quelques minutes plus tard, nous poussons la porte d'un établissement douteux. Au début, le scénario est le même que dans les hôtels précédents. Un jeune homme de vingt ans au plus nous propose les spécialités de la maison. Son catalogue de photos est impressionnant : des femmes, petites, moyennes, grandes, spécialistes ou débutantes ; des hommes asiatiques entre quinze et quarante ans qui exhibent leur sexe. Une série de schémas au crayon noir représentent toutes les positions possibles. Acrobatiques... J'espère qu'ils ont une infirmerie ouverte jour et nuit pour secourir les clients en cas d'accident !

Enfin, dans un petit carnet se trouvent les photos d'enfants : une dizaine de petites filles aux poses ambiguës, « photos artistiques », comme disent les crocodiles. La peau foncée des enfants indique qu'ils viennent du nord de la Thaïlande. Ce soir, il reste trois enfants à louer. Le garçon d'étage est pressé mais Toy fait durer le jeu. Soudain il regarde le garçon droit dans les yeux et demande :

— Vous n'avez pas grand-chose pour le prix. Auriez-vous quelques animaux avec qui nous pourrions jouer ce soir ?

L'homme écarquille les yeux. Toy lâche sur un ton sec :

— Nous prenons la nº 8.

Pourquoi cette ironie ? Je ne comprends pas.

— Ce n'est pas de l'ironie, Mally. S'ils pouvaient faire du fric en donnant des singes ou des ânes aux clients, ou en ouvrant un bordel d'enfants sur la lune, ils le feraient. Crois-moi, tout est devenu possible dans cette saloperie de ville !

C'est la première fois que je perçois une telle détresse chez mon compagnon. Pour lui aussi, la limite est atteinte. Voilà dix nuits que nous visitons des hôtels et rencontrons des enfants prostitués. Il est temps que cesse cette succession d'horreurs. On frappe à la porte et la gamine commandée entre.

J'en ai marre de ces histoires qui se répètent ! Pourquoi sommes-nous les seuls, sur cinquante millions d'habitants, à vouloir comprendre ces enfants ?

N'y a-t-il donc pas une association internationale prête à faire face à une telle situation ? Les enfants thaïs n'existent-ils pas aux yeux des dirigeants internationaux ? Sont-ils exclus de la Convention des droits de l'enfant ? Comme j'aimerais pouvoir croire que j'ai tout inventé, qu'aucune de ces histoires n'existe ! Mais la fillette est endormie, là sur le lit, avec, toujours, ces taches brunes circulaires sur son corps. Je me rappelle les termes employés par Alain, l'architecte français, au petit matin au Suriwongse Hotel. J'entends encore ses arguments « affectifs », ses explications « culturelles »... Sinistre plaidoirie pour justifier les attouchements, les fellations, la sodomisation de dizaines de milliers de mômes. Le viol de ces innocents.

Ma mémoire vagabonde, je me rappelle cet hiver 1985 à Montréal...

8

MONTRÉAL : ON SOIGNE LES « CROCODILES »

Le thermomètre affichait moins vingt degrés. Je débarquais sur le Nouveau Continent pour un séjour de deux mois. Une bourse offerte par la Communauté française de Belgique allait me permettre de rencontrer et de travailler avec les spécialistes des abus sexuels et des mauvais traitements aux enfants. A quelques dizaines de kilomètres de Montréal se trouve une prison-hôpital gérée par les ministères de la Santé et de la Justice. Le département Pinel accueille et prend en charge des pédophiles et des violeurs condamnés à des peines lourdes. Des hommes qui ont abusé, sodomisé et parfois même assassiné de jeunes enfants.

Un assistant du docteur Aubut m'avait gentiment et longuement reçue pour m'expliquer en détail leurs méthodes de prise en charge des pervers sexuels. Objectif : soigner pour éviter toute récidive. L'équipe considère la pédophilie comme une maladie grave. Le traitement est possible même si, chez certains récidivistes, la psychiatrie atteint parfois ses limites. J'avais poussé la démarche jusqu'à participer au Québec à des réunions thérapeutiques où des groupes de pédophiles, d'enfants victimes et de parents se rencontraient pour échanger leurs difficultés. J'avais été très impressionnée par les récits des enfants, par les séquelles et la douleur qu'ils portaient en eux parfois plusieurs années après les faits. Certains avaient été violés à l'âge de quatre, cinq, six ou sept ans par un proche ou par un inconnu, en rentrant de l'école ou lors d'un baby-sitting. Des mères épuisées racontaient leur calvaire au quotidien, la perte d'un mari incestueux, le sentiment de culpabilité d'avoir compris trop tard, d'avoir gardé le silence.

Je me rappelle avoir hésité longtemps avant de rencontrer huit pédophiles en traitement ; ils avaient pourtant accepté avec facilité l'idée de ma présence. J'y suis allée la mort dans l'âme, la mémoire noyée par les récits des enfants avec qui je venais de passer un long après-midi. Dans une salle aménagée confortablement, le groupe se réunissait plusieurs fois par semaine pour évoquer cette « obsession d'enfant » que certains éprouvaient encore, malgré plusieurs années de prison. C'étaient apparemment des hommes comme tout le monde, entre vingt et soixante ans. Certains étaient même sympathiques et j'éprouvais de la peine à les imaginer en violeurs d'enfants.

En Europe, ces mêmes pédophiles sont emprisonnés plusieurs années et libérés généralement « pour bonne conduite ». Faute d'avoir été réellement pris en charge dans un cadre adéquat, ils récidivent. Presque toujours.

Je repense à tout ça dans ma chambre d'hôtel de Bangkok, à côté de Toy qui dort et de cette gamine roulée en boule sous le drap. C'est ma dernière nuit ici. Le temps des bilans.

En Belgique, pendant mes études, j'ai découvert les mauvais traitements aux enfants, rencontré dans la salle de garde de pédiatrie des enfants violés et approché le fléau de la pédophilie. J'ai tout plaqué pour vivre autre chose, je suis partie, pour oublier... mais la vie en a décidé autrement. Je viens de vivre plusieurs semaines difficiles. Je suis physiquement et psychologiquement épuisée, mais j'ai rencontré des gens extraordinaires, partagé la confiance de Toy et dépassé mes propres limites. Les fantômes de mon père, de Philippe et de Marianne ont disparu pour faire place aux souvenirs. C'est l'heure de la séparation avec Toy.

Il est presque trois heures et la gare de Kualong-Pong est noire de monde. Sur le quai 1, des familles chargées de bagages attendent l'arrivée d'un train pour le Nord-Est ; de l'autre côté du même quai, un groupe de touristes français aux tee-shirts colorés, aux ombrelles et aux chapeaux de paille débarquent des voitures en provenance de Chiang-Mai. Le peuple des chapeaux et des ombrelles semble épuisé par les heures de route. J'aperçois Toy devant la cafétéria. Comme tous les voyageurs, il achète ses provisions pour un voyage qui va durer plus de huit heures. Il est de loin le plus élégant des Thaïs de cette gare, avec son jean Levi's impeccable, sa chemise parme bien coupée et ses lunettes en métal doré qui lui donnent un air d'intellectuel. Nous allons nous quitter. Je ne peux m'empêcher de lui demander encore et encore — quelle faiblesse ! — de réfléchir à ma proposition et de prendre ce travail en charge. Il me regarde en secouant la tête :

— Non, non et non. Mais si tu reviens en Thaïlande, je serai là pour t'aider à faire cette enquête. Pendant un mois, deux si tu le souhaites. Ensuite je vais disparaître de ta vie. Et toi, tu continueras à te battre pour ces enfants. Ne m'en demande pas davantage.

Après, tout est allé très vite, Toy m'a caressé la joue, en signe d'adieu, comme l'aurait fait un frère. Et il a disparu au milieu de la foule des voyageurs. Je suis restée un long moment sur le quai, sans pouvoir bouger, une douleur étrange dans la poitrine.

Toy... je ne le connais pas ou presque, il a si peu parlé de lui, de sa vie et de ses sentiments, je ne sais rien ou presque. J'entends encore son rire. Nos vies se sont frôlées sans vraiment se croiser. Mais il est entré dans ma vie. Il va me manquer.

9

BANGKOK : L'AVERTISSEMENT DE LA MAFIA CHINOISE

Des milliers de melons d'eau bloquent la rue : la remorque d'un camion s'est renversée. L'accident bloque les véhicules sur plus de deux kilomètres, les chauffeurs de taxi ont sorti leurs journaux et patientent sans manifester la moindre agressivité. Je paie mon *touk-touk* et poursuis mon chemin à pied. De retour à la résidence, j'essaie d'appeler Terre des Hommes à Lausanne, mais les chantiers proches de notre immeuble perturbent les lignes. Le téléphone ne fonctionne pas.

L'hôtel Hilton est à dix minutes à pied, leur ligne de téléphone est excellente et les gens de la réception sont gentils. J'y vais. A Lausanne, personne ne répond : il est dix-huit heures précises.

Je suis seule à la maison. Je prépare mes bagages en grignotant un pain au chocolat. Dehors, des lampadaires illuminent le jardin et la piscine ; au bout du jardin, un sentier donne accès à la rue. Un gardien en uniforme, un Thaï d'une vingtaine d'années, surveille la barrière jaune et rouge aux couleurs de l'hôtel. Il passe ses journées à l'université ; la nuit, il travaille pour payer ses études. Il est toujours souriant. Nous bavardons souvent, assis sur le banc à côté de la barrière. Je m'attarde un peu, lui glisse deux cents bahts et le salue, pour la dernière fois.

En face de l'hôtel, des ouvriers travaillent jour et nuit à la construction d'une tour de cinquante étages.

Les phares des camions restent allumés toute la nuit pour éclairer ces rats de la terre qui grimpent sans filet jusqu'au sommet. Parfois, un ouvrier, ivre de fatigue, rate une marche ou le barreau d'une échelle de bambou. Des enfants de moins de dix ans manient la truelle et portent des seaux. Je me rappelle cette affiche du ministère de l'Education qui annonçait la scolarité pour tous ! La tête couverte d'un tissu pour la protéger de la poussière du chantier, une femme me salue d'un geste de la main. Derrière, un enfant de trois ans traîne les pieds... L'envers de la fameuse croissance thaïlandaise. Du vingtième étage de ce futur immeuble de luxe, on doit apercevoir les buffets et la piscine turquoise de l'hôtel Hilton. Allons ! Je ne peux plus traîner ; mon avion m'attend. Dans quelques minutes, je serai sous la douche en compagnie de la musique de Mozart. Et puis l'aéroport. Je presse le pas. Dans le *soï*, tout est très calme.

Un choc. Violent. Ma tête percute les barreaux d'une porte d'immeuble avant de toucher le sol. Des coups pleuvent. Une fraction de seconde, j'aperçois le visage de deux hommes. Ils frappent. J'essaie de me protéger la tête. Ils me font mal. Partout. Je sens la chaleur du sang qui me coule du nez vers la bouche. Puis une sensation de brûlure vive, d'abord sur le front, puis d'autres sur l'épaule, autour du sein. J'entends quelqu'un courir vers mes agresseurs en hurlant. Les hommes lâchent prise et s'enfuient en criant quelque chose.

J'ai le vertige, la tête me tourne, j'ai envie de vomir, il y a du sang sur mon corsage, tous les boutons ont été arrachés. Le gardien de l'hôtel est là, il m'aide à m'asseoir. Sur le sol, mon passeport, mon argent, tout est éparpillé. La chaîne en or que m'avait offerte mon père est brisée. Mais que m'est-il arrivé ? Mon corps n'est que douleur. La nuit se peuple soudain d'une foule venue des immeubles voisins ; des femmes, des hommes m'entourent, on allume une lampe, une fille en tablier bleu me colle une petite bouteille de menthe sous les narines.

La tête me fait horriblement mal. J'ai un hématome de la grosseur d'un œuf planté au sommet du crâne. Hébétée, j'entends un homme dire qu'il a saisi distinctement ce qu'ont crié les agresseurs en filant. Trois mots: «C'est pour l'exemple...» D'autorité, il m'emmène au bureau de police. La salle d'attente est pleine de gens, victimes de vols, d'accidents, d'agressions, bref, une ambiance de commissariat de police. J'attends trois bonnes heures. L'officier de police finit par décréter que le motif de l'agression est le vol. Et il entreprend de taper d'un doigt, sur une machine antique, une déclaration en quatre exemplaires. «Agression pour vol»? Mais on ne m'a rien volé! Ni argent, ni passeport, ni bijoux. Il est clair qu'on m'a agressée et battue pour l'exemple, pour m'empêcher d'aller plus loin dans mes investigations. Excédée par l'officier de police, je quitte le bureau sans même signer la déclaration. J'ai mieux à faire aux urgences de l'hôpital.

Là, une infirmière se précipite sur moi. Sans doute l'effet de ma peau blanche. Peut-être aussi à cause du spectacle que je viens de voir dans le reflet de la porte vitrée... du sang séché sur mon corsage, une plaie sur le front et un visage qui a doublé de volume. J'ai l'air d'une accidentée de la route. Un médecin entre dans la chambre de soins. Un Américain d'un mètre quatre-vingts, aux yeux bleus et à la voix rassurante. Il me prie de prendre place sur le lit, examine attentivement chaque hématome et m'annonce que mes brûlures sont profondes et déjà infectées:

— Des brûlures de cigarettes... Vous allez probablement garder des cicatrices sur le front, l'épaule est moins touchée.

Le médecin marque un temps.

— Permettez-moi de vous poser quelques questions. Mais sachez que cela peut attendre et que vous n'êtes absolument pas obligée de me répondre.

Il est deux heures trente du matin, je suis vidée, une infirmière très douce nettoie mes brûlures, le contact du coton sur les plaies me fait frissonner. J'accepte de répondre aux questions du médecin.

— Je m'appelle Andrew. Dites-moi quel est le salaud qui vous a mise dans cet état. Et pourquoi.

— Qui? Pourquoi? Je ne sais pas. Je ne peux pas vous répondre. J'ai seulement le souvenir de deux hommes qui fuient...

J'ai parlé. Aussitôt, je me mets à pleurer. Un torrent de larmes. Je suis incapable de me reprendre. L'infirmière thaïe quitte la pièce sur la pointe des pieds. Incapable de prononcer un mot, je reste seule avec le médecin. Il m'entoure de ses grands bras et attend, plusieurs minutes, que les sanglots cessent de me secouer. Je n'ose imaginer la scène si un médecin thaï avait poussé la porte. Mais, pour lors, je me fous des apparences! L'infirmière revient avec un sachet en papier contenant des pilules et une crème cicatrisante pour les brûlures. Andrew insiste pour que je reste hospitalisée quarante-huit heures, le temps de s'assurer qu'il n'y a pas de traumatisme. J'ai vu les radios, tout me semble normal. Je veux rentrer chez moi et dormir jusqu'à mon départ. Il propose de venir pour une dernière consultation, chez John, juste avant mon départ. J'accepte. Il m'accompagne vers la sortie des taxis, réalise que mon corsage n'est pas très présentable et va chercher un tee-shirt propre. Je me retrouve dans un taxi qui roule dans la nuit de Bangkok. Dans la cour de l'immeuble, le gardien dort profondément. Les voleurs comme mes agresseurs peuvent venir ce soir: ils ne seront pas dérangés. Bon sang! Me voilà saisie par une peur que je ne connaissais pas.

Chem, la femme de ménage, est au courant de l'incident. Elle tourne en rond dans l'appartement. Un bain chaud est prêt. Elle y jette le contenu d'une bouteille verte et des herbes. Sur le bord de la baignoire, une théière exhale une odeur de camomille. Je me glisse dans l'eau chaude. Allongée sur le lit, je laisse Chem me masser les épaules avec une grande douceur. Peu à peu, la douleur fait place au sommeil. Chem quitte la pièce sur la pointe des pieds, mais l'angoisse me prend aussitôt : je ne veux pas me retrouver seule dans le noir. Instinctivement, elle comprend et laisse la porte entrouverte.

Aujourd'hui encore, lorsque je suis seule, je suis incapable de fermer l'œil dans l'obscurité totale. Cette peur du noir ne me quittera plus jamais.

Le lendemain, je suis réveillée par une odeur de café qui me chatouille les narines. Debout devant le gigantesque miroir de la salle de bains, j'examine l'ampleur des dégâts. Je peux compter les hématomes sur les doigts de mes deux mains. Mon visage est gonflé, ma lèvre inférieure déchirée à l'intérieur sur deux centimètres, trois brûlures de cigarettes décorent le haut du front et trois autres, plus grandes, marquent mon épaule gauche. Ces petites traces circulaires m'en rappellent d'autres, identiques : celles que j'ai vues mille fois sur les corps des enfants prostitués.

Andrew, le toubib, arrive et prépare le petit déjeuner, sous les yeux inquiets de Mme Chem. La table déborde de fruits, de céréales, d'œufs, et de trente-six choses que je suis bien incapable d'avaler. Je suce un fruit que Chem a sagement coupé en petits morceaux. Andrew se moque gentiment de moi. Premier sourire de la journée.

Andrew est homosexuel et vit avec un Australien. Il ne semble pas être un oiseau de nuit, excepté celle des urgences de l'hôpital. Il travaille en Thaïlande depuis cinq ans déjà et prévoit de rentrer au pays dans moins de trois mois pour y poursuivre une spécialisation en pédiatrie.

Autour d'un café, je lui raconte brièvement mon expérience, les enfants de la rue et la situation des gosses prisonniers des bordels. Il sursaute :

— Folie ! Tu aurais pu terminer dans le fleuve

Chao Praya. Cela n'aurait pas rempli dix lignes dans le journal local. Tous les mois, des corps méconnaissables arrivent aux morgues des hôpitaux. La mafia ne fait pas de cadeaux à qui décide de lui barrer le chemin. Agir ? Abandonne cette idée !

Après trois heures de discussion, j'ai oublié le picotement de mes brûlures. Il est tard. Nous devons nous quitter. Sur un sourire. Ce toubib est un bon toubib !

Je décroche le téléphone et demande à l'opératrice un numéro au Kenya : je veux parler à Jean-Paul. Deux heures plus tard, j'entends la voix chantante de l'opératrice :

— Désolée, pas de réponse au numéro que vous avez demandé.

Treize mille kilomètres nous séparent. Je suis seule à Bangkok. Tant mieux. A quoi bon l'affoler ? J'ai enregistré mes bagages et passé le contrôle de l'immigration sans problème. Installée dans un avion de la Swissair, je m'assoupis aussitôt. Quand je me réveille, douze heures plus tard, l'avion se prépare à atterrir en Suisse allemande. Du hublot, ce petit pays semble pris dans les glaces de l'hiver.

10

NAIROBI : LES FLAMANTS ROSES DU KENYA

A l'aéroport de Zurich, je remarque derrière les grandes vitres de la douane le responsable des programmes de Terre des Hommes. Pourquoi vient-il, jusqu'à Zurich, me chercher à l'aéroport ? Ce genre de démarche est très rare. En fait, un conflit sérieux vient d'éclater dans les bureaux de Lausanne. Motif : l'action en faveur des réfugiés.

Une partie du conseil d'administration de Terre des Hommes souhaite interrompre cette mission. Certains trouvent les enfants sélectionnés trop âgés, trop difficiles à intégrer. Le constat est intéressant mais tardif : il aurait fallu y penser plus tôt. Le génocide cambodgien... c'était il y a déjà dix ans ! Le conseil se réunira d'ici deux jours pour se prononcer sur la poursuite de l'action. Comme une sorte de droit de vie ou de mort sur les enfants des camps. Inacceptable. Edmond Kaiser est furieux, lui aussi. Edmond est l'homme le plus complexe que j'aie rencontré. Certains disent que s'il n'avait pas été le père fondateur de l'association, il serait peut-être un grand dictateur ! Du haut de ses soixante-dix ans, il est insupportable. Mais il gardera toute mon affection et ma reconnaissance pour la manière dont il a réagi. Car rien ne l'arrête. Coups de téléphone, lettres d'injures, il finit par obtenir ce qu'il désire. Nous avons donc gagné : le conseil a confirmé l'action. Ouf! Il était temps. Les jeunes réfugiés allaient fouler le sol helvétique...

Pour le reste, c'est l'échec. Tim n'est pas là et son appui me manque. En son absence, les portes se ferment les unes après les autres. Jusqu'à ce matin de décembre où tombe un non définitif. Terre des Hommes n'ira pas secourir les enfants de Bangkok. L'agression dont j'ai été victime semble jouer contre le projet. L'absence de sécurité est, il est vrai, un argument de poids. A son retour, Tim me propose de nouveaux contrats. Mais je n'ai aucune envie d'aller en Egypte ou au Liban. Ma mémoire est pleine de visages d'enfants thaïs, de leurs épouvantables récits. Je ne suis pas un de ces héros de l'humanité qui dévorent les enfants des camps de réfugiés en guise de hors-d'œuvre, ceux des bordels de Bangkok en plat de résistance et les petits handicapés du Caire ou les enfants victimes de la guerre au Liban entre la poire et le fromage. Je n'ai pas la boulimie des drames.

Je saute dans un train pour Paris. Quatre heures de voyage, quatre heures de grande colère intérieure. Une fois mes bagages à la consigne de la gare du Nord, je m'achète un maillot de bain et file vers une piscine. Je nage. Plus tard, installée à la terrasse d'un café devant un vrai chocolat chaud, je regarde vivre Paris. Un touriste américain, perdu, son guide à la main, interpelle les passants. Une jeune fille en tenue sexy vole à son secours et l'emmène vers les quais. Qu'ils sont beaux, tous les deux!

Plus loin, des adolescents rêvent devant la vitrine d'une agence de voyages. Une liste de destinations exotiques s'affiche en lettres dorées sur un tableau noir: «Nairobi, 8 000 FF, places disponibles la semaine prochaine.» Nairobi? Jean-Paul! Je pousse la porte. En moins de cinq minutes, j'ai acheté un billet.

Jean-Paul m'attend à l'aéroport de Nairobi. Il n'a pas changé. Vive l'Afrique !

Je connais déjà un peu le Mali, le Burkina Faso et le Sénégal. Pendant mes études, j'y ai fait des stages dans des centres de nutrition et des léproseries. J'aime ce continent, sa culture, son sens de la fête. On peut danser toute la nuit, boire de la bière locale, vivre sans apparat. Jean-Paul habite un appartement situé à moins de vingt minutes du centre-ville, dans un immeuble moderne avec jardin et piscine. Nairobi est une capitale aérée et verte. Quelques bâtiments de béton marquent la présence de grandes organisations internationales. Mais la vie reste agréable.

Nous allons passer trois semaines à découvrir ce pays où les réserves d'animaux sont autant d'images du paradis. Pister le lion qui progresse au milieu des hautes herbes, découvrir des lacs, surprendre des milliers de flamants roses, regarder les hippopotames se vautrer dans la boue, approcher prudemment les éléphants regroupés autour d'un bosquet, observer les singes qui se cachent au milieu des bougainvillées, ces arbres qui ressemblent à d'immenses bouquets de fleurs roses... Je respire. Dans certains parcs, en pleine forêt, des chalets permettent de vivre au contact des animaux restés sauvages. A la tombée du jour, des bruits étranges nous parviennent : les cris d'une gazelle qui vit ses derniers moments sous les crocs du lion, le bruissement des rongeurs qui viennent chercher sur les terrasses quelques déchets abandonnés par les touristes. Quand un homme meurt, on entend le roulement des tambourins qui annonce sa disparition. Dans le village en deuil, tout le monde chante et danse pour que l'esprit puisse accéder à l'au-delà. L'Afrique traditionnelle ! Nous faisons connaissance d'une Américaine, une veuve arrivée en Afrique en 1960. Elle gère un pavillon pour touristes et amoureux de la nature. Dans un coin du salon est posée la photo d'un vieux lion aux côtés de ses maîtres. L'animal a fini par mourir de vieillesse. Et la maîtresse de maison en parle toujours avec émotion : « C'était un vrai compagnon. » Au réveil, on peut voir de sa chambre les girafes qui broutent les feuilles des arbres. Un rêve.

Pourtant, malgré le charme de l'endroit et l'amour de Jean-Paul, pas une journée ne s'écoule sans que mes pensées aillent vers les enfants de Thaïlande. Je sais ce qui se passe là-bas. Et je ne peux rien faire !

Certaines nuits, dans la pénombre de la chambre, je revois Sonta, Sowit, Sounsri et tous les autres. Je sais que je dois y retourner. Jean-Paul est inquiet. Il rêve de me voir à ses côtés, m'a présenté différents projets exécutés par des associations locales qui travaillent dans les bidonvilles ou avec les enfants des rues. Ces sujets me passionnent, bien sûr ! Mais je dois d'abord tenter de faire quelque chose à Bangkok. Plusieurs semaines s'écoulent. L'obsession de Bangkok ne me quitte plus. Pourquoi ? Pourquoi est-ce que je revois toujours ces camps de réfugiés de Thaïlande, avec leurs barbelés, leurs postes de garde et ces gosses orphelins, mi-réfugiés, mi-prisonniers ? Pourquoi est-ce que je ne supporte pas l'idée qu'on puisse les enlever ? Les enfermer, les séquestrer, les violenter ? Pourquoi cette tragédie-là me prend-elle directement à l'estomac ? Avec une force particulière, inouïe ! Comme si c'était un drame unique. J'ai vu des gosses qui mouraient de faim en Afrique sahélienne, des petits lépreux, des handicapés physiques en Roumanie et pas mal d'autres saloperies dans différents coins du globe. Bien sûr, ces enfants peuplent mes cauchemars de temps à autre. Mais je n'ai pas la vocation à porter sur mes épaules tous les péchés du monde. J'arrive à vivre, à aimer, à rire. A oublier. Sauf pour ces gamines qui passent des camps de la frontière à d'autres camps, ceux que forment les murs des bordels de Bangkok. Pourquoi ? Je cherche la réponse, grand-mère Simm, et je me rappelle les histoires que tu racontais, avec beaucoup de retenue et de pudeur, à la petite fille que j'étais. Des histoires de l'Europe en guerre, une Europe redevenue barbare, où des hommes venaient prendre des enfants chez eux pour les jeter dans des trains et les envoyer derrière des barbelés, dans d'autres camps, d'où ils ne revenaient jamais. C'est bien comme cela que les choses se sont passées, hein, grand-mère ?

Ce soir, je suis décidée à annoncer mon départ du Kenya. Je retourne en Thaïlande, pour un mois, le temps de terminer cette enquête avec mon ami Toy. Jean-Paul et moi dînons à l'African Heritage, un ensemble qui tient à la fois de la cafétéria et du magasin d'artisanat de luxe. Couleurs de terre brûlée et de sable, paniers du lac Turkana, échiquiers en *soap-stone* (pierre de savon), colliers d'argent travaillés à la main, par des artisans du Nord : tout est plaisir des yeux. Nous avons réservé une table dans un restaurant éthiopien. On mange au ras du sol, assis sur des coussins brodés, une grande assiette de cuivre est disposée au centre de la nappe et des morceaux de viande baignent dans une sauce épaisse. D'une main, nous malaxons les céréales jusqu'à en faire des boules. Nous sommes un peu maladroits et les serveuses, de belles et grandes femmes vêtues de robes traditionnelles, nous observent avec un sourire ironique. J'ai à peine commencé à parler que Jean-Paul m'interrompt : il me comprend et, si je le souhaite, m'aidera à financer mon action. Nous voilà liés par un sentiment nouveau, empreint du respect de la liberté de l'autre.

Ce ne sera pas facile, et je le sais. Il y a des risques et je suis devenue une cible. Mais en recueillant des informations supplémentaires, je peux constituer un dossier à soumettre à d'autres associations européennes. Et trouver un financement pour le projet.

Aéroport de Nairobi. Mes bagages sont enregistrés. Il me reste une vingtaine de minutes avant l'embarquement pour Bruxelles. Nous gardons le silence. Je déteste les aéroports, les gares et tous ces endroits où des centaines de séparations se produisent tous les jours. Jean-Paul disparaît dans la foule. Mais je ne suis plus seule. Je sais que, partout où j'irai, il sera là, à mes côtés. Et au moment de chanceler, je pourrai m'appuyer sur son bras.

11

BANGKOK : IL FAUT SAUVER SONTA !

La ville de Bangkok est pareille à elle-même, noyée dans son nuage de pollution. Maître Teelapon et Païthoon le prof ont réussi à contacter Toy dans le nord de la Thaïlande.

Il est là ! Dans la salle des arrivées. Je l'aperçois qui scrute la foule des passagers de trois avions qui ont atterri à quelques minutes d'intervalle. Les touristes font la queue aux guichets des services de l'immigration. Un rapide calcul : pas moins de quinze officiers vérifient les passeports, une vingtaine de voyageurs chaque fois... Trois cents personnes, en majorité des hommes non accompagnés. Le constat est étonnant. La Thaïlande semble avoir troqué son tourisme de luxe des années 70 pour une population aux motivations ambiguës, probablement sexuelles. De toute évidence les temples bouddhistes sont moins fréquentés que les quartiers chauds de la ville. Toy s'avance. Nous nous retrouvons avec émotion et pudeur au milieu de cette grande salle des pas-perdus. Au pays du sourire, pas de démonstration des sentiments !

Nous voilà installés chez des amis de Toy, dans un quartier éloigné du centre de la ville, auprès d'un couple typiquement thaï, ses trois enfants et une vieille grand-mère. La maison de trois étages donne sur un petit cours d'eau, souvenir des années où les habitants de la ville se déplaçaient sur les *klongs*, les canaux de Bangkok. Ils ne parlent pas un mot d'une langue étrangère. Toy connaît bien la femme : ils ont étudié dans la même université. Notre sécurité, ici, est maximale. Après discussion, nous décidons de retourner au Suriwongse Hotel pour tenter d'y retrouver les enfants rencontrés précédemment. Il s'agit de compléter les dossiers, voire de retrouver les familles. Mon espoir caché est de retrouver Sonta. Le regard de cette enfant ne m'a jamais quittée.

Au Suriwongse, rien n'a changé : le Chinois à l'entrée, l'écran de télévision, le film porno, les touristes au bar et toujours, assis sur les marches de l'escalier, le même garçon d'étage qui guette le client.

Ce soir, Sonta est déjà louée à la chambre 220. Le client a payé pour la nuit. Nous réservons l'enfant pour la nuit suivante. Pour l'heure, le garçon d'étage ne peut nous proposer que deux petites Chinoises et un garçon de onze ans : tous les autres enfants sont déjà au travail. Combien d'entre eux sont enfermés dans la chambre-garage du rez-de-chaussée ? Nous avons essayé d'interroger le garçon d'étage, mais il a soigneusement évité de répondre.

Vingt-quatre heures plus tard, Sonta entre dans notre nouvelle chambre. Son corps est amaigri. Sa démarche est celle d'une enfant blessée. Elle traîne la jambe gauche : un hématome important semble lui gêner le genou.

Assise sur le bord du lit, elle nous regarde mais ne nous voit plus. Elle a le regard des enfants autistes. Son corps cache un esprit en cavale dans un autre monde. La serviette de bain de coton usé a glissé de ses épaules d'enfant. Son dos maigre laisse apparaître des traces de lacérations, des coups de ceinture ou de fouet. Des larges plaies rougies suppure un liquide verdâtre. Son pubis est gonflé, marqué d'une tache brune circulaire : une large brûlure de cigarette. Je connais maintenant parfaitement cette lésion. Toy verse du thé froid dans un grand verre ; elle boit à petits coups et grimace de douleur. Avec précaution, j'examine sa petite bouche. Les parois buccales sont couvertes d'abcès jusqu'à ne former qu'une seule plaie. Une infection courante chez les enfants prostitués. A cause du manque d'hygiène, des infections et des fellations répétées. L'enfant s'est endormie et Toy, appuyé sur le rebord de la fenêtre, est silencieux. Nos yeux ne quittent pas Sonta. Son corps, enveloppé dans le tissu blanc de coton, semble avoir déjà quitté la vie.

Ne nous cachons pas la vérité : Sonta est en détresse. Malade, épuisée, elle va mourir dans ce bordel si nous ne l'en sortons pas tout de suite.

Nous connaissons pourtant par cœur les consignes de sécurité. Elles se résument à ceci : aucune intervention directe sur les enfants, pas de tentative de sauvetage et aucune visite solitaire dans les hôtels. Ces mesures minimales ont été discutées six mois plus tôt lors de notre première rencontre dans le restaurant vietnamien Camely.

Mais cette fois, nous sommes engagés dans une impasse. Je ne quitterai pas cet endroit sans avoir essayé d'arracher Sonta à ce bordel.

Le reste ? Je l'ai déjà raconté : la discussion avec Toy, son accord final, le face-à-face avec le gros Chinois, la négociation, le marché conclu pour huit cents dollars, l'enfant qu'on emmène, le doute, la peur qu'on nous la reprenne, le retour à l'hôtel et la réplique du patron chinois : « Vous avez payé. Maintenant, tirez-vous ! » Et puis la liberté pour Sonta et nous deux, fous de joie et d'angoisse, qui courons dans la rue en serrant contre nous ce fantôme de gosse mourante. Jamais, jamais, nous ne la laisserons regagner son enfer !

Nous avons sauté dans un taxi en direction de la maison de nos amis thaïs. La fillette s'est assoupie sur l'épaule de Toy, image d'un père et de sa fille. Incroyable... Nous venons d'acheter une petite fille, un être humain, pour quelques milliers de francs : le prix d'un chien de luxe dans un de ces magasins spécialisés de Bruxelles ou de Paris.

Sonta est très bien accueillie chez nos amis. Le problème est qu'elle n'a plus aucune réaction. Elle reste assise sur la chaise longue, sans bouger, pendant des heures. Les gamins peuvent bien gesticuler autour d'elle. Son regard ne marque aucune émotion. Un ballon rouge percute le dossier de son siège, la petite ne relève même pas la tête. J'ai l'impression qu'une muraille de pierre la sépare de notre monde. Je l'emmène sous la douche. Elle s'assoit sur le sol et laisse couler l'eau un long moment sur son corps. Un peu plus tard, habillée d'une petite robe verte et de chaussures de plastique, Sonta ressemble à toutes les petites filles thaïes de son âge. La différence est à l'intérieur. Les autres sont des enfants qui jouent avec des poupées et rêvent d'histoires bleues. Sonta, elle, a été violée et torturée comme la dernière des putains.

Un ami de Toy, médecin dans une clinique privée, est venu examiner l'enfant. Il nous conseille une série de potions locales pour les brûlures et les plaies infectées. Les lésions sont nombreuses, mais sans pronostic grave. Pourtant, après l'avoir examinée attentivement, son regard s'assombrit. Du coup, il cesse de parler anglais et poursuit en thaï à l'attention de Toy. Je commence à comprendre la langue mais quelques phrases m'ont échappé. Et Toy ne traduit pas, contrairement à son habitude. Un silence glacial s'installe dans la pièce. Qu'est-ce qui se passe ? Toy ne dit rien.

Nous partons quelques jours plus tard dans le nord du pays, dans la région de Chiang-Mai, pour essayer de retrouver la piste de la famille de Sonta. Deux mois plus tôt, la fillette nous avait indiqué le nom d'un village. Les enquêteurs de la Fondation pour les enfants pensent qu'ils l'ont repéré à mille kilomètres de Bangkok. Etrange région : le nord de la Thaïlande a très peu bénéficié du développement économique. Les tribus, éparpillées dans les montagnes, vivent encore coupées du monde. Récemment encore, la culture du pavot et le commerce de l'opium étaient leurs principales ressources. Poussés par les Américains, les dirigeants thaïs se sont attaqués à ce gigantesque trafic. C'est d'ici, par les filières les plus diverses, que partait — et part toujours ! — la drogue par centaines de kilos. La prison de Bangkok héberge encore aujourd'hui quantité d'étrangers qui purgent des peines de cinq à vingt-cinq ans pour avoir acheté de la poudre blanche. Les geôles thaïes sont terribles, la drogue circule dans la cour des prisons où les détenus en arrivent à se shooter avec un bout d'aiguille et un stylo vide, en se soufflant la dose dans les veines. Les bagarres y sont fréquentes et les mauvais traitements font partie du quotidien. Que l'on puisse y mourir de « chute accidentelle » n'a rien d'étonnant.

J'ai plusieurs fois visité la prison de Swan Phloo, celle de l'Office de l'immigration. Elle ressemble terriblement à celle du film *Midnight Express* qui avait choqué l'Europe des années 70. C'est un banal immeuble de quatre étages qui cache deux sections de prisonniers : deux salles minuscules où séjournent parfois près de deux cents personnes, dans des conditions d'hygiène inexistante. Les femmes sont moins nombreuses et disposent donc d'un espace un peu plus viable. Les enfants y sont enfermés avec leur mère jusqu'à l'âge de douze ans. Au-delà, seuls les garçons sont transférés à la section des hommes. Là, débute pour eux l'enfer : mauvais traitements et viols. Je me rappelle en particulier cette petite Asiatique, bangladeshie ou philippine, de dix ou onze ans, qui se cognait la tête contre les murs, s'arrachait les cheveux par touffes entières et hurlait comme un animal blessé. C'était il y a deux ans, lors de mon premier séjour en Thaïlande. Il nous a fallu quatre jours pour obtenir de son ambassade et des autorités locales un transfert en milieu hospitalier.

Pour retrouver la famille de Sonta, Teelapon s'active au siège du Centre de protection pour les enfants. Il contacte de nombreuses associations du Nord, fait diffuser un message sur la radio montagnarde, un avis de recherche pour une petite fille «trouvée dans la rue», et donne le signalement de Sonta. Teelapon garde l'espoir qu'un villageois, parent ou ami, reconnaîtra Sonta et contactera les animateurs de l'émission. Bien entendu, les villages sont trop nombreux et trop éloignés pour les visiter tous. En cas d'échec, il nous resterait à la confier à un orphelinat. Mais, dans son état, je préfère ne pas y penser.

Le premier message, traduit en quatre dialectes, passe, cette nuit, sur la radio de la montagne. Au cas où quelqu'un reconnaîtrait Sonta, il faut encore lui laisser le temps de descendre dans la petite ville de Metchai, soit quatre à six heures de marche pour les villages les plus proches, plus deux à trois heures de voiture pour rejoindre la route goudronnée. Les messages radio vont se répéter toute la semaine. Entretemps, Toy a contacté Yake, un chef de village de la tribu akha, un membre actif de la Fondation pour les enfants. Il est connu pour sa lutte contre le trafic d'enfants. A lui tout seul, Yake a déjà sauvé plusieurs dizaines de petites filles de la prostitution. Il connaît la montagne comme sa poche. Yake est un ancien combattant de la frontière, qui fut proche des chefs rebelles pendant de longues années. Aujourd'hui, Yake le rebelle a cessé toute activité subversive pour lutter contre les agences de travail de la capitale qui arrachent les enfants à leur famille. Un montagnard isolé qui décide de barrer à lui tout seul la route de la mafia. J'ai hâte de le rencontrer. On raconte qu'il est le plus important et le plus respecté des chefs de tribus. Il a trois femmes qui vivent avec lui sous le même toit. Entre elles, la hiérarchie est déterminée par la quantité d'or qu'elles portent... sur les dents. Au moins, on ne peut pas se tromper.

Le voyage en bus s'est bien passé. La fillette a dormi pendant plusieurs heures. Lorsqu'elle s'est réveillée, son visage m'a semblé moins sombre. Elle a même consenti un premier sourire. Le nez collé contre la vitre du car, elle regarde défiler les paysages montagneux. Une pluie fine tombe, le bruit des gouttes contre le carreau berce les derniers kilomètres.

Le véhicule est entré dans la station des bus de Chiang-Mai. Les passagers se pressent pour récupérer leurs volumineux bagages. Le bus continue sa course vers Chiang-Rai, proche de la frontière birmane. Tout, ici, est différent de Bangkok. La température est plus douce et une brise légère rafraîchit l'atmosphère déjà chaude de ce mois de mars. La ville paraît plus calme et plus humaine. Les touristes viennent rechercher les émotions d'un séjour dans la jungle, les plaisirs de la marche et les balades à dos d'éléphant. Sonta, elle, attend que la montagne du Nord lui fasse un petit signe de reconnaissance.

On s'installe à l'hôtel local : une maison de bois au bord de la rivière, une dizaine de chambres au mobilier de bambou et de lits équipés de moustiquaires. La salle d'eau se résume à une petite pièce au dallage grossier et à une gigantesque jarre d'eau de pluie. Un message nous attend à la réception. Toy se précipite sur le téléphone. Enfin une bonne nouvelle ! Deux familles se sont fait connaître auprès de la radio locale. Elles semblent reconnaître leur petite fille au travers de la description de Sonta. J'espère que l'une des deux est la bonne. Nous partons demain pour Chiang-Rai, rencontrer l'animateur de l'émission et rechercher la famille. Nous choisissons de visiter le village le plus proche dont le nom ressemble phonétiquement à celui donné par Sonta. Dix heures de marche sur des chemins de poussière et sous un soleil de plomb. Je crains de ne pas être à la hauteur. Je ne sais pas encore que, dans les années à venir, je vais parcourir des centaines de kilomètres dans la région, sous un soleil de feu ou des trombes d'eau.

Trois heures de bus et nous voilà dans la ville de

Chiang-Rai. Les touristes se font rares. Les travaux agricoles et l'élevage permettent à la population de subsister, loin de l'agitation de la capitale, de ses monstres de béton et de ses bordels.

Atchou est un jeune homme d'une vingtaine d'années. Il nous attend à la radio locale. En habit traditionnel, petit, la peau très foncée, un grand sourire en demi-lune, il est terriblement sympathique. Nous passons la journée chez un de ses amis, un vieil homme de plus de septante ans, comme on dit à Bruxelles. Le vieillard nous accueille à l'entrée de sa maison de bois. Son corps maigre laisse apparaître les os sous sa peau brûlée. L'intérieur de la maisonnette est une véritable caverne d'Ali Baba où des dizaines d'objets de bois sculpté et des paniers tressés sont posés à même le sol. Nous prenons place sur une natte pendant que l'homme prépare un thé bouillant. Et là, miracle... Pour la première fois depuis des siècles, Sonta se met à parler. D'abord quelques sons articulés, puis un bruit de clochettes : un rire. Son rire ! Le vieil homme sourit et poursuit la conversation dans le dialecte de l'enfant. Les montagnes et les images du passé ont donné à Sonta la force d'abattre les murs de sa cellule. Le hasard n'existe pas, la chance est avec nous ! Nous finirons par retrouver sa famille. Maintenant, j'en suis convaincue.

Toy est revenu avec des informations, une carte et un itinéraire pour nous guider sur les chemins de terre. Il a aussi acheté quelques provisions, du poisson séché, des céréales, des fruits secs ainsi qu'une grande couverture de coton. C'est qu'il fait frais, la nuit, là-haut !

Sonta parle un peu avec Toy avant de s'endormir sous une couverture. Les hommes ont veillé une bonne partie de la nuit à la lueur d'une lampe à pétrole. Je me suis endormie, sous les étoiles, bercée par les grésillements de la radio et le chant des grillons. A l'aube, nous quittons le vieil homme en promettant de nous arrêter chez lui au retour. Le magicien, celui qui a rendu la parole à Sonta, mérite bien cet hommage !

La gamine est tout à coup rayonnante. Elle porte une salopette de coton rouge, un ruban dans les cheveux et un petit sac à dos en toile colorée. Le voyage, à bord d'un taxi collectif, dure trois heures. Comme les paysans qui vont vendre leurs produits à la ville, nous nous laissons balancer au rythme des cahots du chemin.

Stop. Ici débute la longue marche. La fillette est déjà loin. D'un pas alerte, elle marche devant nous, sans même se retourner. Quel spectacle ! Il y a peu, Sonta était encore une morte vivante ; aujourd'hui, pressée de rentrer chez elle, elle caracole en tête de notre petit groupe, cueille ici et là des fleurs des champs, et parfois, au détour d'un chemin, se retourne et nous décoche un beau sourire.

Nous marchons, partagés entre le bonheur et l'angoisse. Et si ce n'était pas la bonne famille ? Et s'il n'y avait personne pour prendre soin d'elle ? Assez. « Avec des si, on ne va nulle part... », dirait grand-mère Simm.

La nuit est tombée. Nous avons marché plusieurs heures sans nous arrêter. Nous croisons des hommes et des femmes, le dos courbé dans les plantations de thé et de maïs. Tous portent des habits traditionnels, des tissus filés à la main, aux couleurs chaudes, des coiffes de métal et de grelots, des bijoux d'argent finement travaillés. Le temps s'est arrêté. Ici, pas d'électricité mais des lampes à pétrole. L'information se fait par le bouche à oreille. La radio locale ne diffuse que quelques heures par jour.

De loin en loin, on voit des maisons de paille et la fumée des feux de cuisson. On entend aussi des chants et des cris d'enfants. Encore quelques centaines de mètres et nous pourrons poser nos sacs pour la nuit.

Le village est constitué d'une dizaine de maisons

de bois sur pilotis. Un seul étage, une grande plate-forme pour une famille de dix à vingt personnes. Sans oublier les porcs, les poules et les chiens qui logent au rez-de-chaussée.

Le fils du chef du village nous indique une maison disponible pour la nuit. Les hommes sont partis travailler à la montagne, probablement dans l'une de ces plantations d'opium cachées le long de la frontière birmane. Plus tard, nous traverserons d'autres villages abandonnés par les adultes, partis pour plusieurs mois. Sur les chemins, pourtant, on croise surtout des mulets dont les paniers semblent pleins à craquer. Ces braves bêtes, qui marchent sans guide, connaissent la route. La montagne dit que les mulets transportent les fleurs d'opium séchées. Mais chut! Ici, le sujet est tabou. Respectons-le.

Une femme nous accueille très gentiment. Elle répartit les nattes sur le sol. Sonta s'est endormie tout habillée. Ce soir-là, la flamme de la lampe à pétrole a dansé longtemps sur la paroi en bois avant de mourir dans cette nuit sans lune.

Une nouvelle journée commence. Nous avons encore six heures de marche avant d'atteindre le village qui pourrait être celui de Sonta. Nous partons au plus vite pour mettre à profit les premières heures de la journée. A onze heures, la chaleur devient accablante et nous contraint à nous réfugier sous un arbre. Fin de l'étape, il faut rattraper le temps perdu. Sonta grimpe le chemin en lacet avec l'agilité des gens de montagne. Parfois, la distance qui nous sépare est telle que nous n'apercevons au loin que les couleurs de son sac. Toy, lui, est capable de marcher des heures durant dans le silence total, le regard fixé sur l'horizon.

Encore un effort: il reste moins de quatre kilomètres à parcourir pour gagner le village espéré de Sonta. Perchés dans les arbres, des gamins nous observent et communiquent entre eux à l'aide de petits sifflets de bois. De loin en loin on entend leurs rires.

Sonta a accéléré la marche. Elle court maintenant à toutes jambes, pousse des cris étouffés, mélange de joie et de larmes. Des enfants l'entourent, l'aident à grimper plus vite encore le petit chemin extrêmement raide. Son corps semble porté par le vent.

Au sommet de la colline, une femme est là, le visage inondé de larmes. Sonta s'engouffre entre ses bras. Leurs corps enlacés ne font plus qu'un. Celui d'une mère et de son enfant. La main de Toy s'est glissée dans la mienne et nous parcourons les derniers mètres de ce chemin interminable. Les femmes pleurent. Les enfants se poussent pour mieux voir la fillette, les hommes s'interpellent d'une voix forte. Seuls les vieux observent le silence au milieu de cette scène incroyable. Nous nous sommes écartés de la foule pour nous asseoir sur un tronc fraîchement coupé. Nous savourons ce moment que nous avons tant espéré ! Quelque chose résonne en moi, comme le bourdon d'une énorme cloche de Pâques, quelque chose d'infiniment plus fort que le bruit des clefs d'une chambre, les hurlements d'une vidéo porno ou les cris d'une enfant que l'on maltraite, quelque chose comme une musique folle, avec des paroles, toujours les mêmes, quelques mots simples et fous à la fois : « Sonta a retrouvé sa famille ! »

Il nous reste maintenant une nuit, une seule, pour mener le sauvetage jusqu'à son terme : dire la vérité à la famille, raconter comment et où a vécu leur petite fille, le faire accepter et éviter, à tout prix, le rejet. Faire en sorte qu'entre Sonta et sa mère, entre la famille reconstituée et la communauté, les retrouvailles soient complètes. Le chef du village s'est approché. Il a une cinquantaine d'années, la peau brûlée par le soleil et les mains rêches d'un homme de la terre. La coutume veut que ce soit lui qui héberge les étrangers de passage. Il dispose d'une immense maison soutenue par quatre pilotis. Des nattes tressées recouvrent le plancher. Des paniers, des outils de travail, une arme, des sacs de graines et des plantes séchées sont posés à même le sol. Pas de meubles, pas de chaise, ni de table. On vit, on dort et on mange sur les nattes. L'épouse du chef est assise dans un coin de la pièce. Dans ses bras, un enfant de quelques mois tète. Du coin de l'œil, la mère surveille ses quatre fillettes qui préparent déjà le repas. Une vieille au corps squelettique mâche du tabac.

Nous nous sommes installés sur la plate-forme autour d'un plateau de thé vert. Le chef verse le liquide bouillant dans des gobelets de bambou. Autour de la natte, une dizaine d'hommes, les parents de Sonta et quelques adolescents nous regardent avec curiosité. Une fillette vient toucher mes cheveux blonds et s'enfuit en riant. Les hommes fixent des yeux l'étrangère que je suis. Je dois bien être la première à m'arrêter chez eux. Pas une touriste en quête d'aventure comme ils en croisent parfois. Mais une Occidentale accompagnée d'un Thaï qui leur ramène une enfant de chez eux : une petite fille akha. Le chef nous remercie mille fois de ce geste. D'une main hésitante, il me tend un petit chiffon dans lequel brille une vieille pièce d'argent patinée par le temps. Cette pièce de monnaie est le symbole de l'histoire de Sonta. Je ne m'en séparerai jamais plus.

Les choses sérieuses peuvent commencer. Pendant des heures, les hommes parlent avec Toy. Dans leur dialecte. Tout leur est expliqué : les détails de la première rencontre et la situation des enfants dans les bordels de Bangkok. Toy parle beaucoup et montre des photos. Les villageois sont figés, les yeux écarquillés d'horreur. On remonte le fil du temps.

C'était il y a dix-huit mois, un matin de novembre. Cinq enfants jouent sur un chemin de terre rouge où ils ont l'habitude de glisser avec leurs chariots de bois. Une camionnette s'arrête : un véhicule rouge et blanc, comme on en voit rarement ici. Une femme en sort, une dame de la ville qui porte une robe de soie verte et des cheveux tressés. Les petites filles la trouvent très jolie. Elle leur demande son chemin et bavarde avec les enfants. Un homme la rejoint et leur distribue des ballons de plastique. De beaux ballons jaunes. « Pas comme ceux que nos vieux du village fabriquent avec des déchets de paille ! » dit un jeune garçon assis à ma droite. Les fillettes se rapprochent de la voiture. Puis tout va très vite : trois des enfants sont happées par des mains d'homme, la portière se referme et le véhicule démarre à toute allure dans un nuage de poussière. Un mauvais film. Pendant quelques secondes, les deux garçons épargnés restent figés par la peur. Avant de courir donner l'alerte. Mais à cette heure de la matinée, le village est vide. Seuls les vieux, trop fatigués pour partir aux champs, sont assis à leurs terrasses. De trop longues minutes s'écoulent avant que les adultes ne soient prévenus. Trop de temps perdu. La camionnette est déjà loin. Trois petites filles ont disparu : Sonta, six ans ; Pramun, onze ans, et Moodame, huit ans.

Sonta raconte la suite : dans le véhicule, on leur plaque un tampon d'ouate humide sur le nez. Après ? Elle ne se rappelle rien. Seulement les paupières lourdes et le profond sommeil. A son réveil, elle se retrouve seule dans les bureaux d'une agence de travail. Un homme entre, s'approche d'elle, examine attentivement son corps, ses pieds et ses dents. Face à l'étranger, Sonta pense à ces scènes de village où les paysans examinent un buffle avant de l'acheter. Dans les yeux de l'homme, ce soir-là, il y a quelque chose de semblable. Quand l'inconnu quitte la pièce, elle ne sait pas encore que la prochaine étape de son voyage est un bordel pour enfants : l'hôtel Suriwongse à Bangkok.

Au village, on racontait bien que des gamins disparaissaient parfois dans la montagne. Mais on raconte tellement de choses, les soirs de veillées... Aussitôt après la disparition, le chef du village et les pères des enfants descendent au poste de police le plus proche, à quelques heures de marche. L'officier leur dit que les chances de retrouver leurs gosses sont minces : Bangkok compte six millions d'habitants. Il tape une déclaration que les membres de la tribu signent d'une croix. Depuis cet événement, il est interdit aux petits Akhas de jouer en dehors des limites du village. Les mères ont beaucoup pleuré, les saisons ont passé, la camionnette blanc et rouge n'est plus revenue. Mais on n'a jamais revu les fillettes. Le lendemain, à l'aube, le chef de la tribu nous indique une autre communauté akha, à trois heures de marche, où d'autres gamines sont aussi portées disparues.

A l'évidence, la région est devenue un réservoir d'enfants pour les proxénètes. Le nord du pays est coupé du monde. Les tribus vivent en parfaite autarcie, les parents ne savent ni lire ni écrire et les paysans croient facilement les histoires des gens de la ville.

La nuit est tombée sur le village comme un voile noir. Le ciel est parsemé d'étoiles, la lampe à pétrole commence à s'éteindre. Nous avons beaucoup parlé. Ce soir, Sonta dort dans les bras de sa mère. Jamais, malgré nos craintes, les membres de la tribu n'ont eu pour l'ancienne petite prostituée le moindre mot de condamnation ; jamais sa mère n'a desserré l'étreinte de ses bras autour de sa gamine retrouvée. Notre inquiétude était sans fondement : ces paysans des montagnes ont l'intelligence du cœur. Cette nuit est magique.

Pourtant, à la lueur de la lampe à pétrole, je vois de la tristesse sur le visage de Toy. Et je ne comprends pas. Qu'est-ce qui peut troubler la réussite de cette journée ? Nous sommes pourtant devenus si proches l'un de l'autre. Nous pouvons tout nous dire. Ou presque. Depuis quelques jours, je sens qu'il me cache une chose grave. Je veux lui poser la question... Il m'arrête d'un geste, me prend le bras, s'approche de ma joue et chuchote : « Sonta est séropositive. »

J'ai envie de hurler, mais je reste sans voix. En un instant, je revois les visages des mômes du Suriwongse, celui du gros Chinois, d'Alain l'architecte et de tous les autres... Les crocodiles tuent aussi. D'abord, ils volent l'enfance, ensuite ils torturent, enfin ils assassinent. Je ne peux pas supporter l'idée de la mort prochaine de Sonta. Je la revois, étendue sur le lit miteux de la chambre 224 de l'hôtel. Elle m'avait semblé tellement fragile. Ici, de retour chez les siens, elle semblait à l'abri du passé. Sonta séropositive. Le sida. Non, non et non, ce n'est pas possible. Pas elle, pas maintenant !

Toy a eu le courage d'en parler au chef du village. La maladie, les premiers signes, les risques de contamination, une petite tache brune sur la cuisse de l'enfant, les abcès dans la bouche, le cortège de symptômes qui annoncent les progrès de la maladie sur le corps de Sonta. Je doute que le sida représente grand-chose dans cette tribu montagnarde, mais je préfère savoir la fillette ici, entourée des siens, plutôt que seule et exclue dans un hôpital de Bangkok.

Toy se tait. Je sais qu'il ne dort pas. Tous les deux, nous attendons le petit matin.

Il est cinq heures. Déjà, les enfants se chamaillent autour de la fontaine. Parmi eux, entre ses frères et sœurs, Sonta joue. Comme si, jamais, elle n'avait quitté son village. Il est temps de se remettre en marche. Cinq heures plus tard, l'autre village apparaît, accroché au flanc d'une colline de terre rouge. Ici, quatre enfants ont disparu : deux garçons de dix et onze ans, et deux filles de huit et neuf ans. C'était il y a sept mois. Le scénario est identique : une camionnette, une femme qui aborde les enfants et l'enlèvement en moins de deux minutes. Depuis, plus de nouvelles.

Chaque famille vient décrire son enfant disparu. Toy prend des notes et montre les photos des gosses rencontrés dans les hôtels. Nous nous engageons à relancer la police à Bangkok dès notre retour et à signaler chaque cas au Centre de protection des enfants. Que faire de plus ? Il n'y a pas la moindre piste.

Demain, nous partirons à l'aube pour Bangkok. Il faut poursuivre notre enquête dans les bordels. En savoir encore plus sur ceux qui se cachent derrière ce trafic. Les victimes, nous les connaissons maintenant. Il y a les enfants des tribus du Nord, des minorités chinoises et birmanes. Mais je veux prendre le temps de connaître les consommateurs, les faux touristes qui violent en toute impunité. Parce que je suis convaincue que la demande crée l'offre dans ce domaine. Comment pourrais-je accepter l'idée que Sonta va mourir du sida ? Contaminée par un salopard qui continue sa route. Je l'imagine dans un endroit mondain à Paris ou ailleurs, crocodile de salon, dissertant sur le nouvel amour et le plaisir donné aux enfants. Nous avons chez nous des « écrivains crocodiles ». Ils publient de bien beaux romans sur leurs expériences avec les gamins. Ils ne sont pas inculpés, on ne leur propose pas un traitement psychiatrique, on ne leur interdit pas d'approcher les gamins... Non. Au nom de la littérature, on leur donne longuement la parole.

Deux cent mille enfants prostitués en Thaïlande.
Dans les bordels de Bangkok, Pattaya ou Chiang-Maï,
pour louer une gamine de dix ou douze ans, il suffit de pousser la porte…
(Ph. CPCR.)

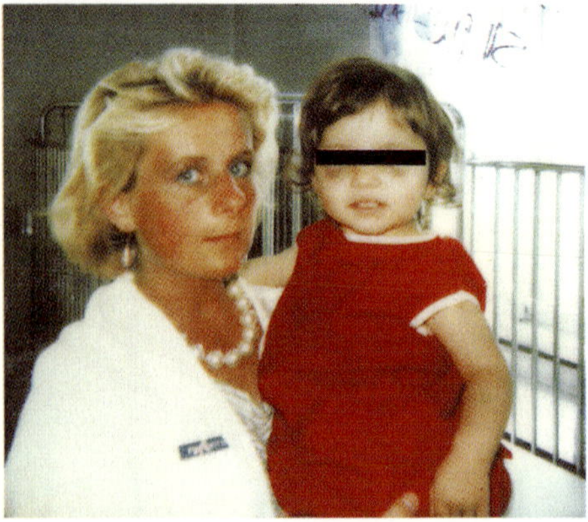

Hôpital de Bruxelles.
Avec Rouquine, deux ans, enfant battue et orpheline. Sa mère a été étranglée dans sa baignoire. Marie-France découvre l'enfance en détresse.
(Collection de l'auteur.)

Vitrine d'un bordel de Bangkok. Ces adolescentes ne voient pas la lumière du jour. Chaque nuit, elles attendent, exposées dans un salon, que les clients fassent leur choix.
(Ph. CPCR.)

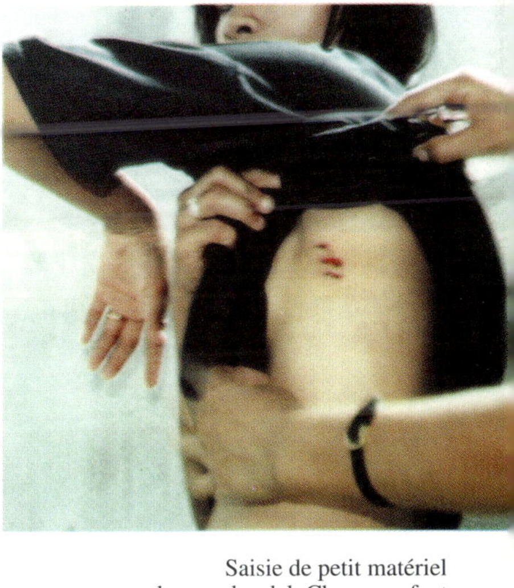

Saisie de petit matériel
dans un bordel. Chaque enfant
reçoit un jeton numéroté.
Les garçons d'étage ont toujours
un couteau ou une matraque à la
ceinture. Au moindre signe de
résistance, les gamins sont punis.
(Ph. CPCR.)

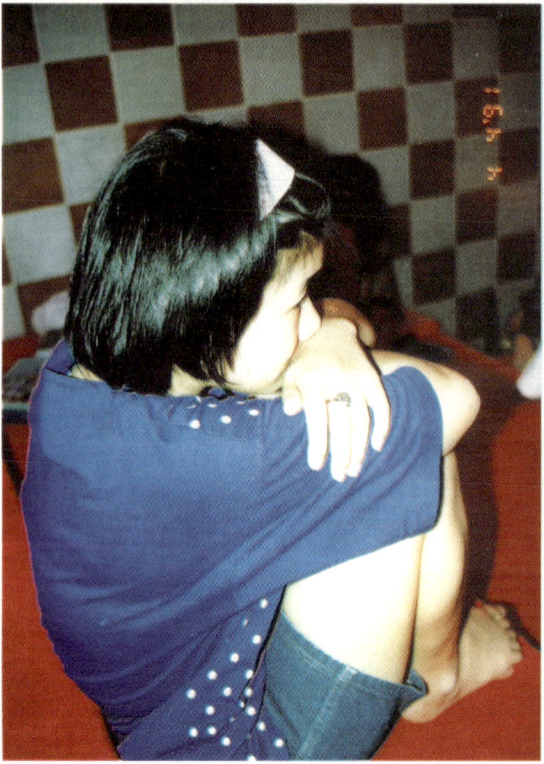

Prisonnière. Un jour, une camionnette est passée dans son village de montagne. Et l'enfant s'est approchée, confiante… *(Ph. CPCR.)*

Dans la rue. Ils sont seuls, affamés, à la merci du premier touriste pour un petit cadeau ou le prix d'un sandwich. *(Ph. M. Pelletier / Sygma.)*

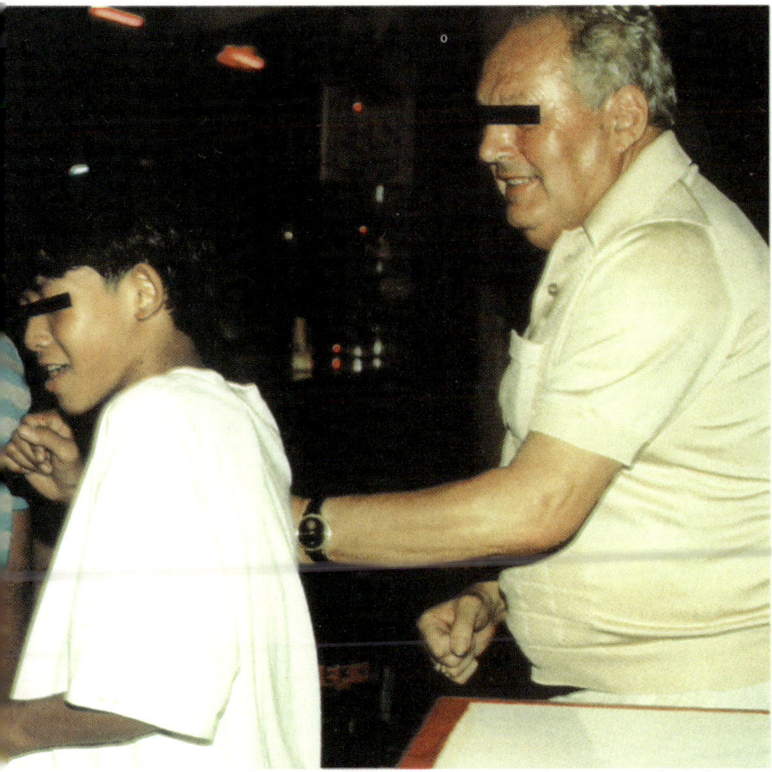

Les « crocodiles » : c'est le nom que les petits prostitués donnent aux pédophiles, ceux qui se disent leur « apporter de l'amour ». *(Ph. CPCR.)*

A Bangkok, un poste de police. *(Ph. CPCR.)*

Pattaya, la station balnéaire n'est qu'un bordel à ciel ouvert. Sur le ring, des adolescents se battent jusqu'au sang. Près du bar, un « crocodile » drague de jeunes Thaïs. *(Ph. M. Pelletier / Sygma.)*

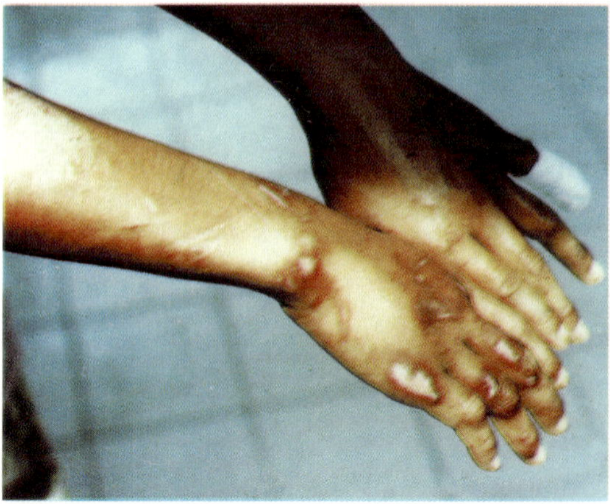

Mutilé. Quand les clients ne sont pas contents, si l'enfant est trop indocile ou qu'il cherche à s'évader de l'enfer… *(Ph. CPCR.)*

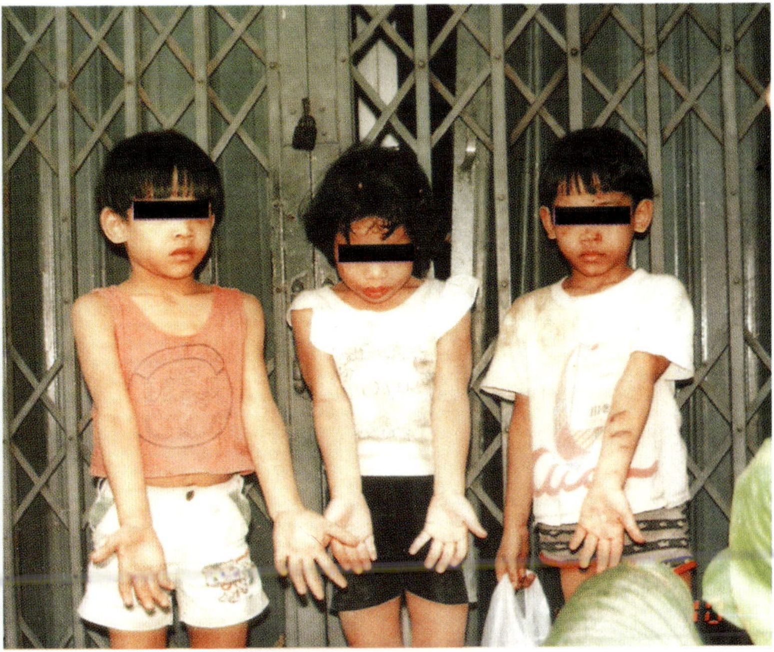

Chiang-Maï : ceux-là ont réussi à sortir d'un bordel.
Sur leurs bras, la marque des coups. Ils ont l'air absents, choqués, passifs.
Comme s'ils étaient prisonniers.
(Ph. CPCR.)

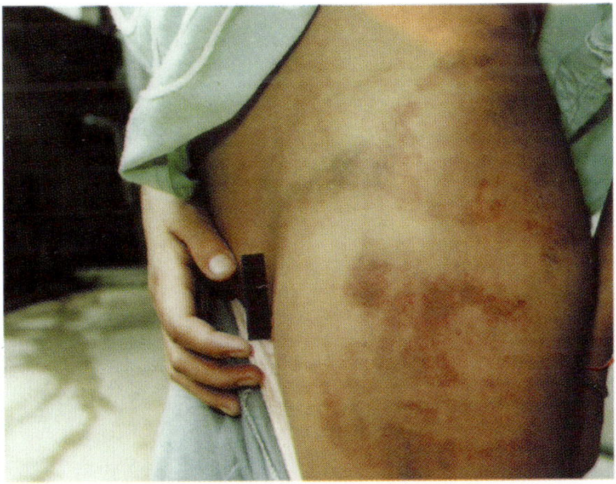

Sévices.
Quatre enfants sur cinq portent des traces de mauvais traitements et souffrent de maladies vénériennes.
Plus d'un enfant sur quatre est atteint du sida.
(Ph. CPCR.)

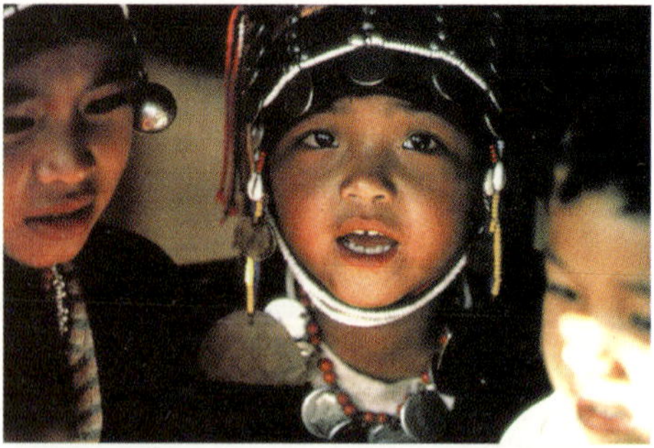

Montagnes du nord, sur la frontière de la Thaïlande. C'est là, dans les villages reculés et pauvres des tribus akhas, lishus et meos, que les trafiquants kidnappent des enfants, avant de les vendre à Bangkok. Ceux que l'équipe du CPCR arrivent à faire libérer sont accueillis au village-école de Kanchanaburi ou aidés dans la recherche de leur famille. *(Ph. M. Pelletier / Sygma, au milieu ph. Alex Rozenwajn.)*

Ci-contre : Yake « le rebelle ». Le chef de tribu a décidé de faire la guerre aux voleurs d'enfants. Régulièrement, il parcourt la montagne pour de longues tournées de surveillance. *(Ph. CPCR.)*

Libération des enfants d'un bordel de Bangkok.
Il faut repérer les lieux, réunir des informations sûres, tromper la mafia locale et obtenir l'intervention de la police.
(Ph. CPCR.)

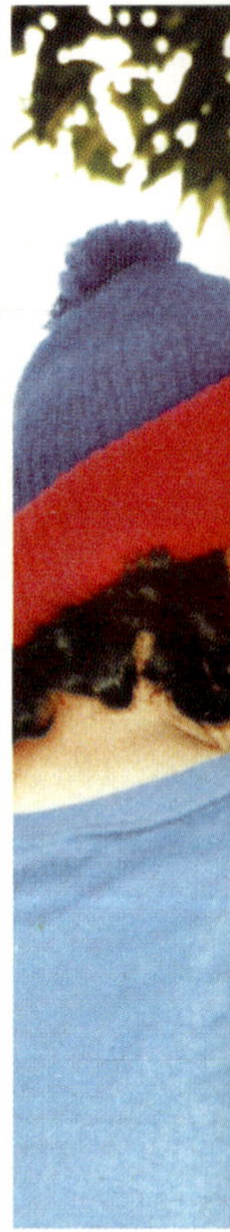

Le bout du chemin ! Libre une adolescente dans les bras de sa sœur qu'elle n'avait plus vue depuis des années.
(Ph. CPCR.)

Au commissariat central de Bangkok, après une intervention. Une fois les formalités effectuées, départ pour le foyer du CPCR.
(Ph. CPCR.)

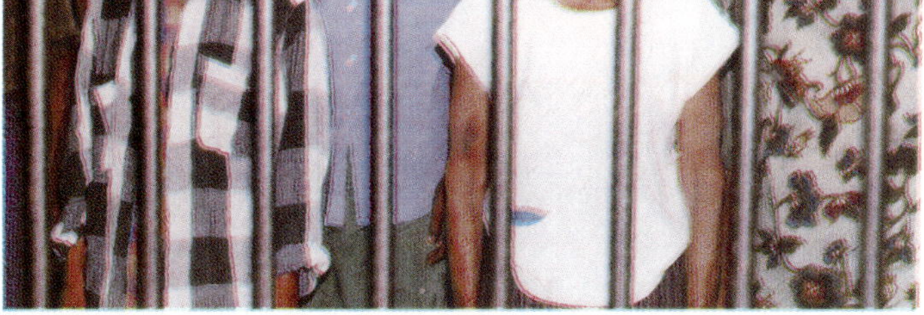

En prison. Il ne suffit pas de sauver les enfants.
Il faut aussi arriver à faire arrêter et juger les tenanciers. *(Ph. CPCR.)*

Dans le jardin du foyer, Lao est restée des heures assise sur la balançoire rouge. Parfois, elle reste dans sa chambre. Dans ces moments-là, les autres enfants ne la dérangent pas. Depuis peu, nous savons : elle aussi, est atteinte du sida. *(Ph. M. Pelletier / Sygma.)*

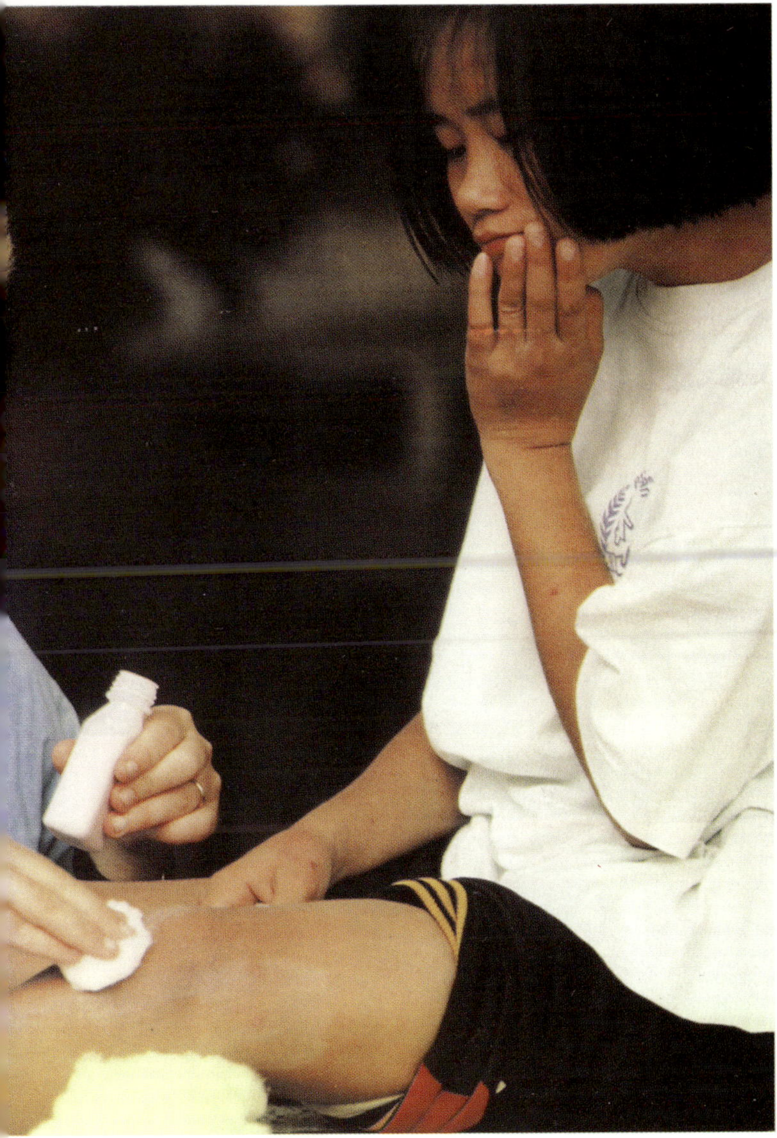

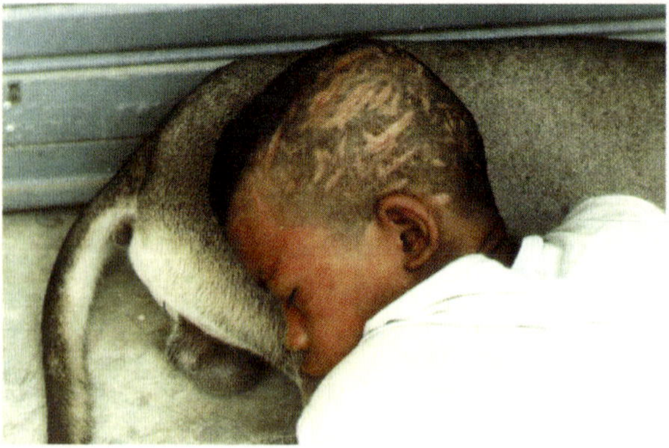

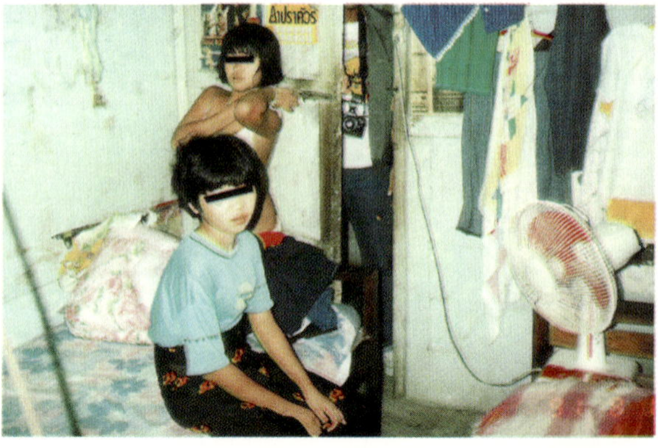

ieux, un lit pour la nuit. Ils se retrouvent dans l'ar-ère-salle des bars. Ce sont donc les établissements nuit qui fournissent des petits enfants à leur clien-le. Le bar devient ainsi le lieu de rencontre de la emande et de l'offre, la salle d'attente, le centre de i. Les clients y trouvent leur compte, le patron son énéfice : le marché est clair. Quant aux gosses... s plus jeunes, paumés, cherchent le contact avec adulte en espérant décrocher un peu de fric, voire in peu d'affection. Corde sensible sur laquelle jouent es pédophiles pour les approcher. A deux heures de Bangkok, cette station balnéaire a tout ce qu'il faut pour alimenter le marché des crocodiles : des gosses misérables, des plages et un soleil alibis, des dizaines de bars dirigés par des tenanciers complices, une police « aveugle »... Pattaya est une ville sans âme.

Nous découvrons très vite une étrange résidence pour Occidentaux riches et retraités. Deux nuits déjà que nous observons l'endroit, planqués dans l'une des entrées les moins éclairées du bâtiment. Régulièrement, un Thaïlandais livre des garçonnets d'une dizaine d'années aux locataires. Les gosses arrivent par groupe de quatre vers vingt-deux heures trente et quittent l'immeuble au petit matin. Le manège semble se répéter chaque soir. Toujours le même groupe d'enfants, accompagné parfois de quelques adolescents, selon la demande. Parmi les enfants qui entrent, j'en reconnais deux qui, tout à l'heure encore, dormaient sur la plage, blottis au creux d'une dune. L'un d'eux, le plus jeune, tenait un sac de colle à la main.

Dans la journée, rien ne permet d'imaginer ce trafic. Des personnes âgées de soixante à quatre-vingts ans déambulent sagement dans le parc qui borde le bâtiment jusqu'à la plage. Un vieil homme de nationalité américaine se promène chaque jour avec un jeune adolescent, main dans la main. La nature de leur relation ne laisse aucun doute.

On décide d'accoster un enfant au petit matin, à la

Le choix est clair. Maintenant, nous connaissons le sort de ces « enfants de Bangkok ». Nous les avons vus dormant à même le trottoir, esclaves des ateliers clandestins ou séquestrés dans les bordels pour être livrés aux « crocodiles ». Il nous faut choisir : oublier ces gamins ou essayer de leur redonner ce qu'on leur a volé : leur enfance. *(page de gauche : ph. CPCR ; double page : ph. Pelletier / Sygma.)*

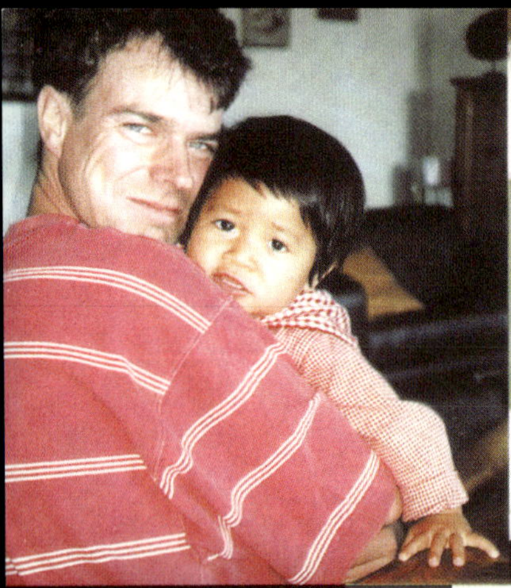

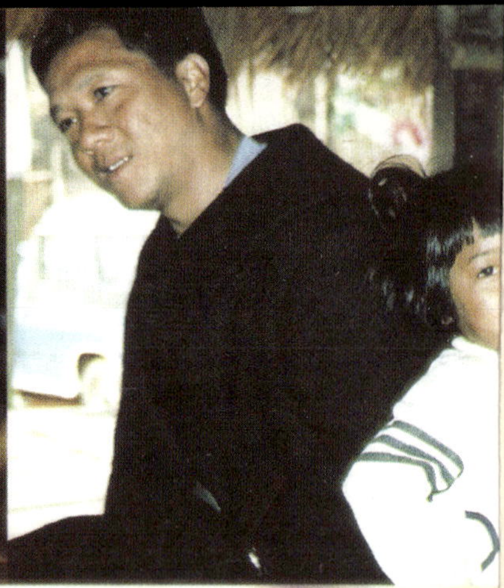

L'équipe !
En haut : à droite,
Yake « le rebelle », chef de tribu du nord de la Thaïlande ;
à gauche : Jean-Paul Vogels, époux de Marie-France Botte, et Margot, leur fille adoptive.

Au centre : Marie-France Botte, coordinatrice du projet et Margot.

En bas : à gauche, Païthoon, « le prof », un des animateurs du CPCR ; *à droite,* Teelapon, responsable du CPCR.
(Ph. coll. de l'auteur, CPCR, ph. du milieu, Michel Brent.)

12

LA CHASSE AUX « CROCODILES »

Je sais maintenant qu'il est possible de renc les pédophiles dans certains hôtels. Accoudés a ivres, les « crocodiles » parlent facilement de longue expérience en Thaïlande ou des charm Saigon. Pour en savoir plus, les meilleurs end sont sans aucun doute les salles de petit déjeuner hôtels louches. Là, au petit matin, la plupart ces « touristes », quels que soient leur âge ou l nationalité, ont en commun d'avoir couché avec un enfant quelques heures plus tôt. Pour continuer notre enquête, nous cherchons cette fois à étudier de plus près les individus qui font dix mille kilomètre pour louer un gamin.

Une investigation à prétention scientifique aura dû porter sur une période plus longue, mais n moyens financiers ne l'ont pas permis. De plus, j' viens à douter de mes capacités personnelles à end rer trop longtemps autant d'horreurs. Nous avo quarante-cinq jours, ou plutôt quarante-cinq nu pour récolter un maximum d'informations.

Pattaya nous semble le meilleur pôle d'observat et nous décidons d'y passer une huitaine de jours. méthode est simple : s'installer dans une *guest ho* et traîner des nuits entières dans les bars et su plage. Peu à peu, nous commençons à démo les mécanismes du système. Ces nuits se ressemb toutes. Des gamins de sept à quatorze ans gue le petit boulot facile, espèrent quelques bahts sortie du bâtiment. Vers cinq heures trente, un garçonnet finit par franchir la porte. Il a dix ans au plus, porte un short vert et un tee-shirt Michael Jackson. Pieds nus sur le trottoir, il n'a pas l'air de savoir où aller, hésite avant de se diriger vers la plage. Nous le suivons. L'enfant s'est assis sur le sable et regarde l'horizon. De la poche arrière de son short dépassent deux billets de cinq cents bahts.

Toy s'approche. Quelques mots suffisent pour le mettre en confiance. Ces gamins sont désespérément vulnérables. Tchoum a dix ans et demi, un visage rond et des yeux noirs brillants. Son histoire est classique : il est l'aîné d'une famille de trois enfants. Pas de père mais une mère de vingt-sept ans, prostituée dans un bar de la ville. Tchoum a fui vers le monde de la rue. Depuis bientôt deux ans, le gamin vit de la filière des vieux pédophiles étrangers. Chaque année, à la belle saison, ils reviennent s'installer pour trois ou six mois dans cet immeuble de luxe des quartiers chics de Pattaya. Tchoum dit avoir de la chance, son client est toujours le même. Un Britannique très âgé, « avec une peau de crocodile », dit le gamin en grimaçant. Dans l'intimité de la chambre, le gamin subit en silence des attouchements sexuels, obéit aux phantasmes du vieil homme. Chaque matin, à l'aube, le Britannique demande à l'enfant de quitter les lieux. Et de revenir à la nuit tombée. Ou de passer la nuit dehors. Selon son humeur. Salaire : un lit, une douche, de quoi manger et l'équivalent de cent francs. Des gamins comme Tchoum, nous en avons compté une quinzaine en trois jours. Leur « contact » est le barman du Mairmaid, que les vieux pédophiles abordent en prononçant un mot de passe connu de tous dans la résidence, une phrase étrange : « Je veux une nuit sur la montagne déserte. » Le Mairmaid, un bar semblable à une centaine d'autres à Pattaya, est le lieu privilégié de cette clientèle. Comme ailleurs, on y rencontre des touristes au visage pâle et quelques filles qui se tortillent au son d'une mauvaise musique. Au fond de la salle, des gamins guettent le signe de main du «contact» qui les embarque aussitôt dans sa camionnette.

Je décide de parler avec l'un de ces vieillards pédophiles. Dès demain nous irons à leur rencontre.

Seize heures trente: le soleil se cache derrière les nuages, la mer est grise et les touristes commencent à quitter la plage. A moins de cinquante mètres, notre Américain est installé confortablement sur une chaise longue. A sa droite, le corps d'un adolescent allongé sur une serviette de bain colorée. L'homme et le petit Thaï se lèvent, se dirigent vers la mer et nagent entre les vagues. L'homme âgé étreint l'enfant. J'attends qu'ils quittent la plage pour les aborder. Soudain, le vieil homme s'aperçoit de notre présence. Mon regard doit trahir mes sentiments.

Je m'approche, me présente comme assistante de la Fondation pour les enfants et manifeste mon étonnement quant à son attitude. Toy, de son côté, entame une conversation avec l'adolescent. Le vieil homme ressemble à un animal pris au piège. Il menace d'appeler la police… Il paraît que nous sommes sur un terrain privé! Toy intervient. Sèchement, il lui signale que nous avons les preuves de sa pédophilie. Le ton est sans appel. L'homme s'assoit sur le banc, comme saisi de malaise.

Nous enregistrons la discussion à son insu: quatre-vingt-dix minutes de confession, celle d'un homme qui, depuis l'âge de trente-cinq ans, a abusé d'enfants, aux Etats-Unis et ailleurs. Partout où il s'est rendu pour ses voyages d'affaires. A l'âge de douze ans, l'Américain a été lui aussi violé par un professeur de son collège. Adulte, il s'est reconstruit une logique. Plus tard, nous avons réécouté l'enregistrement, analysé son discours et disséqué ses arguments: sa pensée n'est qu'un bloc monolithique. Pas un seul de nos arguments n'a pu influencer son raisonnement. Les thèmes dominants sont restés les mêmes: le «nouvel amour», l'authenticité des relations adulte-enfant, le sens de la séduction des jeunes enfants et, bien sûr, la « fameuse » culture asiatique qui autorise cette forme d'amour. L'Américain ne violente pas les enfants : il leur offre du plaisir. Dans son esprit, il les aime. A ne pas confondre avec ce que lui a fait subir son professeur !

La Thaïlande est son point de passage obligé depuis bientôt sept ans. Il y séjourne la moitié de l'année. Ici, pas besoin de se préoccuper des lois. Tout est possible, moyennant quelques centaines de dollars. Nous avons fini par abandonner ce pédophile sur son banc. Quelques jours plus tard, son appartement était de nouveau à louer. Bref moment de conscience ou fuite vers un autre paradis des « crocodiles » ?

Le Punky Bar, le Baby Bar, le Mamaya, tous ces endroits se ressemblent étrangement par les décors, les filles, la musique et les rencontres. De nationalité helvétique, âgé d'une trentaine d'années, plutôt beau gars, Nicolas est peut-être un peu différent des autres. Il a le visage détendu de ceux qui dorment la nuit, des vêtements bien coupés et des cheveux longs frisés soigneusement noués par un lacet de cuir. Son accent est clairement celui d'un citoyen suisse. Nous l'avons remarqué tout de suite au milieu de la foule habituelle. Un touriste égaré ? Non, il parle quelques mots de thaï, connaît les clients et les filles : c'est trop pour un simple touriste. Nous nous rapprochons du bar à bière. Nicolas nous a remarqués. La conversation s'engage ; elle va durer quatre heures. Sous l'effet de l'alcool et de quelques joints, nous découvrons le parcours très spécial d'un pédophile de trente ans.

En Suisse, Nicolas est instituteur, ou plutôt était, pendant quatre ans, instituteur dans un collège du canton de Vaud. Il part vers l'Asie travailler dix-huit mois dans les bidonvilles pour une association humanitaire. Il nous parle d'une école en bambou et de ses cours de français dans un ghetto de Bangkok. Son histoire me semble bizarre : on n'enseigne pas le français dans les bidonvilles de la capitale ! Nicolas est bien trop vague dans son récit. A l'évidence, il ne me dit pas la vérité et reste mystérieux à propos de l'école où il enseignait en Suisse. Il a quitté son pays pour une raison précise. Laquelle? Il ne le dira pas. Reste qu'il a fini par échouer ici, avec assez d'économies pour vivre plusieurs mois, les pieds dans l'eau, à deux pas des gamins de Pattaya où un hôtel de bois coûte soixante francs la nuit et un gamin de la rue à peine le prix d'un bon repas. Il allume un troisième joint.

Nicolas dit vivre ici le «plein amour» avec de très jeunes filles, mais aussi avec de jeunes garçons ramassés dans la rue. L'âge moyen de ces conquêtes varie de douze à quinze ans. Il sait où sont les enfants en bonne santé et les autres, ceux qui inhalent de la colle. Du bout des lèvres, il nous parle d'un bar qui fournit des garçons de sept à douze ans. Nicolas a toujours eu des relations sexuelles avec des enfants. D'abord en Suisse, quand l'instituteur fréquentait les piscines et attirait les gamins dans une cabine de bain ou chez lui :

— C'étaient des amants en herbe. Ce que j'aime chez les enfants, c'est le contact des petites bouches sur mon sexe. Moi, je ne viole personne parce que je ne les pénètre jamais. En tout cas, pas la première fois. Je ne les contrains pas. Je ne les frappe pas. Comme le font certains !

Nicolas me confirme que les traces de coups, les lacérations et les brûlures de cigarettes ne sont pas seulement le fait des tenanciers de bordel mais aussi le résultat de la violence des «crocodiles» eux-mêmes. J'aurai plus tard l'occasion de vérifier que certains d'entre eux viennent jusqu'en Thaïlande jouer les sadiques avec des gamins. Il suffit de payer un peu plus un patron d'hôtel ou le garçon d'étage. En Europe, cela s'appelle «sévices graves à enfant» et les coupables le paient de longues années de prison.

— En Suisse, la peur m'a toujours accompagné

partout. Peur des femmes qui m'ont toutes, un jour, laissé pour quelqu'un d'autre. Peur de la prison et des barreaux en métal derrière lesquels ils mettent des types comme moi au nom de leur sacrée morale. Ici, rien dans le comportement de la police et des autorités ne permet de croire que c'est illégal. On a de l'argent. On nous fout la paix.

A deux reprises, sur la bande enregistrée à son insu, Nicolas va répéter qu'il ne fait pas de mal aux enfants, qu'il a besoin d'eux pour vivre et que lui aussi a été aimé par un adulte. Aimé, abusé ou violé lorsqu'il était petit garçon ? Peu importe. Depuis, armé de sa bonne conscience, d'un peu de fric, du mode d'emploi de Pattaya-la-pute et d'une philosophie à bon marché sur le « nouvel amour », il peut s'offrir, chaque nuit, sans remords et sans risques, des gosses qui le traitent de « crocodile » et le quittent au petit matin avec l'envie de vomir. Nicolas, l'instituteur, est aveugle. Parce qu'il y trouve son compte.

Dernière nuit dans les bars avant de rejoindre Bangkok. Nous commençons à ressembler aux touristes du coin : l'absence de sommeil, la consommation forcenée de sodas sucrés et d'alcool, le spectacle déprimant de la nuit nous donnent le même teint brouillé et la mine triste. Ce soir, dernière investigation du côté des « bars à mouches ». Nous avons surnommé ainsi ces bars un peu particuliers parce qu'ils sont faits de quatre planches de bois : une pièce centrale et une cloison de carton dur devant laquelle s'agglutinent les touristes. Nous marchons sur la plage en direction de la cahute de bois. Trois lampions verts indiquent l'endroit aux consommateurs. Ici, les mâles paumés touchent le fond du panier. Un bordel de bas étage.

Deux touristes ivres de whisky « Mékong » dorment le front contre la façade de bois. Une odeur de bière, de sueur et de poubelle nous prend à la gorge. Quelques hommes se trémoussent sur une musique aux rythmes thaïlandais. Au fond de la pièce, un touriste allemand au physique écœurant pousse derrière la cloison une très jeune fille au corps de bambou. La musique s'est arrêtée et une dizaine de touristes allemands commencent à frapper dans les mains. Je ne comprends pas. Toy me propose de quitter l'endroit. Pas question. Je veux comprendre ce qui se passe. Tout à coup, le silence revient. Le gros Allemand réapparaît, en sueur, rouge et débraillé. Il pousse la preuve de son rapide exploit : l'adolescente, à moitié nue, le visage marqué par l'humiliation. Je suis sortie comme un automate de la pièce. Courbée sur le sable, je vomis. De honte.

Un homme sort du bar et demande, en français, si j'ai besoin d'aide. J'invoque un malaise dû à la boisson. Lui-même pue l'alcool. Il s'assoit sur le sable. Un Français, jeune, visage régulier, les traits fins... Qu'est-ce qu'il fout dans ce bouge ? Il vient de quitter une gamine de quinze ans. Et il se sent mal, affreusement mal, coupable. Il est chef du département des ventes dans une entreprise franco-allemande de Stuttgart ; il a deux filles de dix et quinze ans. Et il vient de s'envoyer une gamine de l'âge de l'une des siennes. Pour lui aussi, ses collègues de bureau ont applaudi. Ce soir, c'en est trop. Je veux rentrer à l'hôtel et dormir, attendre le lever du soleil pour quitter cet endroit. Je hais l'hypocrisie de cette ville, ces marchands d'enfants et leurs acheteurs occidentaux. Je hais leurs filières, leurs circuits. Je hais ce commerce. Sa tranquille banalité.

J'étais aveugle. J'espérais trouver des monstres, des dévoreurs d'enfants, des gueules d'ogre ; pas des hommes à la peau blanche et aux manières civiles, pas ces Monsieur Tout-le-Monde, pas mon voisin ! Je suis en colère. Flouée. Ailleurs, dans un autre contexte, j'ai dû déjà les rencontrer, avoir avec eux une agréable conversation, m'en faire des copains. Des amis ? Non ! Cela, je ne peux pas l'accepter. Toy essaie de tempérer mon amertume, répète que l'homme ne se résume pas à ce que nous venons de voir. Il a raison, évidemment. Mais ce soir, je ne veux rien entendre. J'en ai trop vu.

Le bus n° 12 roule à toute allure vers Bangkok. Demain c'est dimanche et, d'autorité, je m'accorde une journée de congé. Au programme, le marché du week-end et un après-midi au bord de la piscine. Une fois de plus, John est absent. On se parle par répondeurs interposés. Son appartement luxueux est le trait d'union de nos rencontres en Asie. Chem, la femme de ménage, n'est plus là. Elle est retournée dans le Nord-Est auprès de sa famille. Dommage, je l'aimais bien. Je traîne. Cette journée est bien trop courte.

Il nous reste à vérifier une bonne dizaine d'adresses de bordels trouvées dans des guides internationaux et deux centres de « massage » du nord du pays. Ce soir, nous avons rendez-vous dans le bar de Sowit, la prostituée aux quatre doigts coupés. Sowit veut nous aider. Elle a une amie qui connaît un client français intéressant. L'homme vient ici quatre à cinq fois par an. Il ne cherche pas des prostituées adultes mais des petites filles. L'amie de Sowit pense que les enfants sont photographiées pour le catalogue d'une agence de voyages en France. Elle connaît un enfant prostitué, près de Suriwongse Road, qui a posé à plusieurs reprises pour cet étranger. Des photos de nus, seul, ou avec mise en scène avec un adulte.

Quelques semaines plus tôt, une agence de voyages thaïlandaise en connexion avec un agent touristique français a demandé à une dizaine d'enfants d'aller accueillir des touristes à l'aéroport. Le contrat était clair : cent francs par jour, repas et logement avec le touriste. Le gamin est allé accueillir un étranger à l'aéroport. Un homme d'une quarantaine d'années, un *phareng*, comme on dit ici pour les Européens. L'adulte et l'enfant ont passé une semaine ensemble dans un hôtel de luxe.

Il est encore tôt. Et Toy insiste pour aller se

détendre au parc Lumpini, à la rencontre des marchands de sang de serpent et des gymnastes chinoises.

Dans ce dernier espace vert du centre-ville, les week-ends, on peut encore voir des marchands de « potions magiques ». De petites échoppes où sont exposés des gobelets de bambou qui contiennent du véritable sang de serpent. La tradition chinoise veut que cette potion contienne le mystère de la jeunesse. Plus loin, de vieilles dames en costume noir pratiquent une gymnastique lente et aérienne. La nouvelle génération préfère se faire de gros muscles dans les espaces réservés au body-building. Au bord du lac, des familles thaïes se sont installées pour la journée, les parents préparent déjà le déjeuner, les enfants se disputent un ballon. Assis sur un banc, nous regardons vivre ce petit peuple. Il ne doit pas savoir grand-chose de ce qui arrive aux mômes de Patpong.

Il est grand temps de rejoindre le bar de Sowit où nous avons rendez-vous avec son amie prostituée. Elle est là, devant le Pink Panther, un bar à spectacle où les étrangers font la queue. Ce soir, elle a l'apparence classique des femmes thaïes : costume élégant et maquillage discret. Difficile de l'imaginer en gogo-girl, à moitié nue sous le regard de touristes. C'est pourtant son travail depuis deux ans. Son histoire est un mystère. Elle refuse d'en parler. Nous respectons ce contrat. Nous avons rendez-vous avec le môme, dans un petit restaurant, à une dizaine de minutes du quartier chaud. L'enfant est déjà là, table n° 13, regard plongé dans le menu. Pas de doute : il a douze ans au plus. Autour d'une soupe de crevettes pimentées, le gamin nous raconte son histoire.

Il est né pauvre, dans un bidonville de la capitale, a grandi avec un père violent et alcoolique qui a fini par disparaître. Sa mère ramasse des ordures pour les revendre aux chiffonniers de la « montagne fumante » de Ladprao. Un jour, un homme passe dans les petites allées boueuses du bidonville. Il cherche des enfants pour une agence de voyages : une semaine de boulot contre un logement, du riz tous les jours et un peu d'argent. Le gamin est parti sans laisser de trace derrière lui. Depuis, dans le quartier touristique, le même homme passe régulièrement lui proposer le même genre de boulot : une semaine, trois semaines parfois, avec le même étranger, dans des hôtels du pays, à Bangkok, à Pattaya ou à Phuket.

Le môme dit qu'il n'aime pas ce travail, mais que c'est facile et assez bien payé. Sauf que les étrangers sont bizarres et veulent toujours les masturber, les caresser et parfois « faire des choses qui font mal ». Le gamin a reconnu sa propre photo dans un album que possédait un *phareng*. Une dizaine de petits garçons nus figuraient dans le catalogue du touriste. C'est tout. Toy a traduit mot à mot.

Malheureusement, rien dans ces informations ne nous permet de localiser le contact ou l'agence de voyages. Il faudrait utiliser l'enfant comme appât. Mais à quoi bon le fragiliser davantage pour prouver que le trafic existe ? Son témoignage confirme ce que nous savions déjà.

Nous nous engageons à emmener le gamin au service social de la Fondation. Toy m'assure qu'on peut insérer le gamin dans un des projets en cours. Coup de téléphone à la Fondation. Dans moins d'une heure, une de leurs assistantes sociales sera parmi nous. Un foyer d'hébergement a déjà accepté de prendre le garçon en charge. Enfin, un entretien qui débouche sur une solution concrète. Constater l'esclavage d'un enfant sans pouvoir intervenir dans l'instant présent est la chose la plus dure que je connaisse. A chaque nouvelle rencontre, je me sens plus vulnérable. Pour ce soir, c'est fini. Nous nous quittons sur le bord du trottoir.

Je retrouve l'appartement de John. Il a vraiment un goût exquis, l'art de rapporter de superbes objets de ses déplacements en Asie. Quel personnage étrange pourtant ! Nous sommes proches l'un de l'autre et nous nous connaissons si mal. Quand il était responsable de programme, nous avons travaillé ensemble chez les réfugiés de la frontière. Depuis, nous communiquons par courrier. Un jour de février, j'ai reçu une lettre bizarre de Hong Kong : deux pages de papier bleu, à l'écriture tordue, gribouillis de phrases incompréhensibles. L'une d'entre elles me demandait pardon :

« Pardon de t'avoir trompée, pardon de t'avoir menti. »

La lettre était signée John. Et mon nom figurait bien sur l'enveloppe. Je n'ai pas compris. A son retour, John a refusé d'en parler. Mais, dans notre relation, ce courrier est resté un trou noir. Pourquoi disait-il m'avoir trompée ?

13

BANGKOK : UN DÎNER À L'ORIENTAL HOTEL

Enfin dimanche, jour de congé ! Allez ! Piscine à l'Oriental Hotel. Un délicieux après-midi... jusqu'au moment où mon regard se pose sur un visage connu. Celui d'Alain, l'architecte français rencontré au Suriwongse, lors de la première phase de l'enquête. Il est là, planté droit devant notre table. Avec un sourire. Manifestement, il ne nous a pas oubliés. En un éclair, je revois les images sales du Suriwongse et le visage de Sonta. Toy me jette un regard interrogatif... D'accord ! On va reprendre le jeu avec ce père de famille français adepte de la théorie du « nouvel amour ». Au travail.

Alain est en Thaïlande depuis presque trois semaines, il rentre en France dans quelques jours pour retrouver sa femme et ses enfants à Lyon. Son séjour ressemble aux précédents. Un contrat de construction en Thaïlande, une semaine au Suriwongse Hotel où il a couché avec quelques petits garçons. Ensuite, il s'est installé dans le plus bel hôtel de Bangkok pour recevoir ses collaborateurs et ses clients. Certaines nuits, il va zoner dans le quartier chaud pour trouver un enfant au hasard d'une rue. Il l'emmène dans un hôtel de passe. Ensuite, il revient dormir dans son hôtel de luxe. L'enfant, lui, est retourné dormir sur le trottoir d'une grande artère ; de préférence sous la lumière d'un réverbère, pour ne pas être agressé par d'autres enfants.

J'ai accepté son invitation à dîner à l'Oriental

Hotel, au bord du fleuve. Il est un peu plus de vingt heures. Il y a de la musique douce, des lampions en papier et de grandes bougies de couleur. L'endroit a quelque chose de magique. Assis sur ce canapé de rotin blanc, dans son superbe costume Armani, une jolie cravate imprimée des fameux tournesols de Van Gogh, des lunettes de métal doré sur le nez, M. Alain a vraiment le profil du chef d'entreprise élégant. Quand il parle, il choisit ses mots. Parfois, il s'éponge le front avec un carré de soie brodé à ses initiales. J'ai la frousse qu'il perce mon jeu et je n'ai pas le courage de brancher discrètement mon magnétophone. Tant pis. De toute façon, je me rappellerai chaque mot de cette conversation. Toy a préféré se désister et me laisser seule avec mon « compatriote », comme il dit. J'ai beaucoup réfléchi. S'il le faut, je jouerai cartes sur table. Il me sourit :

— Je suis content de vous inviter à dîner ce soir. D'ailleurs, je vous l'avais déjà proposé dès notre première rencontre, n'est-ce pas ? Eh ! mais cela fait plusieurs mois de cela... Voyons... C'était à l'hôtel Suriwongse. Je me trompe ?

— Exact. Dans la salle du petit déjeuner. Vous veniez de passer la nuit avec un gamin de dix ans. Vous disiez qu'il vous avait donné beaucoup de plaisir. Et nous avons discuté de la philosophie du « nouvel amour »...

J'ai attaqué d'emblée. Au moins, nous sommes dans le sujet.

— Quelle mémoire ! En fait, je ne me rappelle pas très bien ce que j'ai pu vous dire dans cette horrible salle de restaurant. Je préfère de loin le cadre de ce soir. Le Suriwongse est un endroit étrange... Une sorte de lieu de débauche, de perdition où des gens comme moi peuvent, le temps d'une pause, avoir des relations amoureuses avec un enfant.

Une chose est sûre : Alain est toujours aussi franc. Il poursuit :

— En quelques heures, nous pouvons vivre là tous

les phantasmes accumulés pendant des mois. Moi, j'ai la chance de fréquenter ce pays trois à quatre fois par an. Ce qui me libère de pulsions… terribles.

— Terribles…

— … Parce que nous sommes des victimes de la société bien-pensante. Nous aimons les enfants, d'un amour avec un grand « A ». Pas un jour ne s'écoule en France sans que la vue d'une petite fille ou d'un gamin provoque chez moi un sentiment violent de frustration. J'ai besoin de ce contact, de toucher leur peau. Cette petite peau de pêche recouverte d'un duvet léger… Elle frissonne sous mes doigts. Aucune femme ne peut me procurer cette sensation. Aucune.

On nous apporte les plats commandés. Un groom de l'hôtel passe, un tableau à la main, invitant M. Hasashi à se présenter à la réception. A la table d'à côté, un Japonais se lève. Je n'ai pas faim. Il faut poursuivre :

— Dites-moi, Alain… il me semble que nous avions parlé de votre famille, de votre femme… Isabelle, c'est cela ?… Et de vos jeunes enfants. Je vous imagine avec une très jolie femme issue d'une famille fortunée de Lyon, une maison comme dans les livres de décoration, pleine d'objets rares achetés à l'occasion de vos voyages en Asie. Est-ce que je me trompe ?

Il éclate de rire :

— Vous êtes incroyable ! Comment avez-vous pu retenir tous ces détails ? Et l'endroit que vous décrivez est très exactement mon cadre de vie.

— Ce n'est pas très étonnant. Avouez qu'il est difficile de vous imaginer marié à une vendeuse de supermarché dans une HLM de banlieue…

Il sourit, flatté.

— Ma femme est effectivement très belle, une mère de famille bourgeoise et brillante que j'ai rencontrée en dernière année de mes études d'architecte. Nous nous sommes mariés très vite. Ma première fille est née un an plus tard. Banal, non ?

Isabelle déteste les voyages, elle préfère de loin les séjours en Bretagne avec ses parents. Isa est la femme d'un seul homme, le genre de femme qu'il est impossible de quitter parce qu'il n'y a rien à lui reprocher.

— Beaucoup d'hommes doivent rêver de votre situation. Pourtant, je ne crois pas me tromper en disant que si vous êtes ici, c'est parce que quelque chose en vous... vous... comment dirai-je?

Il me coupe:

— Oui, je vois bien ce que vous voulez dire. Vous savez, l'argent ne règle pas tout. Soyons clairs: j'ai eu une enfance dite heureuse, un très bon collège, des parents adorables, des frères et des sœurs pour faire les quatre cents coups et des amis en quantité. J'ai passé dix ans dans un collège religieux. Je m'en souviens comme si c'était hier. Pensionnaire, je rentrais chez moi deux fois par mois. J'ai aimé cet endroit les premières années pour l'ambiance de fraternité qui existe dans toute collectivité de jeunes garçons.

— Mais?

— Mais un jour... c'était un mercredi, je crois... j'avais à peine onze ans, douze peut-être... le professeur de gymnastique m'a proposé de perfectionner ma nage papillon. J'étais doué, il est vrai. Je suis donc allé à ce cours, étonné d'être le seul élève invité à cette séance de perfectionnement. Avec ses élèves, ce prof avait la réputation d'être sévère mais juste. Une fois dans l'eau, nous avons répété les mouvements et, brusquement, j'ai senti sa main se glisser sous mon maillot et caresser mon sexe. Il me regardait, souriant avec satisfaction. Je n'ai rien osé dire. C'était le prof. A la leçon suivante, il m'a emmené dans la piscine des petits et s'est couché sur mon dos. J'ai senti une douleur épouvantable me déchirer le ventre. Je ne pouvais plus bouger, sa main me caressait sans arrêt le sexe. Une autre fois, il est entré dans ma cabine — c'était toujours celle du fond —, m'a plaqué contre le banc et a recommencé. Il me faisait mal. Et me menaçait, si je parlais de ces leçons particulières à qui que ce soit, de me faire renvoyer du collège. Le renvoi du collège aurait été la pire des choses pour mon père. Et la honte pour mes frères, eux aussi pensionnaires. Je n'en ai jamais parlé à personne. Les cours particuliers ont duré cinq ans, tous les mercredis, sans exception. Le prof disait qu'il m'aimait beaucoup et qu'il m'avait choisi au milieu de cinq cents élèves. Je me suis habitué. Et j'ai fini par aimer ce professeur et ses caresses.

Je me tais. Devant moi, il n'y a plus qu'un gosse violé. Mais il continue :

— A quinze ans, mes parents ont acheté une propriété dans le nord de la France. Nous avons déménagé. Et je suis devenu externe du collège. Je pensais parfois à ces relations avec mon prof. Alors, j'allais à la piscine et j'attrapais les petits de six, sept, neuf ou onze ans. Je les enfermais dans ma cabine et je les obligeais à me toucher. Une seule fois, j'ai eu un problème avec un gosse de sept ans, Raphaël. Il a crié et j'ai juste eu le temps de le flanquer dans le couloir et de refermer la porte ! Ensuite, il y a eu l'université, j'ai eu quelques aventures avec des gars de mon âge. Mais bof... Moi, ce que j'aime, c'est le contact des petits enfants. Leur grain de peau. Leur petite, leur toute petite bouche. Je ne suis pas un homosexuel. J'ai connu l'amour avec quelques femmes, je le fais sans plaisir, un peu comme un automate, je les laisse diriger... croire...

— Vous disiez qu'Isabelle est une femme brillante. Elle doit bien sentir que quelque chose en vous ne va pas. Que vous êtes malheureux et que...

Il me coupe sèchement :

— Isabelle voulait deux enfants : elle les a eus. Depuis, on fait très rarement l'amour. Et toujours à sa demande. Quand il faut prouver que nous sommes un vrai couple parce qu'elle vient de terminer un article de *Marie-Claire* !

— Ecoutez, le problème est que vous êtes malheureux...

Il me coupe encore :

— Le problème n'est pas que j'aime de jeunes enfants mais que notre bonne société française interdise ces plaisirs. Chez nous, aimer un enfant, c'est le violer, comme disent les journaux à scandale. Moi, je ne fais jamais de mal aux gamins. Ils me masturbent et je les pénètre seulement s'ils l'ont déjà fait avec d'autres. Ensuite, je leur donne de l'argent ou je leur achète des cadeaux. Si je les rencontre à la piscine en France, je leur paie de petites choses à la cafétéria. Mais je ne les viole jamais. Jamais !

Il a l'air sur la défensive. Il faut revenir sur son terrain. Et en savoir plus sur le milieu :

— Vous avez lu beaucoup de choses sur le nouvel amour ?

Il se détend :

— Oui, j'ai lu plusieurs auteurs adeptes de cette philosophie. Notamment Gabriel Matzneff. Et je reçois régulièrement des publications étrangères parce que je suis membre de quelques clubs. Elles arrivent dans une boîte postale que j'ai louée près de chez moi. NAMBLA, North American Man-Boy Love Association, publie des choses intéressantes. Je les garde au bureau dans un tiroir fermé.

Il est temps d'être plus directe. J'interroge :

— Quand votre prof vous a touché, il y a maintenant vingt-cinq ans, c'était du viol ou de l'amour ?

Silence. Alain demande la carte des desserts sans répondre à la question. Au bout d'un instant, il me fait remarquer que mon assiette est intacte :

— C'est étrange, Marie. Vous avez piqué du bout de votre fourchette chaque grain de soja de votre assiette mais vous n'avez rien mangé...

Il remarque tout. Je sens qu'il se méfie. Maintenant, c'est lui qui m'interroge :

— Pourquoi avez-vous accepté de dîner avec moi ce soir ? Depuis notre première rencontre au Suriwongse, vous vous souvenez de chaque détail. Vous cherchez quelque chose, n'est-ce pas ?

Bien. Il est temps d'abattre ses cartes :

— Oui, je cherche à comprendre ce qui, en vous et chez tant d'autres, vous amène à toucher des enfants. Avec ou sans violence. Pour assouvir des phantasmes sexuels que vous camouflez derrière une prétendue philosophie. Non, c'est vrai, je ne suis pas pédophile : je fais une enquête sur la prostitution des enfants à Bangkok. Mais rassurez-vous, je ne suis pas un flic non plus. Vous m'avez accordé votre confiance et je ne ferai rien pour vous attirer des ennuis. Vous êtes un homme malade, Alain. Vous avez besoin des relations sexuelles avec les gamins. Mais vous avez surtout besoin d'être pris en charge. Le « nouvel amour » n'existe pas. C'est une vaste foutaise. Dangereuse pour les gamins. J'ai rencontré le petit garçon de dix ans qui vous a caressé et masturbé au Suriwongse. Ecoutez : c'est un enfant prisonnier et couvert de blessures. Vous ne les avez pas vues, vous qui remarquez tout ? Il n'aime pas ce qu'il fait, rêve d'une famille, d'une maman pour l'embrasser le soir. D'une maman... pas d'un étranger qui le touche toute la nuit.

Alain sursaute. Soudain, il perd son langage policé :

— Arrêtez, vous dites n'importe quoi ! Encore une de ces cathos, hystérique et mal baisée !

— Je ne suis ni catholique, ni croyante, ni hystérique et mon mari que j'aime d'amour physique me le rend très bien !

A une table proche, des Français se retournent. Nous ressemblons à un couple qui se déchire. Alain appelle le serveur et réclame à nouveau la carte des desserts. Un instant, j'ai cru qu'il allait demander l'addition. Pour en finir. Je commande une glace aux fruits ; il choisit des profiteroles au chocolat et un thé anglais. Le serveur s'éclipse. La discussion reprend sur le même ton :

— Je ne comprends pas ce que vous fichez dans cette enquête, ni ce que vous cherchez à comprendre ! Vous mélangez deux cultures différentes, voire opposées. Et au nom de je ne sais quelle morale, vous voulez protéger des gamins qui ont l'amour en eux depuis le plus jeune âge. Vous vous trompez de route. Moi, je dis que les enfants thaïs sont experts en la matière parce que cela fait partie de leur éducation. Ici, les parents leur apprennent ce qu'est l'amour, ils les touchent et leur permettent de découvrir leur corps et leur plaisir. Les pères aiment leur fillette au point qu'ils leur offrent leur première expérience de l'amour !

— Mais dans quel film exotique avez-vous vu jouer ce genre de sornettes ? Je vis ici depuis des années ! Arrêtez de prendre vos désirs pour des réalités.

— Mon désir ? Parlons-en. En Europe, ce sont les étrangers à la famille qui s'offrent la virginité de nos filles. Je ne trouve pas normal qu'un gars venant de je ne sais où fasse l'amour avec ma fille de quinze ans pour la première fois. Moi, au travers de mes sentiments, je pourrais lui faire découvrir quelque chose de fabuleux !

— Cela porte un nom : l'inceste. Vous l'avez fait, ce « nouvel amour », avec vos enfants ?

— Non, c'est contre les principes de ma femme, Isabelle, contre la « morale » et surtout contre la loi. C'est stupide, mais c'est comme cela. Voilà pourquoi je perds mon temps dans ce pays à courir les contrats qui justifient mes séjours. Voilà pourquoi mon amour se limite à des enfants de passage dans la rue.

— Vous trouvez des enfants dans la rue et vous les amenez ici sous le nez du réceptionniste ?

— Pour quelqu'un qui fait une enquête... vous êtes vraiment naïve ! Bangkok compte quantité de gamins qui vivent dans la rue. Le point de rencontre est le Robinson's, vous connaissez ? Ce magasin qui ouvre jusqu'à minuit, au coin de Silom Road.

Je connais, bien sûr. Je fais un signe rapide de la tête. Il continue :

— Il suffit de s'asseoir sur un banc qui fait face à la vitrine et d'attendre qu'un enfant vous offre ses services. Je loue une chambre dans un hôtel du quartier, le Rose par exemple, et, pour moins de trois cents francs, je baise un gamin. Le gars à la réception de l'hôtel ne demande rien, la police est au coin de la rue et l'enfant aime beaucoup ces deux ou trois heures d'amour. Où voyez-vous l'interdit ? Il n'y en a pas. Ailleurs, je ne pourrais pas faire ce que je fais avec autant de facilité.

— Ailleurs ?

— Je connais bien le Sri Lanka. Lorsque des gens comme moi ont abandonné les Philippines parce que c'était devenu trop sale, trop moche, et surtout trop triste, les guides ont vanté les facilités des hôtels de Colombo. Dix ans plus tard, les autorités srilankaises luttent toujours pour freiner ces rencontres. Sans grand succès. Pourquoi ? Parce que les gamins aiment cela autant que nous. Je ne vois pas d'autre explication.

— Il n'y a pas de « nouvel amour ». Seulement des enfants qui vivent dans la rue, qui ont besoin de quelques dollars, parfois d'un peu d'affection, et qui n'ont souvent pas d'autre choix que de monter avec des gens comme vous. Donnez-leur un toit, à manger et une école et vous verrez s'ils aiment encore autant « cela » !

— Bah ! je rentre de quelques jours à Saigon. La nuit, dans la rue Catinat, des gosses de six à onze ans proposent leurs services. Pour dix dollars, ils font absolument tout. Et pour dix dollars de plus, les gardiens d'hôtel ferment les yeux. Il suffit de ramasser ces gamins. Ils pourraient mendier pour vivre, mais ce qu'ils veulent, c'est de l'amour. Et moi, c'est ce que j'ai besoin de donner. Alors... ne cherchez pas plus loin, les enfants asiatiques ont en eux une fibre amoureuse, une sexualité à fleur de peau. Ils aiment l'amour des adultes autant que nous aimons leur corps d'enfant.

Voilà. Alain a retrouvé son langage policé, son monologue « culturel », ce discours rond qu'il pourrait tenir pendant des heures, loin de la réalité crue mais si proche du monde virtuel qu'il s'est fabriqué pièce par pièce. Il a les arguments que j'ai entendus des dizaines de fois dans la bouche des autres, peut-être moins brillants, plus frustes, mais qui parlent de la même chose. Je n'ai pas envie de le laisser se faire porter par son délire. Je l'arrête. Retour au réel :

— Alain, quand le prof de gym vous a violé à onze ans... c'était aussi au nom du « nouvel amour ». Rappelez-vous : il vous a fait très mal physiquement. Vous en avez souffert psychologiquement pendant les vingt-cinq années qui ont suivi. Depuis, enfermé dans votre secret, vous aussi, à votre façon, vous violez des gamins. Et vous le faites pour que votre souffrance reste supportable. Pour accepter l'inacceptable : ce que vous avez vécu enfant. Pour oublier que les adultes ne sont pas venus à votre secours, et qu'ils vous ont trahi. Le « nouvel amour » dont vous parlez repose sur les années de violence sexuelle que vous avez vécues dans le silence total. Sur votre propre traumatisme !

Silence. Je suis allée trop loin. Dommage... Non, tant mieux. J'en ai assez. Alain se ressaisit, se lève, plie sa serviette et me lance un sourire crispé mais poli :

— Vous permettez que je vous laisse un instant ? Je dois aller aux toilettes. Attendez-moi sagement ici, voulez-vous ?

Quand il quitte la terrasse, je sais déjà qu'il ne reviendra pas.

J'attends une bonne vingtaine de minutes devant mon café froid. Il est plus d'une heure du matin, je demande l'addition au garçon qui me répond que

« Monsieur a déjà réglé... ». Je traverse le hall désert de l'Oriental Hotel. Je n'ai pas de colère en moi. Seulement de la tristesse et de la compassion pour cet enfant violé qui est devenu un homme en détresse. Pauvre « crocodile » !

14

BANGKOK : JOHN, L'AMI, LE FRÈRE...
LE TRAÎTRE

Lundi, ma montre affiche six heures. Déjà ! J'ai l'impression d'avoir dormi si peu. Hier soir, en écoutant Alain, j'ai compris que derrière la monstruosité du pédophile se cachait d'abord un homme en détresse, un ancien gosse lui-même violé par un adulte pédophile. Ce constat implique une analyse plus large du problème. Pourquoi en Europe aucun service spécialisé ne prend-il en charge les violeurs d'enfants ? Nous parlons de la Convention des droits de l'enfant, nous organisons des colloques et nous évitons de suivre ces hommes condamnés pour viol de mineurs. Nous démissionnons en refusant des hôpitaux-prisons, en refusant d'accepter nos responsabilités dans ce tourisme sexuel et en niant l'intérêt de structures de prévention. Pourquoi ?

Nous avons maintenant quatre-vingts dossiers complets. Nous avons vérifié les informations de trois guides internationaux, rencontré les jeunes enfants enfermés et les « crocodiles », au Suriwongse et dans d'autres hôtels du quartier. Les guides ne se trompent pas, le YC ou Young Company de « Spartacus » cache bien des petits esclaves. Des journaux locaux informent les touristes sur l'éventail des facilités sexuelles, la livraison de femmes vierges, de prostituées de tout ordre, de travestis, de petites filles chinoises, de garçonnets de dix ans. Un commerce parallèle existe aussi pour les hommes thaïlandais qui semblent fréquenter les bordels de femmes adultes, au rythme des salons de thé pour les Britanniques.

Une seule différence : les Thaïs ne fréquentent pas les bars à spectacles, mais des bordels où l'on choisit la fille en moins de trois minutes et où l'on s'exécute dans le quart d'heure suivant. Les étrangers semblent apprécier les bars semblables au Pink Panther, là où des filles décapsulent des bouteilles de Coca à l'aide de leur sexe ou « fument » des cigarettes blondes de la même façon, les jambes largement écartées face au public masculin qui les encourage en battant des mains.

Je ne veux pas juger la prostitution adulte, elle existe depuis des siècles. A vrai dire, je m'en fous ! Les moralistes étriqués qui hurlent au moindre faux pas de la société m'ennuient. Le puritanisme conquérant cache souvent un mal-être chez les prédicateurs endimanchés au col trop raide. Je n'ai pas la vocation d'une religieuse. Mais pourquoi est-ce qu'il faut toujours tout mélanger ? Faire joyeusement l'amalgame entre la prostitution des adultes dans les rues des capitales européennes et la traite des enfants. Il paraît qu'on ne voit pas la différence. La loi et les tribunaux ont pourtant depuis longtemps tracé la ligne de partage entre ceux qui répondent « liberté sexuelle » quand on leur parle « d'enlèvement, de séquestration et de sévices graves à enfant ». Les pédophiles sont d'ailleurs passés maîtres dans cet art de la polémique. Pour nous, l'objectif reste de démontrer qu'on assassine des enfants de la rue : on les viole, on les affame, on les brûle avec des cigarettes, on les blesse à coups de ceinture, voire à coups de couteau ; on les torture parce qu'ils ne veulent pas du soi-disant « nouvel amour ». Et, au bout du chemin, on les laisse crever de ces mauvais traitements ou du sida. Hé, camarades européens ! vous vous angoissez des ravages du sida dans votre entourage, vous dépensez des milliards dans la recherche, vous demandez des préservatifs dans les lycées pour que vos enfants ne se transforment pas en morts vivants... Mais vous fermez les yeux sur votre voisin de palier qui va porter la mort à des mômes. Comme si, avant de se payer un hôtel minable de Patpong, nos « crocodiles » en cravate n'avaient jamais fréquenté les cabines de bain d'une piscine de nos provinces. Ne me dites pas qu'ils ne tripotent pas les mêmes gosses, sous prétexte que les autres gamins ont les yeux bridés. Vous aimez les faits ? En voilà.

Ici, nous avons collecté d'excellentes informations. Pas des extrapolations, mais les mots des enfants et de ceux qui en abusent. Ce sont leurs paroles qui sont imprimées sur nos cassettes. Nous ne possédons aucun nom, aucune adresse qui permettrait de les arrêter. Encore une fois, nous ne sommes pas des policiers. Et le monstre qui se cache sous cette filière est trop gros pour nous. Nous devons travailler au plus vite avec les enfants, créer notre propre réseau d'intervention et d'information. Voilà près de trois semaines que nous nageons dans les eaux troubles de la prostitution enfantine. Maintenant, il s'agit de trouver les moyens financiers dont nous avons besoin. Je vais rentrer en Europe et prendre mon bâton de pèlerin, rencontrer à nouveau les associations humanitaires, en France, en Belgique, en Grande-Bretagne... Partout où cela sera nécessaire. Je vais perdre Toy. Quelques jours seulement nous séparent de l'instant où un train de la gare Kualongpong va brutalement nous séparer. Il ne reviendra pas sur sa décision, il est inutile de lui reposer cette question. Toy s'est engagé dans cette enquête. Ses limites ont toujours été claires. Son contrat moral, il l'a rempli, superbement, sans la moindre défaillance.

Nous nous installons pour une dernière soirée chez John. Surprise. Un sac de voyage est posé au milieu du salon de rotin. Un coup d'œil dans la salle de bains, sa trousse de toilette en tissu écossais est là. John est à Bangkok. Enfin, nous allons nous retrouver derrière une grande soupe de poisson et boire du vin blanc pour fêter ces retrouvailles inespérées. Une douche rapide et nous nous activons derrière les fourneaux. La table est dressée, les bougies brûlent sur une musique de Mozart. J'espère qu'il va rentrer pour dîner.

La porte s'est ouverte sur ce grand corps de près de deux mètres au physique de baskctteur américain. Nous tombons dans les bras l'un de l'autre. Quelle joie de nous retrouver ce soir, à quelques heures de notre départ ! Il rentre d'un périple en Chine, un voyage officiel pour une association internationale. Un plan de coopération médicale et sociale avec des hôpitaux de pédiatrie. Il a pu visiter des structures hospitalières où sont enfermés des enfants handicapés.

Une catastrophe qu'il décrit en détail, des parkings d'enfants, comme il y en a dans la plupart des régimes communistes. Il est urgent que cette Convention des droits de l'enfant sous les auspices des Nations unies voie le jour. Les heures passent à toute allure. John possède dans la cuisine une horloge coucou, pur produit suisse. Douze coups déjà !

Nous racontons en détail les étapes de notre enquête : les enfants prisonniers des bordels, le centre de vacances pour personnes retraitées de Pattaya, le dîner en compagnie d'Alain à l'Oriental Hotel. John reste muet un long moment. Puis, agressif, il nous accuse d'avoir un discours moral. Nous l'écoutons, stupéfaits. Toy finit par se lever et quitte la pièce, sans saluer personne. Je reprends point par point notre argumentation, parle de l'âge de Sonta, de l'histoire de Sowit et de la main mutilée, des gamins abandonnés à l'aube dans la rue. J'essaie de le secouer :

— Tout ce que je viens de te dire, cela n'a rien à voir avec une morale étroite. Ce sont des faits !

John reste bloqué :

— Je n'en ai rien à faire des bars à putes pour adultes, des spectacles pour homosexuels lorsque les gens sont libres ! Ici, la culture est différente.

— John, arrête de délirer ! Le débat n'est pas là. Culture ou pas culture, il ne s'agit pas d'adultes mais d'enfants. L'esclavage des enfants est un crime ! La Convention des droits de l'enfant est aussi destinée aux enfants thaïlandais. Pas uniquement à nos chères têtes blondes, non ?

Ma voix est tout à coup devenue plus ferme. Mais John continue à parler de culture asiatique et utilise de mauvais arguments à faire pâlir le plus nul des ethnologues. Là, je me fâche. Le ton monte :

— John, imagine une seconde que ce soit ton enfant, ta petite fille qui soit enfermée dans un bordel, victime des pédophiles. Ouvre les yeux, merde ! Regarde la réalité de ce pays. Aucune culture ne peut justifier l'esclavage des enfants !

John ne répond pas. Il se dirige vers le bar, décapsule la bouteille de whisky et s'en sert un grand verre.

Nous avons travaillé dans les camps ensemble, défendu les mêmes causes, chahuté les autorités thaïes lorsqu'elles allaient trop loin dans le non-respect des droits de l'homme. Je me sens lâchée. Ma déception est immense. Silencieuse, je reste face à lui plusieurs minutes. John me tend les bras. Je ne peux pas. Et je quitte le salon sans un regard.

Dans la chambre, Toy est allongé sur le lit. Je l'embrasse tendrement sur le front et il ouvre un œil :

— Ne te décourage pas, petite sœur, tu vas y arriver.

J'ai passé une très mauvaise nuit. Je me rappelais une conversation avec Virginie, ma collègue dans le camp de Phanat-Nikom. Elle n'aimait pas John, elle disait que son « intérêt » pour les projets d'enfants de la rue était malsain. Qu'il aimait sans doute les enfants un peu trop. Nous nous sommes souvent accrochées sur ce sujet, car je soutenais qu'elle se trompait. Et il m'a dit hier soir que les enfants de la rue étaient avant tout des gamins libres! Qu'il arrivait que des étrangers les hébergent juste pour leur donner un logement. Qu'il avait lui aussi rendu ce genre de service à Bangkok et ailleurs... Bizarre. Maintenant, je doute de tout.

Toy a quitté la maison à l'aube, laissant derrière lui un message griffonné sur du papier:

«Mally, tu t'es trompée sur John. Rendez-vous à midi au restaurant Camely. Love. Toy.»

Au petit déjeuner, John était mal à l'aise. Dans une confusion certaine, il a évoqué notre conflit. Disant qu'il avait trop bu, que, la fatigue aidant, il avait dit n'importe quoi. Je lui ai répondu que c'était sans importance, je ne voulais plus en parler. Nous nous sommes quittés à l'entrée de l'immeuble. Il m'a remis un double des clefs au cas où je reviendrais dans les prochains mois. J'ai dit merci du bout des lèvres. Dans le taxi qui m'emmène vers le centre-ville, la tristesse m'envahit l'esprit. Faut-il que j'ajoute cette conversation, dans mon rapport, à la longue liste de discours ambigus? Non, dans le doute, je préfère oublier.

Patpong: Toy est peu bavard, comme à chaque départ. Le train est à quinze heures et mon avion pour Bruxelles à vingt-deux heures trente. Nous avons décidé de nous séparer sur le trottoir, sans effusion. Un peu comme si nous allions nous retrouver ce soir. Notre point de contact reste Teelapon.

Pas d'adresse où envoyer du courrier, pas de téléphone où appeler en cas de découragement. J'ai l'impression d'être une équilibriste sans filet dans un chapiteau vide. En cas de chute, je serai seule à panser mes blessures. Mais une petite voix me dit que je ne vais pas tomber. Il est quatorze heures, les rues sont noires de monde, la circulation est totalement bloquée sur Silom Road. Toy est là, planté au milieu des employés de bureau et des touristes.

Pas d'adieu, le doigt posé sur ses lèvres, il entre dans un taxi. Le feu est passé au vert et le véhicule a disparu. Au milieu de cette foule, je ressens un sentiment de profonde solitude. Je marche vers le grand temple Wat-Prakeo. Au milieu des statues de Bouddha et des moines en habit orange, dans ce calme magique, je me demande si mon ami Toy a trouvé sa force dans une éducation bouddhiste. Ou est-ce simplement un homme à part dont l'histoire m'a échappé ?

Je récupère mes bagages au restaurant Camely. La salle est vide, des serveuses installent les tables du soir. Il est seize heures et je file vers l'aéroport. Je ne risque pas d'être en retard ! Mais le souvenir de l'agression a tout à coup resurgi, une peur panique que je n'avais plus éprouvée depuis longtemps. J'aurais aimé revoir mes amis maître Teelapon et Païthoon le prof avant ce départ. Mais ils sont en voyage dans le Nord. A l'aéroport, des touristes font la queue aux guichets d'embarquement. Un vol de la Lufthansa enregistre les bagages. Dans la première file, il y a vingt-huit personnes, dont dix-huit hommes non accompagnés en classe économique. Deuxième rangée, trente-quatre touristes dont vingt-sept hommes seuls. Quant à la classe business, sept personnes font la queue, dont quatre cadres dynamiques en costume classique. Je pourrais utiliser les heures d'attente qu'il me reste pour relever le nombre d'hommes non accompagnés. Mais à quoi bon ? Le tableau est tellement clair. Un peu plus loin, un vol en direction de Tokyo est annoncé. Là aussi, les files sont peuplées d'hommes seuls ressemblant aux nouveaux chefs d'entreprise. Pas un couple, pas une femme dans les files 1 et 2. Les Japonais sont connus à Bangkok pour l'intérêt qu'ils portent aux prostituées. Des compagnies importantes de la capitale nippone offrent des voyages de quelques jours à Bangkok aux cadres les plus performants de l'entreprise. Le voyage inclut l'avion, l'hôtel et une ou deux prostituées pour la durée du séjour. Patpong possède une rue annexe, que nous appelons Patpong 2, réservée aux Japonais. Les clubs sont privés, interdits aux Blancs et aux Thaïs qui n'en sont pas membres. Un réseau fermé et réservé à ces étranges hommes d'affaires.

Des prostituées adultes nous ont décrit les consommateurs japonais. Des hommes violents et mécaniques qui n'hésitent pas à brutaliser les femmes qu'ils considèrent comme des objets. Ils paient pour cela ! Des filles de Patpong nous ont dit refuser systématiquement le client japonais. Elles n'ont pas toujours le choix. Et le souvenir de Sowit et de son histoire de journaliste japonais envahit ma mémoire.

Assise sur une banquette de la grande salle des départs, je peux voir, affiché sur le tableau, le vol Bangkok-Bruxelles.

Embarquement immédiat.

15

BRUXELLES : LA COURSE À LA SUBVENTION

Comme d'habitude, Bruxelles est sous la pluie. Personne ne connaît ma date d'arrivée et il n'y a donc personne pour m'accueillir.

Je vais m'installer chez un ami, un Britannique qui travaille en Amérique latine pour quelques mois encore. L'appartement est immense : cent cinquante mètres carrés au plancher, des pièces vides où traînent quelques objets du bout du monde. Quelques plantes vertes oubliées, mortes. Mais surtout une chambre confortable où siège un lit japonais aux dimensions imposantes. Une grande table de travail, un ordinateur, une photocopieuse portable, une imprimante et un téléphone. Je ne pouvais rêver mieux. Je vais me préparer une théière de thé anglais et me plonger sous la couette.

Je possède une liste d'une cinquantaine d'associations en Europe susceptibles d'accepter une action en faveur d'enfants. Le slogan de Médecins sans frontières me revient en tête : « Etre là où les autres ne sont pas », disait l'affiche des dispensaires. Je les ai rencontrés à Hong Kong, en Thaïlande, au Cambodge et en Chine. Peut-être est-ce la première piste.

Le soleil s'est levé, je relis mes notes et classe précieusement mes documents. Les yeux rivés sur l'écran de l'ordinateur, je ne sors pas pendant deux jours. Le document est prêt. Fermer les enveloppes, coller les timbres-poste et expédier tout ça. Dans quelques jours, je rappellerai chaque association pour demander un entretien avec le directeur des projets.

Médecins du Monde pourrait soutenir l'idée, si seulement la CEE acceptait le financement. Philippe Laurent, membre fondateur de Médecins sans frontières-Belgique, s'occupe désormais de Médecins du Monde. Il me propose de rencontrer ensemble nos futurs partenaires thaïlandais. Départ prévu le mois prochain. Cette décision devrait me remplir de joie et ce n'est pas le cas. Car le mouvement de Médecins du Monde à Bruxelles a des moyens limités. Je me demande si nous n'allons pas trop vite, si cette visite ne va pas donner des espoirs que nous ne serons pas capables d'assumer par la suite. De plus, le président de Médecins du Monde à Paris a déjà pris contact avec une agence de production pour envoyer un cameraman avec nous. Je n'aime pas du tout cette attitude. Mais la machine s'est emballée et c'est, pour l'instant, mon seul espoir. Je n'ai pas d'autres réponses à mes courriers. Les responsables de l'association m'ont promis d'envoyer et de soutenir mon dossier à la CEE. Plus tard, bien plus tard, j'apprendrai que le projet est resté au fond d'un tiroir parisien. Les mois ont passé. J'ai fait quelques intérims entre leurs bureaux de Bruxelles, de Paris et de Beyrouth.

Expérience intéressante, le temps de découvrir les labyrinthes de ce type d'association, les luttes de pouvoir et les intrigues dont on ne parle jamais, les coups de gueule et les coups de cœur. Le temps passe mais aucune des associations rencontrées n'a accepté le projet. Les raisons sont simples et multiples : le budget est important et il couvre trois années, les conditions de sécurité sont précaires, l'action ne vise qu'à toucher une centaine d'enfants et il n'y a pas de spécialistes dans ce domaine. Plus grave : mes interlocuteurs doutent de la responsabilité occidentale et s'interrogent sur mes motivations. Suis-je une véritable militante des droits de l'enfant ou une bonne âme un peu trop naïve ? Je n'ai que mes convictions, mon mètre cinquante-huit et mon rapport à leur offrir. Seule, la responsable de Médecins sans frontières-France m'expose les raisons de son refus. Dans un entretien humain et argumenté. Les autres responsables, de Londres à Amsterdam en passant par Paris, promettent de me recontacter ou font répondre qu'ils sont dans l'escalier. J'ai l'impression que le fantôme d'une responsabilité occidentale les fait fuir. Ça, être mauvais pour homme blanc, Bwana...

L'été est déjà à nos portes. Maître Teelapon me téléphone souvent. Je suis un peu découragée mais je reste persuadée que nous allons trouver cet argent. Et prouver aux sceptiques qu'ils se sont trompés. En attendant, j'accepte pour Médecins du Monde la responsabilité d'un groupe d'enfants de toutes couleurs qui doivent partir deux mois sur un voilier. Un projet médiatique : les enfants sont les ambassadeurs de leurs droits. Les nationalités sont variées : un petit Pham, ex-boat people du Viêt-nam, un Guerson du Guatemala, un Piotr de Pologne, un Hein du Cambodge et bien d'autres. Escales prévues : Dakar au Sénégal, Fort-de-France en Martinique et, enfin, la statue de la Liberté. Au bout de ce long voyage, c'est en effet la rencontre à New York avec le secrétaire général des Nations unies, Perez De Cuellar. Un voyage de près de deux mois pour des enfants entre dix et seize ans. Pendant le trajet, les gosses se retrouveront pour des ateliers de travail et réfléchir ensemble à la Charte des droits de l'enfant. Pour Magali qui vit en banlieue parisienne, Mamadou, enfant de Dakar, ou Sami, Libanais en exil... les concepts sont évidemment différents. Il y aura des affrontements violents entre riches et pauvres, des scènes de larmes et de fous rires et une extraordinaire réflexion. Même si l'organisation est chaotique, les enfants malades, l'encadrement insuffisant et les budgets trop limités. De Fort-de-France, le bateau repartira à vide, les conditions météorologiques étant très mauvaises et les enfants trop épuisés par ces semaines de mer où le vent fut si rare.

A New York, fin du voyage. Nous sommes contents de terminer cette mission. Quatre jours dans cette capitale infernale avec quinze gamins qui rêvent de tout vivre et de tout visiter. Ces gosses sont formidables. L'Association François-Xavier Bagnoud, association suisse, du nom du pilote d'hélicoptère tué avec Thierry Sabine dans le Paris-Dakar, a financé une partie de cette aventure. Les tee-shirts des deux associations, François-Xavier Bagnoud et Médecins du Monde, ont été oubliés par un animateur à Paris. Catastrophe ! Nous sommes à douze heures de la rencontre avec Perez De Cuellar. Les enfants possèdent encore leurs vieux tee-shirts du premier jour. Mais dans un état déplorable. Nous avons par contre des stocks de vêtements qui portent le sigle de Médecins du Monde. Il ne reste qu'une solution pour éviter le conflit : trouver une laverie automatique dans le quartier, laver, sécher, repasser et, pour certains, repriser les trous. Je passe ma nuit au boulot ; au matin, je distribue fièrement les tee-shirts à mes quinze petits monstres.

Dans un bon hôtel, nos responsables et les « huiles » de Paris se préparent à la rencontre avec le grand homme. Chacun des enfants répète son texte et demande, au nom de son pays et des enfants du monde, le droit à une Convention internationale des droits de l'enfant. Aux Nations unies, la sécurité est sur les dents. Chaque trajet a été minuté, contrôlé.

Hieng, une petite Cambodgienne, fond en larmes en regardant flotter au vent le drapeau de ce qui fut son pays. Son Etat est désormais représenté par les Khmers rouges du Cambodge, ceux qui ont assassiné les siens. Sami rêve tout à coup d'un Liban uni ; notre petit Israélien prend par la main Amir, un Palestinien de dix ans. Ce jour-là, les enfants sont vraiment le seul espoir d'un monde sans haine. Maintenant, ils lisent leurs recommandations, dans leur langue, les uns après les autres. Perez De Cuellar est là, à l'écoute de tous ces messages. Emu de tant de conviction.

En toile de fond, juste derrière les enfants, les adultes se distinguent en se poussant les uns les autres pour apparaître sur la photo officielle. Des responsables du siège, que nous n'avions plus vus depuis notre départ, sont là, l'air vainqueur. De retour en Europe, je m'aperçois que Médecins du Monde est incapable de prendre une décision sur la Thaïlande. Et je pars, mon projet sous le bras, avec le sentiment d'avoir participé à une grande colonie de vacances. Et d'avoir perdu beaucoup de temps.

Ces derniers mois, j'ai rencontré deux ou trois fois une femme d'une cinquantaine d'années, à l'allure dynamique des nouvelles femmes d'entreprise, la comtesse Albina du Bois Rouvray, que tout le monde appelle Albina. Elle dirige l'Association François-Xavier Bagnoud, qui a financé une partie du voyage des enfants à New York. Nous parlons de la prostitution des enfants et de l'esclavage en Thaïlande. Choquée par le contenu de notre enquête-évaluation, en accord avec son conseil d'administration, l'Association François-Xavier Bagnoud nous offre cinquante pour cent du budget prévu pour notre projet. Un geste important. Il fut le premier, celui qui nous a permis d'espérer. Travailler avec ce partenaire impliquait que les maisons d'enfants portent le nom de François-Xavier Bagnoud. A la mort de son fils François-Xavier, Albina a connu deux ans de profonde dépression. Puis elle a décidé de créer, en Suisse, sa propre association. Objectif : lutter contre les violations des droits de l'enfant. L'association a aujourd'hui un bureau à Genève, à Paris et à New York.

Depuis 1991, les actions en Inde, au Kenya et aux Etats-Unis sont centrées sur le problème du sida. Elle aurait d'ailleurs souhaité que le CPCR crée des centres pour enfants séropositifs. Plus tard, Albina viendra nous rendre visite, à Bangkok, deux à trois fois par an. Et toujours à Noël. Depuis la mort de son fils, Albina avoue ne plus supporter les périodes des fêtes. L'Association François-Xavier Bagnoud financera pendant trois ans la moitié du budget de notre projet, recevra notre rapport mensuel et Médecins sans frontières assurera le suivi du projet, s'occupera des aspects techniques et du contrôle financier des activités. Mais nous n'en sommes pas là ! Pour l'heure, il reste à trouver les cinquante pour cent qui manquent.

Les mois passent. A Bruxelles, un soir d'insomnie, je me rends dans une librairie de nuit. Au détour d'un rayon, je rencontre un des responsables de Médecins sans frontières-Belgique. Nous parlons quelques minutes de nos projets. Et bien sûr de la Thaïlande. Il est persuadé que Médecins sans frontières accepterait le projet : l'idée de travailler avec un partenaire local thaïlandais lui semble être un « plus » pour la dynamique de l'association à Bruxelles. Une semaine plus tard, après de multiples réunions, le conseil d'administration donne son accord. Reste à coucher sur le papier les conditions de partenariat entre François-Xavier Bagnoud, Médecins sans frontières et la Communauté européenne qui a décidé de soutenir le projet. Le budget se répartit définitivement ainsi : cinquante pour cent pour François-Xavier Bagnoud, quarante pour cent pour la CEE et les dix pour cent restants pour Médecins sans frontières.

Je me rappelle très bien cette réunion au premier étage d'un immeuble de la CEE. Jamais je n'avais imaginé devoir partir à Bangkok pour mettre personnellement en marche l'opération. C'est pourtant une des conditions fixées par les bailleurs de fonds :

être personnellement sur place au titre de « coordinatrice ». Cette décision me remplit de joie et, en même temps, me tétanise de peur. Pourrai-je supporter au quotidien la réalité des rues de Bangkok ? Et accepter de vivre la peur au ventre ? Jean-Paul est loin. Comment va-t-il prendre cette séparation ? Nous nous retrouvons en Champagne pour quelques jours. Il accepte l'idée que je sois à nouveau exposée au danger. Mais trouve un compromis : il va chercher un poste en Asie pour que nous puissions nous voir souvent et, peut-être, vivre ensemble. Je ne peux pas croire qu'un homme bouleverse ainsi sa carrière pour moi. Entre la rupture de Philippe et ma vision des hommes à Bangkok, j'ai cru avoir perdu confiance. Avec lui, tout est simple.

Depuis qu'il a écouté les enregistrements et vu les photos des enfants dans les bordels, Jean-Paul m'encourage dans chacune de mes démarches. Pour lors, il doit repartir pour l'Afrique. Et mon départ n'est prévu que dans six semaines. Que faire de ce temps ? La Communauté européenne recherche des experts capables de mener en Roumanie une enquête sur des enfants dits irrécupérables. La Roumanie ?... Pourquoi pas ?

16

ROUMANIE : LES MOUROIRS POUR ENFANTS DE MOLDAVIE

Nous sommes six spécialistes. A l'aide d'un test de stimulation et d'un questionnaire, nous devons parcourir les provinces et examiner une quinzaine d'enfants chaque jour, des orphelins de un à quinze ans sélectionnés selon la méthode d'échantillonnage. Les directeurs d'institutions perçoivent notre visite comme un contrôle, voire une mise en accusation dans certains cas. Eux attendent des appareils de chauffage, des jouets et du lait en poudre. Pas des indications sur l'état de leurs pensionnaires. Je me rappelle avec précision une visite effroyable en Moldavie...

Nous roulons sur une route de province depuis déjà deux heures. Le véhicule tourne sur la droite, prend un chemin de terre battue, traverse une épaisse forêt. Une institution pour enfants handicapés dans ce trou perdu ? Mon accompagnatrice, l'assistante sociale en chef du district, est une femme austère et froide, sans aucun doute membre du parti. Nous sommes à moins de dix minutes de l'orphelinat.

Que vais-je trouver derrière les grands murs gris de ce bâtiment ? Dans l'entrée, un homme en habit gris balaie la cour. Dans le hall, une odeur de pourriture me prend à la gorge. Des cris d'adulte et d'enfants viennent rompre le silence. Un infirmier me conduit dans le bureau du médecin. Des enfants gesticulent derrière des portes vitrées. Ils ressemblent à de petits animaux prisonniers. Ils portent tous un costume de toile gris, quelques-uns courent nus dans la cour. Ce n'est pas la première institution que je visite, mais celle-ci semble tout droit sortir d'un cauchemar.

L'infirmier explique dans un français mal assuré le fonctionnement de cet établissement qui héberge deux cents enfants classés « irrécupérables » par une commission de spécialistes roumains. Je réclame le médecin, mais il n'y en a plus. Depuis bientôt deux ans. Le dernier stagiaire est resté moins d'une semaine avant de plier bagage sans dire un mot. Depuis, personne n'a assuré le remplacement.

Je m'inquiète des enfants malades, m'intéresse aux traitements et découvre que Mircea, l'infirmier qui me fait face, est... un pensionnaire de l'institution. Mircea est entré ici à l'âge de dix ans, à cause d'un handicap physique irréversible. Le jeune homme marche avec difficulté, handicapé par une double déformation des pieds. Son développement intellectuel semble normal. Il écrit, lit correctement et gère la pharmacie en bon magasinier. Il me montre la boîte aux seringues et mime les séances de piqûres. Quelques années plus tôt, un vieux médecin qui dirigeait l'institution lui a appris des rudiments de médecine. Depuis sa mort, Mircea remplace le médecin. Il soigne les rhumes, injecte les vitamines et calme les crises d'épilepsie. Et respire un peu d'éther quand les hurlements des enfants l'empêchent de dormir. Il y a bien une directrice mais elle vient de quitter le bâtiment pour chercher un médecin en ville. Un enfant est malade au premier. Il est temps de commencer le test. Dans le grand cahier des admissions, je trouve une liste de deux cent onze enfants. Je pointe quinze noms. L'infirmier cherche les dossiers numérotés. Le bureau est dans une pagaille indescriptible ! Impossible de retrouver le 3 et le 176 ; quant aux 123, 45 et 66, ils sont morts dans l'année.

Le premier enfant entre dans la pièce, porté par une éducatrice en tablier gris et bottes en caoutchouc. Le petit Bogdan est âgé de dix ans ; il en paraît cinq ou six. Pas davantage. Son corps est enveloppé dans des lambeaux de tissu puant l'urine. J'enlève chaque couche en essayant de sourire au gamin. Ses petites jambes sont mal formées et recroquevillées sur son bas-ventre. Sur ses maigres genoux, des plaies immenses. Un liquide vert séché recouvre la chair. Bon, un bain s'impose ! Nous allons tester les compétences de notre infirmier. Une bassine de métal arrive aussitôt, une serviette jaunie et une boule de savon donnée par l'Allemagne.

Le gamin joue dans son bain et il semble éprouver un bonheur réel. Et rare ! Assis sur la table rouillée, recouverte pour l'occasion d'un mauvais drap, il se laisse soigner sans un cri. Il joue avec un ballon et les jeux pédagogiques que j'ai apportés. Il entend, comprend et peut refaire chaque exercice sans une seule faute.

S'il ne peut pas encore lire et écrire, c'est parce que, une fois classé irrécupérable, il n'y a pas, ici, d'école pour apprendre. Irrécupérable !

Doté d'une chaise roulante, cet enfant pourrait participer à des activités normales et probablement récupérer son retard. Dans le dossier, il n'y a que deux pages pour résumer dix ans de sa vie : un abandon à l'âge d'un mois, un séjour en orphelinat et une orientation vers un centre d'irrécupérables au vu de son handicap. Ce gosse a une malformation physique… et on l'a condamné. Dans le couloir, le ton monte, des surveillants se disputent. J'interroge à nouveau mon assistant infirmier. Du bout des lèvres, il me fait comprendre que la cause du tumulte est à chercher au premier étage. Bien sûr, je veux voir ce cas si préoccupant qui plonge le personnel dans une telle agitation. Je grimpe l'escalier à la volée. Je traverse le couloir et découvre des petites chambres tristes et sombres où des grappes d'enfants se balancent désespérément aux montants de leurs lits. Les matelas sont imbibés d'urine et une odeur épouvantable règne dans chaque petite chambre.

Au bout du couloir, des surveillants ont repris leur discussion.

Je m'approche et découvre le sujet du conflit. Chambre nº 9, un enfant est allongé dans un petit lit. Son corps est déjà raide et presque noir... Il est mort il y a plusieurs heures. Les yeux grands ouverts, il baigne dans ses couches. Au fond de la pièce, quatre lits sont collés contre le mur. Une douzaine d'enfants pleurent et se balancent contre les barreaux métalliques. Personne n'a pensé à éloigner ces bambins de ce triste spectacle. La colère me prend. D'une voix froide, j'exige que les enfants soient placés immédiatement dans une autre section. L'assistante sociale du département qui m'a accompagnée jusqu'ici se raidit :

— Ce n'est pas votre boulot. Votre mission est au rez-de-chaussée. Laissez-nous régler cela entre nous.

Trop, c'est trop, je ne vais pas attendre l'arrivée d'un prétendu médecin pour intervenir. Deux choses sont évidentes. D'une part, un enfant est mort depuis longtemps ; d'autre part, des enfants sont angoissés et il est urgent de les aider. Je déplace les petits lits et pousse de toutes mes forces ces cages à enfants vers le couloir. Une jeune éducatrice conduit les lits vers une autre pièce. Je peux apercevoir les larmes qui lui coulent sur les joues. Au bout du couloir, la responsable sanitaire gesticule de colère. Je lui jette un regard de mépris, je sais déjà que je vais payer cher cette humiliation. Mais qu'importe !

Je cherche des yeux la petite éducatrice. Elle est accoudée à la rampe de l'escalier. D'un geste de la main je l'invite à m'accompagner dans la chambre du drame. Elle hésite un instant avant de me rejoindre. Sur le lit repose le petit corps squelettique, une petite fille de moins d'un an. Une brassière verte décorée de petits poussins lui recouvre le corps. Ses petits membres sont couverts de taches brunâtres, sa peau est décolorée par endroits. Un enfant séropositif? Peut-être. Victime de malnutrition et déshydratée sans aucun doute. Dans cet univers où les enfants sont considérés comme irrécupérables, je me fais un devoir de baigner le corps et de l'envelopper dans un linge propre. Le personnel entre et sort de la chambre. Me voilà actrice d'une très mauvaise pièce de théâtre. Une Occidentale assez folle pour risquer une quelconque contamination. Une chose est sûre : ce soir, ils n'accepteront pas ma main en signe d'adieu. Inutile de leur en vouloir. Ils sont les purs produits d'un régime totalitaire qui a probablement tué leurs derniers sentiments. La journée s'est écoulée. J'ai rencontré dix enfants. Plus de la moitié d'entre eux nécessitaient un transfert immédiat vers un autre type de foyer d'accueil.

A la nuit tombée, je cherche l'assistante sociale. La voiture officielle n'est plus dans la cour. La directrice arrive, enveloppée dans un tablier blanc. Il n'est plus question que je rentre en ville ce soir. Tout le monde est parti. C'est donc là le prix à payer pour mon insolence. Je vais passer la nuit ici. Nous dînons en tête à tête autour d'un repas fait de cochon gras et de pommes sautées. Le jus de tomate que m'offre la cuisinière est périmé depuis au moins deux ans. Vers vingt-deux heures, nous montons nous coucher. A ma grande stupéfaction, la directrice ouvre deux lits pliants dans son bureau. Le sien depuis plus de dix ans et le mien pour quelques heures de sommeil. Sur sa table de nuit, un flacon de tranquillisants. La femme tend la main et en absorbe trois comprimés : une dose de cheval. Incapable de dormir, je me promène dans les couloirs. Les enfants sont seuls, totalement livrés à eux-mêmes. Les plus petits se balancent avec violence contre les montants métalliques. Les plus grands se traînent hors des lits, et sont incapables de rejoindre leur paillasse au cœur de la nuit. Un surveillant dort assis sur une vieille chaise de bois. L'hiver, avec ses températures au-dessous de zéro, doit être un cauchemar. Dans l'indifférence la plus totale, des enfants doivent mourir de faim, d'absence de soins et surtout de manque d'amour. Ici, la mort se promène dans les couloirs. Cette nuit-là, allongée sur mon lit de camp, je n'ai pas fermé l'œil. Comme un ultime appel à l'aide, les cris des enfants perçaient les plafonds.

Au petit matin, je fais le tour des chambres. Les enfants dorment profondément, à trois ou quatre par lit, leurs yeux boursouflés de larmes. D'autres, les yeux fixés sur le plafond, sont en état de mort psychologique. Ceux-là ne crient plus depuis bien longtemps déjà.

Plusieurs semaines plus tard, j'ai repris l'avion pour Bruxelles. Mais le regard de ces centaines d'enfants m'a longtemps poursuivie.

Avouons-le : je n'aurais pas eu le courage de travailler des mois dans ce type d'institution. Heureusement, d'autres l'ont fait.

17

RETOUR À BANGKOK : AU TRAVAIL !

Bangkok n'a pas changé et reste la ville la plus détestable que je connaisse. La circulation est toujours aussi dense, la pollution colle à la peau et les touristes déambulent dans les artères principales habillés de shorts et de chapeaux grotesques. J'ai décidé d'arriver seule et sans prévenir mes amis thaïs de la date exacte. Je m'installe dans un petit hôtel sur Sukkumvit Road. Je veux vingt-quatre heures pour prendre mes marques, pour réaliser que c'est bien ici que je vais vivre au moins un an. La nuit est tombée sur la ville, je marche dans les petits *soï*, rejoins Plœnchit Road, traverse le pont. Je comprends mieux pourquoi les mendiants sont apparemment si rares dans cette capitale d'Asie. Ils vivent cachés sous les ponts.

Le magasin Robinson's est encore ouvert, j'ai le temps de faire quelques achats. En sortant, je m'arrête un instant sur les marches de l'escalier qui donne sur la rue. Le coin de Silom et du Robinson's est toujours un lieu de rencontre pour les pédophiles et les enfants de la rue. Un homme d'une cinquantaine d'années est assis sur un banc. A ses côtés, un jeune garçon de dix ans mange un énorme hamburger. La main de l'adulte va et vient sur les membres inférieurs de l'enfant. A plusieurs reprises le gamin repousse la main de l'homme qui lui caresse les cuisses. Un peu plus loin, un étranger d'une trentaine d'années aborde un enfant. Le taxi attend en double file que la transaction se termine. Un enfant de moins de douze ans vient de se détacher du groupe. Il rejoint l'étranger sur le bord du trottoir. L'homme et l'enfant discutent quelques minutes, un second enfant vient rejoindre le couple, l'homme a fait oui de la tête. L'enfant s'est installé dans le taxi. Non, rien n'a changé à Bangkok.

Je marche en direction de mon hôtel. La nuit est belle et le ciel plein d'étoiles, des réverbères illuminent l'avenue commerçante. J'aperçois une fillette assise dans un buisson du parc Lumpini. Qu'est-ce qu'elle fait là toute seule ? Elle porte une petite robe rouge, de longs cheveux en bataille et traîne derrière elle un morceau de tissu. Elle est seule, il est près de vingt-deux heures et nous sommes dans une ville de six millions d'habitants.

Je m'approche de la gamine, lui souris et cherche dans mon sac à provisions quelque chose à manger. J'ai juste acheté des bâtons de riz sucré emballé dans des feuilles de bananier. Ce n'est plus une toute petite fille, mais un chat sauvage qui se jette sur la barquette de riz. Elle engloutit le contenu. Un sourire mutin lui mange le visage. Du dos de la main, elle se frotte la bouche. Elle va me suivre de loin en loin pendant près de vingt minutes. Je tourne la tête, la fillette a aperçu une bande d'enfants sur l'autre trottoir. Mon cœur s'est presque arrêté de battre quand je l'ai vue traverser la rue. Elle bondit vers ses amis. Sans regarder. Des bruits de freins, de klaxons et des cris de conducteurs déchirent la nuit. Au loin, une dizaine de gamins de la rue courent à toutes jambes. Pour cette fois, elle s'en est sortie.

Les garçons de la rue se débrouillent sans doute mieux que les petites filles. Les réseaux de prostitution auront vite fait de repérer cette enfant et de l'enfermer dans un bordel.

Après une nuit de sommeil, il est grand temps de contacter maître Teelapon et « le prof », Païthoon. Une heure plus tard, ils sont là. Une chambre m'attend au Centre de protection des enfants. L'aventure commence ici. Teelapon s'active au téléphone pour régler le planning des premières réunions, dès demain matin.

Nous nous rendons à la banque afin d'ouvrir un compte international pour recevoir les transferts de Bruxelles. Le problème de la langue se pose. A chaque question, l'employée répète : « *OK, I know*... » Elle sait... sans pouvoir nous en dire davantage. Cela promet. Heureusement, Païthoon et son français raffiné sont là. Ah ! Païthoon et Teelapon. Ce dernier est de loin la personne la plus attachante que je connaisse. Il a le charme vieille France et le raffinement de l'Asie. Dans sa vie comme dans son travail, aucun détail n'est laissé au hasard. Pour lui, le sommeil est du temps perdu. Il est précieux.

Une petite équipe travaille au Centre de protection des enfants : assistants sociaux, avocats, éducateurs, pédagogues. En fin de journée arrivent des bénévoles de l'université, des infirmières ou des professeurs. Ce sont eux qui assurent la permanence téléphonique, fouillent des piles de dossiers, classent des centaines de photos et entrent les données dans l'ordinateur. Tâches ingrates du quotidien, tâches primordiales. Ils ont entre vingt et soixante ans et un point commun, quelque chose qui les unit dans l'action : tous ont une furieuse révolte au fond des yeux. Comment ne pas l'être dans ce pays où l'armée dirige tout depuis tant d'années, où les droits de l'homme sont quotidiennement bafoués, où on vous jette dans des prisons mouroirs, où les enfermements sont souvent politiques et la corruption galopante. Où le marché du sexe a atteint une dimension épouvantable.

Le Centre de protection des enfants, que nous appelons CPCR, est né en 1984. Un projet porté à bout de bras par Teelapon et son actuel directeur, Sanphasit. Idée courageuse et forte : le CPCR est là pour enregistrer toutes les formes d'exploitation d'enfants. L'équipe vérifie chaque information, essaie de dépister les situations d'esclavage. Elle pénètre clandestinement dans les réseaux de prostitution d'enfants. Un travail de fourmi qui porte ses fruits ; chaque année, des enfants sont libérés. Mais une équipe qui s'épuise, faute de soutien et de moyens financiers. Premier objectif : nous allons nous donner les moyens de faire de ce CPCR un véritable noyau d'intervention. Il faut engager du personnel, réaménager le bureau et investir quelques écus européens dans du matériel. Jusque-là, pas de difficulté.

Ensuite, il faut ouvrir un foyer d'accueil pour les petites victimes de la prostitution. Pour l'instant, les enfants recueillis vivent dans les bureaux en attendant qu'une solution se présente. Cela peut prendre quelques jours, ou plusieurs mois.

Certains gosses arrivent en état de crise ; d'autres doivent être soignés pour leurs blessures. On ne peut les traiter tous au même endroit. Il nous faut plus d'intimité. Il y a urgence à régler ce problème. Depuis plusieurs semaines, nous cherchons une maison à la fois spacieuse et intime. Nous rêvons d'un grand jardin avec des jeux pour les enfants. Leur sécurité nous impose de trouver un quartier éloigné des quartiers chauds du centre-ville. Le problème est que les propriétaires se méfient des locataires de notre genre : ils craignent la dégradation du bâtiment et, surtout, les représailles de la mafia.

Cette maison, nous avons fini par la trouver ! A moins de dix minutes du CPCR. La belle villa est en bordure du fleuve, dans un *soï* résidentiel très étroit où la vitesse des véhicules est limitée à vingt kilomètres/heure. Une fois aménagé, le foyer pourra accueillir une bonne vingtaine d'enfants. Pour améliorer la sécurité, nous ferons construire un mur de brique le long du jardin, installer une solide porte métallique à l'entrée, nous placerons deux gardiens de nuit et obtiendrons une surveillance particulière des vigiles privés du quartier. Mais tout cela reste bien peu face à nos adversaires de la mafia.

Il est temps de redonner un coup de peinture à la maison. Nous voilà une dizaine, en bleu de travail, occupés à peindre, à ramasser les déchets et à nettoyer le jardin. Même s'il y a toujours une petite voix pour m'interdire de toucher à un pinceau, ou au balai. Teelapon rit en me voyant courir après un travail. Je commence à m'impatienter. Ai-je l'air si nulle avec un chiffon à la main ? Encore quelques petits travaux et la maison sera impeccable. Nous courons les magasins, comparons les prix pour acheter les fournitures. La maison, enfin prête, attend les premiers enfants.

Quatre éducatrices s'occuperont des enfants, deux professeurs de l'école des Beaux-Arts enseigneront la peinture sur soie, deux enseignants viendront chaque fin d'après-midi pour donner des cours d'alphabétisation et un vieux prof de musique a promis d'organiser un cours au milieu du jardin. Notre infirmière, Mme Daeng, sera là pour soigner les blessures des enfants et pour les écouter. Trois fois par semaine, nous emmènerons les gosses à la piscine où un professeur de gymnastique organisera bénévolement des séances de jeu et de relaxation. Côté religieux, seuls les enfants qui le souhaitent iront au temple bouddhiste proche d'ici. Nous avons déjà installé, au fond du jardin, la traditionnelle « Maison aux Esprits », sorte d'autel où les enfants peuvent déposer les fruits et le riz, offrandes censées éloigner les mauvais esprits de la maison. Une famille thaïe du quartier nous a offert de belles balançoires rouges et bleues. Ces engins auront un succès fou ! Même auprès des filles de seize ans, les plus âgées du foyer. Mais nous refusons de transformer cette maison en un hôtel de première classe. Aussi, chaque enfant doit assurer une tâche ménagère dans le foyer.

Chaque lundi, un tableau annoncera les travaux et les responsabilités de chaque enfant et de chaque éducateur. Les repas seront pris dans le jardin sur des tables rondes : moments privilégiés, de grande joie et de grande déprime. J'aimerai passer mes soirées au foyer. La nuit suscite toujours les confidences et les interrogations des uns et des autres. Nous dormirons souvent sur la terrasse, protégée par une grande moustiquaire, et j'écouterai les filles lutter contre les cauchemars de leur passé toujours proche. Oui, la nuit, les peurs masquées au grand jour se réveillent. Ce sera le temps des cris et des larmes ; le temps de se lever d'un bond pour aller rassurer les gamines, les bercer, avec l'air faussement assurée d'une professionnelle.

Cette fois, tout est prêt. Je compte les jours. Je sais qu'une action de sauvetage est prévue pour ce mercredi. Poo, un jeune éducateur en charge de la section dépistage, vient de boucler un dossier. Il a identifié un bordel, à la sortie de la ville, où une quinzaine de femmes et d'enfants sont retenus prisonniers. Le patron, un Thaï, a déjà eu quelques problèmes avec la police. Son premier bar a été fermé. Il ne payait pas les pots-de-vin exigés par les intermédiaires. Les consommateurs sont des Thaïs et quelques rares étrangers, très probablement des expatriés. L'endroit, il est vrai, est trop éloigné du quartier chaud pour les touristes. En jouant les clients, Poo l'enquêteur a pu rencontrer deux des petites filles. Les enfants viennent du nord du pays et parlent très mal le thaï. Nous demandons à Yake, le chef de village d'une tribu montagnarde, de venir nous rejoindre. Yake le rebelle est cet homme extraordinaire qui se bat contre les enlèvements de gamins dans sa région. J'avais passé quelques jours dans sa tribu, au milieu de ses femmes aux dents en or. Il connaît très bien le dialecte des petites et son contact avec les enfants est excellent.

Moo, un assistant social, travaille d'arrache-pied sur la piste des enfants enfermés dans un atelier d'assemblage. Il a questionné les gens du quartier et passé des heures à guetter les allées et venues autour de ce bâtiment. Le dossier est délicat et il est nécessaire de réunir un maximum d'informations avant de demander l'intervention de la police. Tellement ce genre d'affaire risque, ici, d'être classé sans suite. Surtout lorsqu'il implique des membres de l'administration ou des personnalités importantes. Le trafic des enfants représente d'importants revenus pour les multiples intermédiaires. Il ne s'agit pas de centaines mais de millions de bahts. D'après nos informations, une vingtaine de petits garçons sont séquestrés dans l'atelier. Ils y travaillent quinze heures par jour, parfois sous les coups. La piste nous a été donnée par un ouvrier licencié. Par vengeance, il s'est décidé à parler.

J'aimerais accompagner Poo ou Moo, les hommes de terrain, lorsque les enfants seront libérés. Mais Teelapon est catégorique : je dois d'abord comprendre chaque phase de leur travail. La libération d'enfants engendre souvent une série de problèmes : réaction violente des tenanciers du bordel, conflits avec des policiers corrompus et, surtout, risques de représailles de la mafia qui n'accepte pas ces interventions. Chaque libération est une perte importante de fric pour leurs réseaux. Teelapon s'est fait un point d'honneur d'assurer ma sécurité et considère que le profil d'une Européenne est trop facilement identifiable. D'ailleurs, mon hébergement, dans les locaux du CPCR, trop connu, est de moins en moins sûr. Et nous manquons de place dans cet immeuble où j'ai l'impression de travailler vingt heures sur vingt-quatre. Il est temps que je cherche un appartement en ville. Je prévois de vivre à Bangkok au moins un an. Sanphasit, le directeur, et maître Teelapon ont accueilli mon projet avec réserve. Ils craignent pour ma sécurité. Nous trouvons un compromis. Je dois chercher un logement dans un quartier relativement sûr, comme celui du CPCR, de Saint-Louis, ou de Swanploo. Nous trouvons une petite maison chinoise de deux étages dans un *soï* parallèle à celui de Païthoon. Une famille chinoise souhaite louer cet espace pour remplacer le locataire... en prison pour cinq ans. Trafic de drogue. La maison est petite mais assez sympathique. Seul inconvénient : la porte de fer qui donne sur la rue est largement ajourée, ce qui permet à tout le monde de m'observer de jour comme de nuit. Je sens que je vais rapidement devenir l'attraction des occupants de cette rue minuscule. Peu importe ! Je ne serai là que le soir. Et puis le loyer est modeste, Païthoon habite à moins de cinq minutes et il y a même un téléphone. Marché conclu. Quelques jours plus tard, me voilà installée dans ma nouvelle maison.

J'ai fini par condamner la cuisine, les rats y étaient chez eux. Je préfère acheter mes repas dans la rue aux marchands ambulants. Ou profiter des petits plats de Mme Païthoon. Mes voisins se lèvent avant le jour et, dès cinq heures du matin, une odeur de friture de poisson envahit ma chambre.

Souvent, en compagnie de Païthoon le prof, j'attends le bus nº 49. Comme d'habitude, il est bondé. Les femmes élégantes portent des collants de nylon en pleine chaleur et les hommes, en chemise et cravate, se pressent les uns contre les autres. Lorsque nous descendons, vingt minutes plus tard, j'ai l'impression d'être totalement chiffonnée, alors que mon collègue parvient toujours à garder sa chemise intacte. Au bureau, en voyant mon air défait, l'équipe se moque de moi et je m'enferme dans les toilettes du premier étage pour tenter de récupérer une apparence normale. Il m'arrive parfois de rester dormir au CPCR, lorsque la soirée est trop avancée et que l'idée de rentrer seule me décourage.

Ce matin, en entrant dans les bureaux, je comprends qu'ils ont travaillé toute la nuit. La pièce centrale est noire de fumée, des tasses de café traînent un peu partout. Teelapon est déjà au téléphone. Et là, dans la mezzanine du premier étage, des enfants sont assises sur des nattes. Je m'assieds en face de Teelapon. Il a l'air si fatigué, ses yeux sont rougis par la nuit de veille et il fume, comme d'habitude, cigarette sur cigarette. Du doigt, il montre les gamines. Et une bataille gagnée !

Lorsqu'il pose le téléphone, c'est pour m'entraîner vers les enfants. Neuf petites filles sont assises, collées l'une contre l'autre. Leurs visages sont gonflés de larmes, certaines présentent des traces évidentes de mauvais traitements : brûlures et plaies mal cicatrisées. Inconsciemment, je pose ma main sur mon épaule. Le souvenir des taches circulaires est à jamais imprimé dans ma mémoire.

Les gamines ont entre dix et quatorze ans. Douze femmes adultes, trouvées dans le même bordel, ont été envoyées dans un refuge pour femmes battues. Mais trois autres filles d'origine birmane ont été transférées à la prison de l'immigration. Aïe ! Je connais déjà cet endroit épouvantable. Sa corruption, sa violence et ses abus.

Teelapon l'avocat connaît aussi cette prison. Il sait qu'il faudra aller rendre visite aux trois femmes régulièrement. Pour les protéger.

Une psychologue récemment engagée interroge les fillettes. Il nous faut un maximum d'informations sur leur histoire. Pour pouvoir rechercher les familles et constituer un dossier complet pour l'avocat et la justice : nous voulons voir le tenancier face à un tribunal.

Yake le rebelle est là lui aussi. Pour arriver jusqu'à Bangkok, il a fait douze heures de bus et marché plusieurs heures. Il parle le thaï couramment et plusieurs langues des tribus. J'aime son allure, sa peau foncée de montagnard du Nord, ses mains énormes, des mains qui ont beaucoup travaillé la terre. Et savent tenir un fusil. Yake est marié à trois femmes et envisage une quatrième union pour bientôt... Les plaisanteries fusent. On s'assied. Je sais qu'il a des nouvelles de Toy et de Sonta. Teelapon dit ne pas avoir eu de contact avec Toy depuis plusieurs mois. Mais je ne crois pas qu'il me dise la vérité. Par le truchement de Païthoon, je questionne notre ami Yake. Quand je lui demande des nouvelles de Toy, son visage se ferme. Et il détourne la tête pour parler à son voisin.

D'accord, j'ai compris. Vous êtes tous prisonniers d'un secret. Et je n'ai pas le droit de le savoir. Je respecte ce silence. Même si je trouve cela injuste. Je ne peux pas me résigner à l'idée que nous ne nous reverrons jamais.

Quant à Sonta, la situation n'est pas brillante. Les premiers mois se sont très bien passés, puis le sida s'est développé. Aujourd'hui la fillette est constamment malade. Yake décrit des toux aiguës et des abcès qui saignent, dans la bouche et sur les lèvres. La famille a bien réagi et s'occupe de son enfant en parents modèles. Les médecins traditionnels locaux ont tenté des traitements à base de plantes, de racines et de corne de bœuf. Sans résultat évidemment.

Sonta va sans doute mourir... Ma tristesse est immense. Derrière son bureau, Teelapon, le nez plongé dans un dossier, a suivi la conversation. Il se lève, m'emmène dans la cuisine et me fait avaler un thé. Nous avons déjà parlé, dans notre anglais sans nuances, de nos sentiments face à ces victoires éphémères suivies de terribles échecs. Du combat perdu contre la maladie du siècle. Comme à chaque discussion, Teelapon sait trouver les meilleurs arguments, ceux qui rassurent et, surtout, ceux qui donnent envie de continuer :

— Ecoute, Mally. Sonta a retrouvé ses parents, elle a récupéré son statut d'enfant, même si ce n'est que pour quelques mois. Même si nous savons déjà que cette maladie n'a d'autre issue que la mort. Nous avons gagné du temps, Mally ! Quelques mois de bonheur pour cette fillette de dix ans. Pour toi, cela n'a aucun prix ?

Je baisse la tête.

— Eh bien, tu vois ! Pense aux mois qu'elle aurait passés dans ce bordel. Et à ceux qu'elle vient de vivre, là-haut, dans les montagnes. Dans ses montagnes ! Chez elle. Avec ses parents, ses frères, ses sœurs. A embrasser sa mère. Sa mère... Mally. Pas un touriste allemand ou français. Ce bonheur, tu vois, n'a pas de prix. La mort peut bien la prendre. De toute façon, elle était condamnée. Mais, au moins, sa vie ne se terminera pas dans un bordel de Patpong. Et jusqu'au bout sa mère lui tiendra la main.

Je ne dis rien. J'ai envie de pleurer. Teelapon me relève la tête :

— Allez, maintenant, il faut s'occuper de celles qui viennent d'arriver. Elles aussi ont besoin de toi !

Le lendemain, nous commençons la réunion journalière par la situation des fillettes libérées. Installés autour de la grande table, nous sommes une dizaine à écouter le récit de cette action. Mon ami Païthoon traduit fidèlement les passages que je ne comprends pas. A la demande du CPCR, la police est arrivée au point de rendez-vous, au coin de l'artère n° 4, au nord de la ville. Dans le passé, il y a eu trop de problèmes avec certains policiers. Des fuites, des actions manquées. Depuis, Teelapon a décidé de fixer des points de rencontre, plutôt que de donner une adresse précise. La police n'aime pas beaucoup cette technique qu'elle interprète comme une absence de confiance, à juste titre.

En compagnie d'un véhicule de police, l'équipe de quatre personnes s'est rendue sur les lieux. L'intervention a été rapide. Les policiers sont entrés l'arme au poing, les tenanciers se sont laissé prendre sans grande opposition. Des clients ont profité de la confusion pour prendre la fuite. Moo dit qu'il y avait deux étrangers au bar. Pendant que la police contrôlait l'identité du personnel de l'établissement, l'équipe vérifiait chaque chambre. Les enfants étaient sous le choc, les femmes couraient dans tous les sens. La panique. Quand tout le monde a été rassemblé dans la pièce centrale, Teelapon a pris la parole pour expliquer ce qui allait se passer. Les choses ont fini par rentrer dans l'ordre.

Vérification des identités, photos, témoignages en présence d'une auxiliaire de police, et fouille. On a trouvé des armes à feu, des couteaux et des matraques en bois dans des placards à double fond. Les enfants ont probablement été enlevés dans le nord du pays. Ils sont restés, en moyenne, huit à douze mois dans le bordel, à raison de plusieurs clients par jour. Bien sûr, toutes les filles portent des marques de coups de bâton et de brûlures de cigarettes. Certaines ont subi des viols collectifs. D'autres ont été livrées à des clients un peu particuliers : ils ne payaient pas pour coucher avec elles, mais seulement pour le plaisir de les battre. Selon leurs témoignages, les clients étaient des Thaïs, des Chinois de Hong Kong et quelques Occidentaux, toujours les mêmes. L'un d'eux a loué une petite fille pour la semaine :

— Le patron le connaissait bien, dit une femme. Il lui faisait confiance.

A l'hôpital, on fait un bilan médical complet, avec un test HIV, pour déterminer la séropositivité éventuelle, ainsi qu'une batterie d'examens de dépistage des maladies sexuellement transmissibles. Dépister, cela veut aussi dire annoncer la maladie et ses conséquences à l'enfant. Le sujet pose problème au sein de l'équipe. Le personnel n'est pas prêt aujourd'hui à faire face. Il est évidemment plus facile de ne rien dire, mais je m'y refuse. Avec des gamines traumatisées, souvent illettrées, une société thaïlandaise où l'on ne parle du sida que comme d'une fatalité et une équipe qui n'aime pas aborder ce genre de problème... cela va être difficile !

J'ai trouvé une alliée dans ce domaine. Mme Daeng, la jeune infirmière d'une trentaine d'années, femme sensible et sereine, qui parle du sida en parfaite connaissance de cause puisqu'elle a suivi des patients en phase terminale dans un hôpital de la ville. Elle sait que les Thaïs refusent la vérité et que le réveil sera brutal. Mme Daeng est convaincue que nous allons droit à la catastrophe : des millions de Thaïlandais seront bientôt séropositifs.

Avouons-le. Moi aussi, quand j'imagine l'avenir, j'essaie de minimiser ce problème. Parce que travailler avec une majorité d'enfants séropositifs est une des choses les plus difficiles au monde ! Pour avoir vécu cela, je sais qu'il n'y a rien de plus inacceptable que la mort d'un enfant.

Au CPCR, Moo, l'homme de terrain, a bouclé son enquête sur l'atelier suspect : il est maintenant certain que des enfants y sont enfermés. Teelapon décide d'intervenir. Le commandant de la brigade de police du quartier a l'air réticent et souhaite d'abord vérifier les informations lui-même. Teelapon convient avec Moo d'un entretien avec l'officier de police. Si le flic refuse, nous trouverons bien un journaliste pour publier un article sur le sujet. Histoire de les effrayer un peu. L'équipe mène bataille sur tous les fronts à la fois.

La psychologue organise le départ des fillettes vers une nouvelle maison que nous avons baptisée du nom de François-Xavier Bagnoud. Les Thaïs de notre équipe l'appellent déjà « Banoonrak », car la prononciation de François-Xavier Bagnoud est trop compliquée pour eux. Quatre personnes vont vivre jour et nuit avec les enfants. Nous assurons, nous aussi, au moins quelques tranches horaires et un repas par semaine. Pour comprendre les difficultés. Et ne pas se couper du reste de l'équipe. Je veille à respecter la hiérarchie informelle qui existe au CPCR. Je considère que je suis ici pour les assister dans leur projet, pas pour monter le mien. Pas facile. Il me faut parfois avaliser des décisions qui ne sont pas les miennes. Et les défendre devant les responsables du siège à Bruxelles.

Les journées, les semaines passent à toute allure. Depuis peu, Jean-Paul est en poste à Hanoi. Nous nous voyons certains week-ends. Il reste enthousiaste, toujours prêt à m'écouter et à m'encourager. Abonné à de nombreuses publications internationales, il me prépare de véritables dossiers de presse sur l'esclavage des enfants, m'envoie les derniers ouvrages publiés partout dans le monde et, notamment, au Canada. Ce qui nous permet de peaufiner nos moyens d'action.

Deux familles viennent d'être identifiées dans le nord de Chiang-Rai; peut-être les parents de nos trois petites filles sorties du bordel.

Yake, le chef de tribu, est persuadé qu'il s'agit des familles dont les enfants ont étrangement disparu six mois plus tôt dans des circonstances étranges. Leur description correspond aux fillettes. Le soir même, nous embarquons dans le véhicule tout terrain que nous venons de recevoir. Nous roulons toute la nuit. Teelapon, Moo et Poo l'enquêteur se relaient au volant. Dix heures de route avant d'arriver à Metchai. Nous prenons nos sacs à dos: j'apprendrai à aimer la marche! Teelapon, toujours aussi attentionné, porte mon sac. Quatre heures plus tard, nous atteignons le point de rencontre avec Yake.

Il est là, un sac de toile sur l'épaule, avec toujours le même air fier et rebelle d'un chef de tribu de montagne. Nous reprenons le chemin de terre rouge, sous un ciel couvert et une chaleur lourde. Nous buvons aux fontaines des villages, sous les regards des gosses des villages. Avec un très bon véhicule tout terrain, il paraît facile de monter jusqu'ici pour s'attaquer aux enfants isolés. Plus que trois kilomètres. J'ai mal aux jambes et mes chaussures glissent sur le sable du chemin. J'essaie de penser à autre chose, à grand-mère dont je viens de recevoir une lettre. Sa vue a beaucoup baissé et son écriture est devenue presque illisible. Je lui ai téléphoné avant de quitter Bangkok. Sa voix était chaude, pleine de vie. Je ne souffre pas de son absence parce que je sais que la distance ne change rien à nos relations. Et puis, il y a Jean-Paul.

Au loin, un énorme village, des toits de paille et la fumée des fours à bois émergent de la végétation. Un homme âgé, coiffé d'un chapeau décoré de pièces d'argent, marche à notre rencontre. Il me fixe des yeux et sourit à pleines dents. Yake traduit ses paroles :

— C'est la première fois qu'une femme blanche vient au village, il est ému et inquiet à la fois... Il n'a jamais vu des cheveux faits de paille !

Yake se moque de moi et me propose de lui laisser quelques mèches de cheveux en souvenir. Il rit.

Le soleil se couche lentement sur les flancs de la montagne. La maison du vieux chef est faite de bois brun et de paille, une terrasse de bambou surplombe le village. Quinze personnes vivent là : Asok, le chef, ses trois femmes et neuf enfants. Le thé chaud fume dans les gobelets de bambou posés sur un plateau de rotin. Avant toute discussion, les règles exigent que nous partagions le repas du soir. Les femmes s'activent autour du feu de bois. Des plats de viande et du riz parfumé arrivent sur la natte. Le fils du chef nous sert un alcool de riz. Du bout des lèvres, je fais honneur à ce verre de l'amitié. Ma bouche est en feu. Discrètement, Moo me fait un signe, prend mon verre et l'échange contre le sien, déjà vide. C'est l'heure. Deux familles attendent un signe du chef pour nous rejoindre par l'escalier. Etrangement, les deux femmes vont patienter au bas de l'escalier. Seuls les hommes participent au repas. Ils ne parlent pas le thaï, mais la langue akha. On avance lentement au rythme de la traduction. Les enfants des deux familles ont disparu six mois plus tôt, le même jour. Teelapon préfère les avertir tout de suite de l'existence des réseaux de prostitution. Si ce sont bien leurs filles, il va falloir qu'ils acceptent l'horreur de leur histoire. Ils n'ont aucune idée de ce qui peut se passer à Bangkok. Ils vivent ici dans un autre monde. Yake leur parle longuement de son expérience, de notre travail au CPCR et du sort des enfants à Bangkok.

Maître Teelapon ouvre son sac, présente une copie des dossiers, des photographies de chaque enfant. Les hommes se penchent sur les images, une lampe à pétrole à la main. Les deux pères de famille relèvent la tête, prononcent quelques mots en langue akha. Yake traduit : ce sont bien leurs filles. Il n'y a aucun doute.

Un jeune adolescent dit avoir reconnu deux autres petites filles d'un village voisin. Teelapon se propose d'envoyer Moo et Poo l'enquêteur, dès le lendemain, pour vérifier cette précieuse information. Yake le rebelle emmènera les deux hommes à Bangkok récupérer les petites filles. Excellente occasion pour les inviter à travailler avec nous. Un membre de notre équipe en profitera pour leur montrer la capitale et les risques pour les enfants qui s'y aventurent. De retour au village, le chef parlera de son expérience. Cette méthode d'information se révélera très efficace.

Le ciel est plein d'étoiles. Je peux voir les ombres des villageois discuter en buvant de l'alcool. Le son de la radio montagnarde arrive jusqu'à moi. Tandis que je suis assise contre la paroi de bambou, ma mémoire vagabonde. Je revois Toy, Sonta, les villageois et cette petite main qui s'agitait derrière nous. Jamais je n'oublierai.

Au matin, Moo et Poo partent vérifier l'information concernant le village voisin, Païthoon reste à Chiang-Rai pour diffuser le signalement des autres enfants, Teelapon et moi repartons à Bangkok avec Yake et les familles. Demain soir, une autre action est prévue dans la capitale et je ne veux pas la manquer.

Nous roulons entre les rizières. Pas d'école pour les enfants à moins de trois heures de marche. Aucun espoir d'émancipation pour cette population exclue du développement économique du pays. Leurs récoltes, achetées à bas prix par des intermédiaires de la ville, permettent à la communauté de vivoter. Il n'y a pas de médecin, pas de planning familial, pas d'hygiène. Les paysans vivent pieds nus dans la terre, accrochés à leurs montagnes. La riche époque des cultures d'opium est bien loin. Brûlés par les autorités, les champs de pavots ont été remplacés par des plants de thé. Bien sûr, les plantations d'opium existent toujours. Elles ont simplement émigré de l'autre côté de la frontière birmane, à quelques kilomètres de là. Alors, les hommes traversent la jungle, travaillent le temps d'une saison et reviennent au village, leur ceinture plus lourde de quelques pièces d'argent.

18

UNE NUIT D'HORREUR

Six heures du matin, nous arrivons au CPCR. La police a appelé. Des fillettes viennent d'être libérées d'un bordel. Par hasard. Un incendie s'est déclaré dans les cuisines de l'établissement et les pompiers ont récupéré dans les décombres les enfants en état de choc. Je cours au foyer avertir l'infirmière, Mme Daeng : il faut préparer une chambre pour les accueillir. La maison est encore calme, les autres enfants dorment encore. Les gamines du bordel incendié arrivent. Elles sont couvertes de suie, avec des vêtements en lambeaux et des brûlures superficielles sur les avant-bras. Elles sont originaires du nord du pays, des Akhas. Heureusement, d'autres fillettes viennent de la même région : elles ne se sentiront pas trop isolées chez nous. Elles ont toutes des blennorragies, une maladie sexuellement transmissible, qu'il faudra traiter avec des doses massives d'antibiotiques. Plus grave : trois fillettes sont séropositives. Elles ont entre dix et douze ans. L'une d'elles, la plus jeune, présente déjà les signes de la maladie. Déjà ! Quelle injustice !

L'équipe a très mal réagi à cette nouvelle. Une éducatrice a demandé la mise en quarantaine des trois enfants. Ce que je redoutais risque de se produire... la peur, l'incompréhension, l'exclusion. Nous en reparlerons avec les éducateurs. Si nous acceptons le moindre compromis, nous sommes fichus. Si des membres de l'équipe veulent remettre leur démission, soit. Nous les accepterons. Mais, avant cela, il faut leur prouver que l'on peut faire face en prenant les mesures de précaution qui s'imposent.

Pour l'instant, il faut régler les formalités de police. Un agent de l'office central attend, assis sur le sofa du salon. Ces flics thaïs ont décidément l'allure des cow-boys des séries télévisées. Ils roulent des épaules et gardent, en permanence, la main à hauteur de leur flingue. Inquiet, il m'observe du coin de l'œil et interroge Teelapon quant à la présence de l'étrangère que je suis. Sur les conseils de Teelapon, je saisis un balai et entreprends de nettoyer le bureau. Une *phareng* en femme de ménage ! Du jamais vu ! Du coup, il n'ose plus me regarder.

Je file m'occuper des fillettes. Dans l'état où elles sont, inutile de commencer un entretien. Il nous reste encore beaucoup de travail pour imposer quelques règles de psychologie de base. Personne, par exemple, ne s'inquiète des interviews réalisées d'emblée, sans préparation. Les journalistes thaïs ont accès au refuge pour interroger les enfants ! Résultat : nous nous retrouvons avec des enfants épuisés et encore plus dépressifs. Il faut mettre fin à ce genre de pratiques. On va préparer des dossiers, fournir les informations et les récits des enfants aux journalistes. Mais plus question de s'entretenir directement avec eux. Comme dans les pays avancés, où il est interdit d'interroger les enfants victimes d'abus sexuels ou de mauvais traitements. Il me faudra des mois de bagarre et d'explication pour faire accepter cette déontologie.

Au bout d'un an d'efforts, le centre fonctionne au-delà de toute espérance. L'équipe se développe, le foyer est pratiquement toujours plein et les libérations se succèdent à un rythme soutenu. Nous envisageons maintenant sérieusement de lancer un programme de prévention dans le nord du pays. D'après nos statistiques, soixante-dix pour cent des fillettes sont originaires de cette région. Une forte proportion d'entre elles ont eu des contacts avec des touristes. Le sida est devenu l'une de nos préoccupations majeures. Nous observons une nette augmentation d'enfants séropositifs. Et les conditions de sécurité se sont dégradées. Teelapon a été victime d'une agression peu commune: le tenancier d'un bordel du Nord, sur le point d'être arrêté, a... lâché son ours. Et maître Teelapon s'en est sorti avec une profonde morsure et dix-sept points de suture à la jambe gauche. Moins rocambolesque: Moo a échappé de justesse à un règlement de comptes et, pour ma part, les appels téléphoniques anonymes sont devenus quotidiens. Toujours le même scénario: des insultes, des obscénités ou même, plus angoissant encore, le silence à l'autre bout du fil. Rien. Si ce n'est le bruit d'une respiration.

A Bruxelles, Médecins sans frontières a changé trois fois le responsable du programme. Les interlocuteurs se succèdent. Chaque fois, il faut tout expliquer, tout démontrer. C'est un peu fatigant. Heureusement, le dernier journal interne nous signale l'arrivée du responsable régional que je connais. Un homme compétent. J'espère qu'il soutiendra notre action. Je suis écrasée de travail. Comme « coordinatrice », j'assume une partie du fonctionnement du foyer, la supervision de l'équipe et le suivi des dossiers. Dans le même temps, je poursuis mes investigations dans les bars et maintiens le contact avec certaines prostituées adultes. Les tâches administratives sont nombreuses et la comptabilité avec la fondation partenaire est compliquée: les factures arrivent dans le désordre, en thaï. Il faut donc les faire traduire, ranger... Je n'ai plus un jour à moi. Et lorsque je m'offre quelques jours à Hanoi, c'est pour les passer accrochée à mon ordinateur.

Médecins sans frontières souhaite des rapports synthétiques; François-Xavier Bagnoud exige des explications sur chaque enfant et on me demande le moindre détail: un casse-tête. La direction de la Fondation regrette de ne pas avoir imposé un rapport commun trimestriel à nos trois partenaires. Médecins sans Frontières, François-Xavier Bagnoud et la CEE... J'ai à peine fini un compte rendu que, déjà, il faut rédiger le suivant. Au bout d'un an, je commence aussi à ressentir une certaine fatigue morale. La nuit, je me réveille en sueur, prise de frayeur. Je dors la lumière allumée. Je n'ose pas raconter tout cela à Jean-Paul, persuadée qu'il me demanderait d'arrêter. Les appels anonymes se multiplient. Cette semaine, « ils » ont téléphoné toutes les nuits. Et toujours cette respiration au bout du fil. Je ne sais pas qui est derrière cette manœuvre. Mais je suis certaine que ma présence dérange.

Reste que le programme fonctionne de mieux en mieux, les enfants sont de plus en plus nombreux et nous allons bientôt monter un second foyer. Médecins sans frontières-France a ouvert voilà quelques mois un bureau de logistique. Le coordinateur, un Français d'une trentaine d'années, est un peu froid mais attachant. Je vais louer un bureau commun et profiter ainsi d'un véritable secrétariat. J'ai vraiment besoin d'un endroit pour travailler. J'en ai assez de voyager avec mon ordinateur et mes kilos de papier. Nous partagerons le même bureau pendant près de deux ans. Je me rappelle être arrivée un soir, totalement découragée. Nous venions de perdre une fillette de onze ans atteinte d'un sida foudroyant. J'avais beaucoup pleuré. Et il m'était impossible de le cacher tant mes yeux étaient gonflés. Nous avons parlé quelques minutes de cette histoire. J'avais besoin de quelqu'un à l'écoute. Rien de plus. Il s'est contenté de me dire que je me battais contre l'impossible, que j'aurais bien moins souffert... en faisant de la nutrition au Mali. On en est restés là.

Avril 1991, le pire de l'année, la température dépasse les trente-deux degrés. Une chaleur humide qui vous colle à l'âme. Poo vient de recevoir le coup de téléphone d'un médecin. Appel anonyme. Le toubib a été appelé dans un atelier familial pour y soigner une ouvrière blessée, une petite fille de onze ans, qui a eu un doigt arraché par une machine à filer le tissu. Quand le médecin a dit qu'il fallait hospitaliser la gamine en urgence, le contremaître a refusé : la fillette est une petite Laotienne, une ouvrière clandestine, retenue prisonnière dans l'atelier. Le patron a proposé d'acheter au prix fort le silence du médecin. Celui-ci a accepté mais, pris de remords, a téléphoné immédiatement au CPCR en indiquant l'adresse de l'atelier. Et il a raccroché. Les hommes du CPCR avertissent aussitôt la police et on retrouve facilement l'atelier clandestin, un bâtiment chinois dans un quartier du nord de Bangkok. Quatre enfants sont libérés. Parmi eux, Yom la Laotienne, mutilée d'un doigt, est envoyée immédiatement à l'hôpital. On tente une greffe. Deux semaines plus tard, Yom sort de l'hôpital. La greffe est un demi-échec : elle gardera un doigt raide, inutilisable. Les enquêteurs du CPCR retrouveront sa famille laotienne de l'autre côté de la frontière où Yom a été enlevée. Poo raccompagnera la gamine dans son village. Les retrouvailles donneront lieu à une fête extraordinaire au milieu du village. Poo en profitera pour informer la population sur le problème des enlèvements et des fausses agences de travail.

Le travail des enfants touche cent millions de gamins dans le monde, quatre pour cent du potentiel mondial de main-d'œuvre ! De passage à Bangkok, Carlos Bauverd, haut fonctionnaire du Bureau international du travail à Genève, a recueilli le témoignage de Yom la Laotienne et celui de dizaines d'autres enfants thaïlandais. Il nous a annoncé que le BIT allait lancer une campagne internationale contre le travail des enfants. Sa visite au CPCR n'a duré que quelques heures mais elle nous a redonné un peu de courage et d'espoir.

Le printemps s'achève, la chaleur devient torride. Le mois prochain, je rentre à Bruxelles pour l'assemblée générale de l'association. Jean-Paul doit m'y retrouver pour quelques jours. Cette dernière semaine est très chargée. Nous avons quarante-deux fillettes dans le foyer, des lits installés un peu partout et des résultats médicaux qui tombent comme autant de sentences : vingt-six gamines — plus de la moitié — sont séropositives ! En apprenant les résultats, deux éducatrices ont démissionné.

C'est la première fois que nous recevons un groupe aussi atteint. Il y a des Thaïes, des Birmanes, mais aussi des Chinoises de la province du Yunnan. On commence à se poser sérieusement des questions quant à l'existence d'un nouveau trafic d'enfants avec la Chine. Le CPCR a obtenu des autorités policières le droit de prendre en charge les fillettes étrangères. Une première ! D'habitude, elles sont immédiatement enfermées à la prison de l'immigration en attendant un rapatriement vers Rangoon ou vers le Yunnan.

Les Chinoises ont une histoire particulière. Elles ont quitté leur village avec un contrat de travail en main, ont marché dix-sept jours de nuit, à travers la campagne, avant de rejoindre la Thaïlande. En chemin, les passeurs qui les accompagnaient en ont profité pour les violer. Après la frontière : direction Chiang-Rai et Chiang-Mai en minibus. Là, le groupe a été divisé : les plus jeunes sont parties vers Bangkok, les autres sont restées enfermées dans un bordel pour Thaïlandais à Chiang-Mai. Quinze mois d'enfer. Je n'ai jamais vu des enfants dans un tel état de choc. On ne peut plus parler de mauvais traitements mais de tortures. Les gamines ont été régulièrement et sauvagement battues, à coups de bâton ou avec des lanières de cuir. Leurs corps portent d'incroyables traces de lacération, des plaies de plus de trente centimètres et, comme toujours, des brûlures en quantité.

Dans le foyer, l'ambiance est devenue épouvantable. Les enfants pleurent toute la journée. On en console une mais l'autre éclate en sanglots. On ne peut plus, comme par le passé, mélanger les enfants. Deux infirmières bénévoles travaillent avec nous tous les soirs. Les gamines font la queue pour recevoir des médicaments ou changer leurs pansements. Comment est-ce que les «crocodiles» et des gens aussi raffinés que Matzneff appellent cela, au fait? Ah, oui... le «nouvel amour».

Après la phase d'abattement, les enfants se montrent agressives, les Chinoises en viennent à se disputer avec les Thaïes, nous courons de l'une à l'autre. Il y a trop d'enfants, trop de détresses mêlées. Il va nous falloir plusieurs semaines pour maîtriser une situation pareille... En catastrophe, nous décidons de louer une maison à Chiang-Mai. Trois éducateurs sont volontaires pour lancer le nouveau refuge.

Là-bas, tout est calme et paisible. Mieux: ce second foyer va contacter les entreprises locales qui accepteraient des fillettes pour une réelle formation. A Bangkok, notre action restera concentrée sur l'urgence. Il faudra assurer une rotation des équipes. Pour que chacun connaisse les difficultés, mais aussi ce formidable sentiment de réussite quand un enfant parvient à retrouver sa famille.

Quant à moi, je cours. Je ne rentre chez moi que pour m'écrouler sur ma natte. J'ai quitté ma petite maison chinoise pour une véritable maison thaïe dans le même quartier. J'ai emménagé en une seule nuit. Toute l'équipe m'a aidée à transporter mes meubles et mes paniers. En vain. Dès la première nuit, le téléphone a sonné à six reprises. Ainsi, on m'espionne, on suit mes déplacements... Je n'ai pas fermé l'œil. Hier, au téléphone, un homme a parlé dans un mauvais français. Je pense qu'il lisait un texte qu'il ne comprenait pas. Il disait que j'allais mourir brûlée dans ma nouvelle maison. Plus personne n'était au bureau et la maison est en bois. Je me suis enfermée dans ma chambre, j'ai appelé Teelapon, mais il était absent.

Le silence de la maison était insupportable. J'ai bien cru devenir folle. Alors, j'ai mis de la musique classique et me suis concentrée sur... le *Requiem* de Mozart. A cinq heures, lorsque le jour s'est levé, j'ai cru que j'avais rêvé. La nuit suivante, j'ai été réveillée par le bruit d'une respiration : un homme était assis sur l'appui de la fenêtre extérieure. Je ne sais pas ce qui m'a pris. Je me suis jetée vers lui en hurlant. L'homme a eu si peur qu'il est tombé. Au petit matin, j'ai découvert du sang coagulé sur le sol de la cour. L'homme avait dû se blesser en tombant. Les voisins ont parlé de cambriolage. Quand Teelapon a entendu l'histoire, il a fait poser des barreaux à toutes les fenêtres. Le jour même, la maison était protégée. Mais, de mon lit, j'avais l'impression d'être en prison. Et si la maison brûlait ?

Evidemment, la nuit suivante, mon interlocuteur anonyme menaçait à nouveau d'y mettre le feu, en soulignant que les jolis barreaux de ma maison-prison étaient... parfaits. Cette nuit-là, Païthoon est venu dormir avec sa femme dans la chambre d'amis.

Heureusement, les nuits ont une fin. Et le petit jour me conduit au foyer d'enfants. La situation s'est enfin stabilisée. Le consul de Chine à Bangkok, un homme brillant et intelligent, a compris tout de suite l'intérêt d'une collaboration et négocie le rapatriement d'une trentaine de fillettes avec les autorités de Pékin et du Yunnan. Pour nous, il n'est pas question de les renvoyer sans garanties. Je suis étonnée que ce Chinois d'une cinquantaine d'années aux allures rigides porte autant d'intérêt à notre problème. Il lui serait si facile d'exiger des autorités thaïes un rapatriement sans condition. Mais il manifeste le souhait de voir le CPCR aboutir dans son enquête sur les réseaux qui utilisent les enfants de son pays. L'explication est claire : le nouveau gouvernement thaï semble en effet vouloir mettre un terme à une corruption trop spectaculaire. Ainsi, quand un bordel est fermé et si les filles sont thaïes, le tenancier risque une grosse peine de prison. Mais si les filles des bordels sont birmanes, laotiennes ou chinoises, bref, étrangères, la justice thaïlandaise s'intéresse en priorité aux gamines en qui elles voient d'abord... des immigrantes illégales. Du coup, la procédure contre le tenancier traîne et, parfois, s'enlise. Le temps gâché peut permettre une augmentation du trafic sur les frontières. Voilà pourquoi le consul chinois aimerait que nous allions au bout de notre enquête : nos renseignements seront utiles à son gouvernement pour briser l'émergence des réseaux sur la frontière.

Autre formule utilisée par les proxénètes : le faux foyer pour enfants. Un Américain du nom de Mark Morgan, connu des services d'Interpol, est suspecté de commerce d'enfants dans la région de Chiangmai. L'Américain a en effet ouvert un foyer d'accueil pour les enfants de la rue. Nous lui avions rendu visite dans l'espoir d'une collaboration. Il nous avait semblé fuyant, trop méfiant à notre égard. On avait préféré rompre le contact avec ce personnage douteux. Aujourd'hui, la presse thaïe dénonce sa participation à une filière de pédophiles scandinaves. Des voyages de touristes auraient été organisés pour rencontrer les gamins du foyer. Les enfants pensionnaires décrivent des scènes atroces. Deux enfants resteraient introuvables.

Cette affaire provoque une vague d'indignation dans les milieux diplomatiques et auprès des organisations non gouvernementales. La Fondation thaïlandaise vient de se porter partie civile. Si ce trafic a si bien fonctionné, c'est bien parce qu'il y avait des connexions thaïlandaises et étrangères. Il est stupide de vouloir nous faire croire que l'Américain a monté seul un tel réseau.

Au CPCR, le travail se poursuit. Nous prenons la décision de ne pas créer un centre spécifique pour enfants séropositifs malades. Ce n'est pas un problème de financement, mais nous ne voulons pas de ce genre de mouroir. Aussi longtemps que cela sera possible, nous essaierons de réintégrer les enfants dans une famille. Mieux vaut mourir dans un village de province, entouré des siens, que seul dans un hôpital. Surtout ici. L'exclusion, le rejet d'une gamine séropositive, ressemble trop à une condamnation à mort. Cette position va nous valoir bien des conflits. Je connais maintenant les difficultés rencontrées par les équipes qui vivent avec des enfants très malades ou en grand état de choc. Personnellement, je ne ferais pas ce genre de travail : je ne veux pas de cet ascenseur vers l'enfer.

Quelques jours plus tard, Teelapon se prépare à partir pour la province du Yunnan, en Chine. Ce soir, nous participons à un repas chinois préparé par les filles du foyer qui ont décoré le jardin de lampions rouges et de papier crépon. Certaines gamines ont l'air embarrassé. Celles-là ont accepté un contrat de travail à l'insu de leur famille. Elles espéraient vivre la grande aventure et se sont retrouvées dans un bordel thaïlandais. Quelle sera la réaction des parents ? Timidement, les filles nous remettent des quantités de lettres que Teelapon est chargé de distribuer. Nous rêvons tous de vivre l'instant où elles rentreront au pays.

Maître Teelapon me dépose chez moi, nous prenons un dernier thé et bavardons jusqu'à deux heures du matin. Il souhaite qu'un gardien assure la surveillance de la maison. Je continue de croire que ce n'est pas nécessaire. Nous nous quittons sur le pas de la porte, la voiture démarre. Je reste seule. Le téléphone du rez-de-chaussée sonne, un frisson me parcourt le dos. Pas ce soir ! Qu'il me fiche la paix ! Je ne réponds pas. La sonnerie retentit une quarantaine de fois. Puis s'arrête.

Un second appel suit le premier, je décroche : toujours cette respiration. La pièce du bas est entourée de fenêtres qui me font peur. Et s'il y avait quelqu'un dehors ? Je cours vers ma chambre, m'y enferme à double tour. Ici, les fenêtres sont fermées et aveuglées par un store. De l'extérieur, « il » ne pourra pas me localiser dans la pièce. C'est la première fois que j'envisage le pire. Je téléphone chez mon collègue de Médecins sans frontières-France. Personne. Maître Teelapon est sur la route, et Païthoon le prof dans le Nord. Cette fois je suis vraiment seule... Le téléphone sonnera toute la nuit. Impossible d'arracher le fil. Dire que je n'ai même pas la présence d'esprit de laisser le téléphone décroché ! Je recouvre l'appareil d'oreillers et de tout ce que je peux trouver autour de moi. Assez ! Je ne veux plus entendre cette sonnerie. J'écoute les bruits de la maison, ceux de l'extérieur. Mon cœur se met à cogner très fort. Chut... Silence. J'ai l'impression que quelqu'un marche autour de la maison. On bouge du côté de la fenêtre du bas, la grille s'ouvre, se referme, s'ouvre à nouveau. Si je continue d'écouter chaque petit bruit, je risque d'être délirante à l'aube. J'ai le sentiment d'être prisonnière dans ma propre maison. Je lutte contre moi-même pour ne pas courir jusqu'à la porte et franchir les cinquante mètres qui me séparent de la maison de Médecins sans frontières. Mme Tick m'ouvrirait. Cinquante mètres, c'est peu en temps normal mais beaucoup si je risque quelque chose. Dans quel piège suis-je tombée ? Ils n'ont pas hésité la première fois : les coups et les brûlures. Cette fois, jusqu'où iront-ils ? Je ne dois pas penser à cela. Jérémy dit que seules les mauvaises choses auxquelles on pense risquent d'arriver... Mais ses dernières lettres me disaient de faire attention. Cette fois, je sais ce qu'est la peur. Plus le temps passe, plus je me sens vulnérable. Je dois me résoudre à attendre le jour.

Quand le soleil se lève, mon réveil indique six heures. Mes voisins sont debout et la famille s'agite dans tous les sens. Comme tous les matins, le vieillard tousse à fendre l'âme, son fils enfourche son *touk-touk*, le chien aboie... De mes fenêtres, je ne vois rien. Pas de trace de mes visiteurs nocturnes. Peut-être ai-je rêvé toute cette histoire?

Je tourne la clef dans la serrure et pousse la porte qui donne sur la cour. Mon Dieu... Qu'est-ce que ce corps dessiné sur le béton avec une balle dans le cœur? Et ces inscriptions en thaï? Le chat de la maison a été cloué sur la porte. De la peinture fraîche dégouline des murs. Tout est rouge sang. On a dessiné des poignards sur les portes et les fenêtres. A l'arrière de la maison, un feu a été préparé, il suffirait d'y jeter une allumette pour que tout s'embrase. Mes jambes dansent. Cette fois, c'est très sérieux.

J'appelle mon collègue de Médecins sans frontières-France, Teelapon et Sanphasit, le directeur. En moins de vingt minutes tout le monde est là. Qu'est-ce qu'on fait?

Teelapon et Sanphasit se concertent. Mon thaï est encore insuffisant pour tout comprendre mais le moins que l'on puisse dire est qu'ils sont troublés. Teelapon souhaite que je quitte la maison pour quelques jours. Où vais-je aller? Mon collègue de Médecins sans frontières-France part pour le Laos demain matin. Je dois appeler le siège et en discuter avec eux. Il y a trois jours à peine, Eric, notre coordinateur régional, était ici. Il aurait certainement su ce qu'il faut faire dans une situation pareille. Surtout, ne pas téléphoner trop vite. La panique est mauvaise conseillère. Teelapon souhaite que je passe huit jours à Kanchanaburi dans le village-école de la Fondation. Il essaie maladroitement de me rassurer en répétant toutes les trois minutes que l'incident n'est pas très grave mais ajoute aussitôt qu'un gardien est désormais indispensable devant ma maison et qu'il n'est plus question pour moi de voyager seule. La situation commence à m'énerver: tout le monde veut décider pour moi!

Soudain, le téléphone sonne. Je fixe l'appareil. La

simple sonnerie me terrorise. Teelapon décroche et me tend le combiné. C'est Richard, un industriel rencontré dans le Sud pendant les fêtes de Noël. Nous nous voyons quand il passe à Bangkok. Il habite Phuket depuis trois mois. Il joue très bien au tennis et adore le bateau. A Noël, nous avons navigué deux journées ensemble. Un type très sympathique. Et drôle en plus ! Richard. C'est la providence qui me l'envoie...

Je lui raconte brièvement la situation. Il me propose de le rejoindre dans le Sud. La maison est immense, il y a un téléphone d'où je pourrai appeler Médecins sans frontières et Jean-Paul. Teelapon accueille cette nouvelle avec enthousiasme. Je ramasse quelques vêtements, ma trousse de toilette, deux dossiers, mon ordinateur et me retrouve sur le pas de la porte. Teelapon me conduit à l'aéroport. Par radio, il a déjà réservé un billet. Une heure de vol plus tard, je suis loin de cette maison couverte de peinture rouge sang. Et de son maudit téléphone.

A Bruxelles, Eric, le coordinateur régional, souhaite que je quitte le pays. Il veut parler à Teelapon, connaître l'avis des Thaïs. Je demande qu'il s'engage à défendre la poursuite de notre action par Médecins sans frontières quoi qu'il arrive. J'accepte de rentrer pour analyser la situation avec eux, mais je veux revenir. Entre-temps, je me propose de passer quelques jours à Phuket. Je ne veux pas quitter la Thaïlande en donnant l'impression de fuir. Richard, égal à lui-même, me laisse vivre à mon rythme. Ce soir, nous dînons sur la terrasse.

— Tu sais, Richard, je me sens beaucoup mieux. Je n'ai même plus peur.

Il s'empourpre :

— Arrête de te foutre de moi, tu veux ? Qui cherches-tu à tromper ? Ainsi, tu n'as plus peur... Alors pourquoi est-ce que tu sursautes dès que passe une moto sur le chemin ? Pourquoi est-ce que tu tires les rideaux dès que tu t'installes dans une pièce ? Et quand le téléphone sonne... Ah! ça non, ma petite Marie, tu n'as plus peur... Mais tu fais de tels bonds que j'ai pensé à décrocher ce putain de téléphone! Marie, écoute, tu crèves de peur. Et il n'y a pas de honte à cela.

Je ne réponds pas. Je plonge le nez dans mon assiette. Il a raison. Je décide de rentrer à Bruxelles.

Maître Teelapon est à l'aéroport, nous passons cette journée ensemble. Il a reporté son départ pour la Chine. L'avion est à vingt-trois heures, vol direct vers Bruxelles. Je pars, mais je n'abandonne pas ce programme, ni son équipe. Je serai de retour dans un mois.

Païthoon le prof est là aussi. Il me tend les derniers dossiers et m'encourage à revenir le mois prochain. Je l'entends me crier:

— N'oubliez pas les chocolats à votre retour.

En Europe, le drame kurde vient d'éclater. Toutes les forces de Médecins sans frontières sont concentrées sur cette tragédie humaine. Des milliers de gens fuient l'Irak. Les récits des équipes sur le terrain sont horribles. Chaque heure, des enfants meurent d'épuisement, de faim et des maladies contagieuses qui se propagent à une vitesse folle. Je comprends que mes problèmes de sécurité ne soient pas là une des préoccupations de la grande maison. L'urgence au Kurdistan, l'assemblée générale et le quotidien de Médecins sans frontières ont noyé mes problèmes. Quand mon responsable de programme rentre d'Irak, il est débordé par les journalistes et les demandes de financement de la CEE. Nous nous sommes fixé rendez-vous au moins trois fois. Il n'a jamais pu se libérer. J'ai le temps de réfléchir en l'attendant. Je ne suis pas la seule à patienter. De temps à autre, les responsables du Mozambique et du Zaïre viennent aux nouvelles. Sans succès. La veille de mon départ, je finis par rencontrer le responsable des opérations. La réunion dure vingt minutes. De quoi donner l'illusion d'une discussion.

Je suis repartie en me demandant pourquoi j'étais venue.

19

PATCHARA, LAO ET LES AUTRES

Quel voyage inutile, ce séjour en Europe ! Je rentre les mains et l'esprit vides. J'aurais mieux fait d'attendre, à Bangkok, le retour d'Eric, le coordinateur médical de Médecins sans frontières pour l'Asie du Sud-Est. Eric m'a toujours soutenue pendant ces longs mois de travail. A chacun de ses passages, nous avons abordé les difficultés rencontrées. Le problème le plus grave est évidemment celui de la séropositivité croissante chez les enfants. Je l'ai appelé plusieurs fois quand je perdais pied. Chaque fois, Eric est venu jusqu'ici. Chaque fois, il nous a apporté son aide. Notre programme est un des plus visités mais il faut reconnaître que la majorité de ces voyages sont sans effet. Comme Bangkok est une plaque tournante en Asie, la plupart des gens du siège de Médecins sans frontières se sentent obligés de nous rendre visite. Parmi nos visiteurs, il y a ceux qui n'ont jamais imaginé que des enfants de dix ou douze ans puissent être exploités dans des bordels et qui, stupéfaits, découvrent la réalité… dont nous parlons dans nos rapports depuis un an. Et puis, il y a les autres : ceux qui ne comprennent pas le projet et confondent notre travail avec celui de mère Teresa. Sans parler des professionnels de l'image qui ne trouvent « rien d'intéressant à filmer » dans un foyer d'enfants, mais imaginent volontiers tourner dans les bordels ou dans les usines clandestines. Heureusement, nous gardons notre humour.

Je retrouve ma petite maison. Maître Teelapon a fini par engager un gardien qui veille devant la porte de dix-huit heures à huit heures du matin. Et j'ai maintenant un « beeper » sur moi, un petit appareil qui me permet d'alerter l'équipe. Bien sûr, nous avons changé de numéro de téléphone.

A Bangkok, le foyer est toujours plein d'enfants. Les premières Chinoises viennent d'être rapatriées et la mission s'est déroulée sans problème majeur. Mais l'équipe n'a envoyé en Chine que les enfants qui n'étaient pas séropositifs. Il est difficile de prévoir l'attitude du gouvernement chinois face au problème du sida. Des journalistes racontent que les porteurs du virus sont, là-bas, systématiquement enfermés dans des prisons spéciales ; d'autres mentionnent une attitude relativement tolérante. Impossible de se faire une idée exacte.

Hier soir, treize petites Thaïes sont arrivées au foyer. Les plus jeunes, douze ans, s'appellent Patchara et Lao. Elles resteront inséparables. Je ne le sais pas encore, mais ces deux-là vont occuper une place particulière dans mon cœur. Elles sont jolies, avec des visages allongés, le corps très fin et la peau foncée des gens du Nord. Elles vivent ensemble dans la même chambre et chahutent tout le temps, parlent à voix basse jusque tard dans la nuit. Mme Daeng, l'infirmière, envisage même de les séparer. Je le lui déconseille. Cette amitié est importante ; elle va peut-être leur permettre d'échapper à cette dépression qui survient souvent quelques jours après l'arrivée des enfants prostitués. Deux personnes de notre équipe sont malades et je vais m'installer quelques jours ici. Au contact des enfants, les journées filent. Il y a toujours quelque chose à faire. Nous commençons un atelier de broderie et de fleurs en soie. Il faut absolument les occuper pour éviter la déprime qui les guette. Un professeur vient enseigner le thaï tous les après-midi. Lao et Patchara ont choisi ce programme. Elles étudient ensemble et nous les écoutons réciter l'alphabet. Lao rêve d'un atelier de couture dans son village ; Patchara imagine déjà qu'elles travailleront ensemble. Au moins ces deux-là ont des projets, un grand pas vers leur réinsertion. Vingt et une heures : je profite de la fin de soirée pour leur faire réviser leurs leçons. Et étudier moi-même le manuel de thaïlandais que je traîne dans mon sac depuis mon arrivée. Le dynamisme des fillettes gagne tout le groupe. Pourtant, une petite chose m'inquiète chez Patchara. Dans la douche, j'ai remarqué une tache brunâtre importante sur son épaule, quelque chose qui ne ressemble à rien de ce que nous connaissions jusqu'alors. Ce n'est pas une brûlure, mais une sorte de croûte épaisse qui recouvre la peau, par plaques. Je feuillette les livres médicaux de Mme Daeng. Aucune description ne ressemble à cette tache. Comme j'emmène tout le monde demain à l'hôpital pour des examens complets, j'en parlerai au médecin.

Ce soir, les enfants sont au lit et la fraîcheur est maintenant agréable. En compagnie de Moodame, une éducatrice, je prépare le thé chinois. Je rédige mon dernier rapport mensuel, installée à la table du jardin. Les moustiques dansent autour de moi ; un lézard, figé sur sa chaise, guette sa proie. Je lève la tête. Patchara est devant la porte. Elle est couverte de sueur, de grosses gouttes perlent sur son front. Je l'emmène à l'infirmerie. Sa température est à trente-neuf. J'examine encore une fois la tache brune. Tout cela n'annonce rien de bon. Je lui donne de l'aspirine et lui conseille de prendre une douche avant de se recoucher mais son matelas est trempé. Inutilisable. Je cours à la réserve en chercher un autre. Lao est assise sur sa natte, elle est inquiète. Je la rassure en trois mots de thaï, place les tortillons antimoustiques et branche le ventilateur. Je vais me coucher sur le balcon en bois. Impossible de retrouver le sommeil. Je me lève et marche en rond dans le jardin. Puis, assise sur la balançoire, je sens le découragement me gagner. Je ne suis plus que doutes et interrogations.

Et, toujours, ce sentiment de solitude qui me donne le vertige. Jean-Paul me manque.

Combien de temps encore avant de le retrouver à Hanoi ? Là-haut, sous la moustiquaire du balcon, quelques enfants dorment, libres. Mais des dizaines de milliers d'autres restent enfermés dans les bordels. Eux ne dorment pas. Notre action n'est qu'une goutte d'eau dans la mer... Mes amis du bout du monde ont peut-être raison. Dois-je me faire une « raison », accepter le fait que nous ne parviendrons jamais à renverser le cours des choses ? Dois-je tout abandonner ? Je suis fatiguée d'avoir peur ! Peur de l'agression. Peur aussi de ne pas assumer ce que cette équipe thaïe attend de moi. D'ailleurs, il ne leur manque que des fonds. Pour le reste, ils sont tout à fait capables de se passer de moi. Ce sont des professionnels. Est-ce qu'au moins je leur suis utile ? Et si, au contraire, j'entravais leur action avec mes problèmes de sécurité d'Occidentale ?

Pourtant, ils me considèrent comme leur égale, persuadés que je tiendrai jusqu'au bout. Je ne sais pas si j'en aurai le courage. Eux sont portés par leurs convictions politiques, leur désir de liberté. Moi, je ne suis portée que par le souvenir de Sonta. Sur le balcon, Lao a bougé. Elle est là, elle aussi, mais sans états d'âme. Soudain, je m'en veux d'avoir eu des pensées aussi noires. Comment puis-je abandonner maintenant ? Alors que le travail ne fait que commencer.

Le lendemain, à l'hôpital, notre ami médecin ne cache pas son inquiétude. A demi-mot, j'ai compris que le médecin suspectait un sida déclaré. Peut-être un syndrome de Caposis. Les Thaïs développent une infection de la peau qui, selon le médecin, est propre à cette région d'Asie. Quelque chose dont les symptômes ne ressemblent en rien à ce que nous connaissons en Europe. Pour Patchara, il faut attendre le résultat des analyses.

Retour au CPCR. Une dizaine d'enfants, des garçons de treize à quinze ans, viennent d'être libérés d'une fabrique de papier. Nous n'avons pas de place pour des garçons de cet âge. Nous proposons à un centre d'accueil d'enfants de la rue de les héberger. Pendant ce temps, nous allons rechercher les familles et traiter le problème légal. Ces gamins viennent de passer quatorze mois dans cette fabrique. Ils portent tous des traces de mauvais traitements. Deux d'entre eux marchent avec difficulté à cause de fractures mal soignées. La moitié des enfants viennent du nord-est du pays ; l'autre moitié arrive des bidonvilles autour de Bangkok. Ils ont fui leur pauvreté en pensant trouver mieux dans la capitale. Les agences de travail les attendaient sur le quai de la gare. Les conditions proposées étaient alléchantes : un logement, un salaire et un travail régulier. La réalité était différente : dix enfants par chambre, une gamelle de riz par jour, quatorze heures de travail, sept jours sur sept, et une porte fermée à clef. Impossible de s'échapper de cet enfer.

Il y a urgence à alerter les populations les plus menacées. Notre programme de prévention dans le Nord doit être développé. Une équipe de quatre personnes originaires des montagnes tente d'informer les villageois sur les réseaux d'esclavage. Ils emportent avec eux une vidéo portative et projettent un film qui relate l'histoire exemplaire de deux enfants : l'un finit dans un bordel ; l'autre dans une usine clandestine. Nous nous sommes inspirés des histoires vraies de Sonta et d'un autre gamin. Le document est traduit en différents dialectes locaux. Pour les plus jeunes, les membres de l'équipe distribuent des bandes dessinées. Leur présence permet aussi de surveiller les enfants rentrés au village et de recenser de nouvelles disparitions. Yake le rebelle reste bien sûr la pièce centrale de notre action de prévention au nord du pays. Il centralise les informations et contribue à leur diffusion sur les ondes de la radio de Chiang-Rai. Les villageois peuvent ainsi intervenir en signalant la présence d'agents recruteurs. Deux semaines plus tôt, le chef d'un village akha et plusieurs de ses hommes ont retenu prisonnière une femme qui proposait à la communauté des contrats de travail mirobolants. Une belle prise, qui permettra de démanteler un réseau de onze personnes.

Voyages, actions à Bangkok, recherche des familles, nuits au foyer, visites à l'hôpital, rédaction des rapports, enquêtes dans les bars... A ce rythme, les mois passent à toute allure.

20

SOÏ COW-BOY : LE *PACKAGE DEAL* DES JAPONAIS

Nous sommes déjà en juin et la saison des pluies a commencé. Le ciel de Bangkok est couvert de gros nuages gris, la circulation devient impossible et les égouts n'absorbent plus les tonnes d'eau qui se déversent chaque jour sur la capitale. A la demande de Teelapon, je continue de fréquenter les bars. Ce n'est pas l'activité que je préfère mais il est vrai qu'on peut y glaner souvent de très bonnes informations.

Direction *Soï* Cow-boy, une rue proche de Sukumvit Road. Depuis quelques années, ce *soï* concurrence Patpong. La prostitution y est moins agressive et meilleur marché. De nombreux bars sont réservés à une clientèle homosexuelle. Je connais dans cette rue un compatriote belge, Bob, un barbu qui est arrivé il y a quinze ans à « Krung Thep », « la Cité des anges », comme ils disent ici.

M. Bob a travaillé quinze ans sur un chantier en Arabie Saoudite. Là-bas, il a découvert le charme des Asiatiques avec les Philippines que les émirs arabes emploient comme domestiques.

Depuis, M. Bob a épousé une Thaïlandaise, histoire d'accéder au droit d'être propriétaire dans le pays. Selon la législation thaïlandaise, un étranger ne peut détenir plus de quarante-neuf pour cent des parts d'une société. Mais cette loi peut facilement être détournée en recourant à des hommes de paille thaïlandais. M. Bob est désormais propriétaire de trois établissements : L'Apache, le Ding Dong et le Quie Spot. Il possède un très beau loft qui surplombe l'un de ses établissements.

« Chez M. Bob, du sexe propre », annonce tranquillement une affichette.

A l'en croire, l'épidémie de sida est très exagérée et toutes ses filles sont soumises à un examen gynécologique chaque semaine, ainsi qu'à un test HIV mensuel. M. Bob affirme vouloir convaincre les filles d'utiliser les préservatifs. Sans résultat. Il reconnaît que le problème de la traite des femmes en Thaïlande est très important. Mais pas chez lui, bien sûr ! Puisqu'il est convaincu que des jeunes femmes se bousculent pour travailler dans ses bars. Il arrive même que M. Bob leur trouve des maris en Allemagne ou en France. Il soupire : l'ambassade belge à Bangkok, selon lui, ne collabore pas assez. Chaque pièce est vérifiée et les dossiers traînent. Les « mâles » finissent par se lasser et rentrent seuls au pays. Tant mieux.

M. Bob a ses préférences : il refuse les Arabes dans ses bars. Les filles se plaignent de leur violence. M. Bob préfère les Européens mais apprécie aussi les largesses des Japonais.

Le *package deal*, le voyage tout compris, est une belle invention nippone. Au Japon, les activités de groupe sont monnaie courante et les meilleurs cadres arrivent en Thaïlande pour un séjour d'une semaine. Les filles sont choisies sur catalogue et attendent leur client dans leur chambre d'hôtel. Un boulot propre, facile et discret.

— En général, ils changent de fille chaque soir. Il peut arriver qu'ils organisent des parties à plusieurs, dit M. Bob. Je refuse ce genre de séances. Les filles n'aiment pas ça. Mais j'ai rarement à intervenir. Je laisse les Japonais se débrouiller. Ils paient très bien.

Une chose est sûre : le *package deal* rapporte beaucoup d'argent à M. Bob.

Au début des années 80, des agences de voyages

européennes ont développé ce type de service. Dans les bars de Bangkok, il arrive encore que l'on surnomme les touristes les « Neckermann ». Simplement parce que certaines brochures allemandes de cette société recommandaient des hôtels destinés « à des voyageurs entreprenants en goguette ». Selon les informations de Chris De Stoop, journaliste belge qui a écrit une enquête sur la traite des femmes, la société Thaïland Express, du village hollandais de Horn, distribuait alors des brochures touristiques avec des photos de jeunes filles. Kanita Kamla, une grosse agence de tourisme de Bangkok spécialiste du voyage sexuel, a écrit ceci dans l'une des brochures : « Pour 2 695 florins ou 8 000 francs français : billets, hôtel au Dorchester et, tous les soirs, le choix entre six petites esclaves. Tous les jours à minuit, le guide tire au sort une fille pour les participants. L'heureux gagnant peut donc partager son lit avec deux petites chattes. » Dans la même brochure, Kanita Kamla mentionne quelques informations dites « culturelles ». Ecoutez : « A douze ans, les Thaïlandaises sont violées par leur père, puis initiées par leur mère à toutes les positions sexuelles. » Et pourquoi pas sodomisées par l'éléphant familial dans leur berceau ? Pauvre Kanita Kamla qui ne sait plus quel mythe évoquer pour promouvoir le tourisme !

Heureusement, ce type de document ne figure plus sur les présentoirs des agences de voyages, mais il continue à être distribué discrètement sous les tables de certains tour-operators en Occident.

Avant de quitter le bar de M. Bob, je profite d'une conversation avec une petite prostituée du nom de Noy pour vérifier ses dires. Bien évidemment, il n'y a pas de dépistage du sida. Contraception et préservatifs sont à la charge des filles. Elles ne sont pas séquestrées, c'est vrai. Mais leur sort n'est pas enviable pour autant : elles ont presque toutes un enfant placé en nourrice dans le Nord et gagnent à peine de quoi vivre. Le sort classique des prostituées d'Asie.

Surprise. Au moment de partir, j'aperçois Marc de l'autre côté de la salle. Marc est un infirmier d'une trentaine d'années qui, depuis près d'un an, vit entre Pattaya, Bangkok et Paris. Après avoir travaillé dans un camp de réfugiés, il est allé se reposer dans une *guest house* de Pattaya et n'en est jamais réellement reparti. Il travaille six mois à Paris et revient six mois en Asie, connaît toutes les filles de la côte, et se vante d'en avoir baisé une différente chaque nuit.

Nous avons déjeuné ensemble trois ou quatre fois à Pattaya. J'ai bien essayé de lui parler du sida. Mais il refuse toute protection, convaincu de l'absence de risque. Lui aussi invoque la propreté des filles et leur apparente bonne condition physique. Et il est infirmier !

Par des amies qui travaillent dans les bars de Patpong, je sais que Marc touche aussi aux enfants, aux petites filles d'un hôtel de l'artère Suriwongse. Je lui propose de prendre une dernière bière. Marc accepte. Nous quittons le brouhaha de la salle de danse pour la terrasse presque vide. Je le regarde. Il a maigri. Les yeux injectés de sang, le teint presque jaune. Je m'inquiète maladroitement de son état physique.

Il ne répond pas, détourne les yeux et change de conversation :

— Je cherche une piaule pour la nuit, je suis raide. Tu peux m'héberger ? Mon fric arrive demain avec une copine de Paris.

— Non, je ne veux loger personne chez moi. Mais je peux te donner de quoi payer ta chambre et de quoi tenir vingt-quatre heures. Pour le reste, tu sais te débrouiller.

Nous parlons pendant trois heures. Il fuit le sujet du sida. Je lui parle des gosses du CPCR. Il essaie de me convaincre que je me trompe. Et j'entends un discours que je connais trop bien :

— Les enfants, je les aime, je n'ai jamais fait de mal à qui que ce soit. Tu ne peux pas comprendre ce qu'elles ressentent quand je leur donne tout cet amour. C'est pas l'argent que je leur laisse qui compte, c'est la tendresse avant de retourner dans la rue. On peut aimer l'enfant sans le battre, ni même le pénétrer. Il y a les «jeux». Ils ont des mains expertes, tu sais?

Il fait chaud. Marc transpire beaucoup. Il enlève sa chemise de coton: son épaule et ses avant-bras sont couverts de taches brunes. Je lui montre son épaule:

— Hé! Qu'est-ce que c'est que ça?

Le masque tombe. Il me regarde dans les yeux et me jette:

— C'est à toi que je dois apprendre les symptômes de la maladie des maudits? J'ai le sida et je vais crever de cette merde. Et crois-moi, je ne serai pas le seul ici!

— Merde! Tu es malade et tu le sais. Et tu continues à coucher à gauche et à droite avec n'importe qui? Ces gosses ne t'ont rien fait. Tu n'as pas le droit de les contaminer pour te venger.

— Et moi, qu'est-ce que j'ai fait pour mériter cela? J'ai trente ans dans un mois. Et je sais que je vais crever ici! Seul!

— On peut t'aider à rentrer en France, à suivre un traitement. Pour que tu souffres moins. Contacter un membre de ta famille, un ami. Ecoute...

Peine perdue. Il s'est déjà levé. Je sais que mes arguments sont faibles. Mais qu'est-ce que je peux lui dire? Il a joué, il a perdu. Et un homme condamné reste une chose injuste, quoi qu'il ait pu faire.

Il a quitté la table, est allé au bar et a interpellé une fille. Et ils sont partis. Dans l'air, il y avait quelque chose qui ressemblait à un crime. Celui que Marc allait commettre avec cette prostituée.

Je suis partie, moi aussi.

Je suis rentrée chez moi pour une nuit d'insomnie assurée. Voilà des mois que je lui parle du sida, de la contamination possible. Et je l'entends encore se moquer de moi. Lui, l'infirmier, spécialiste de santé, a continué à faire l'amour sans préservatif, sans protection. Et maintenant, condamné à mort par sa négligence, il va continuer à coucher avec des dizaines de femmes, de fillettes et de gamins. Par désespoir, par haine ! Pour entraîner avec lui le plus de gens possible vers la mort. Des innocents, qui, avant de mourir, en tueront d'autres. Quel cycle infernal !

Je repense à Alain, à son discours, à ses livres préférés. J'ai lu le dernier ouvrage de Gabriel Matzneff qui raconte dans un journal intime ses aventures sexuelles à Manille avec de très jeunes enfants philippins. Extraits :

« Durant mes nombreux séjours aux Philippines, j'ai connu des gosses de toutes sortes : certains semblaient s'être passionnément attachés à moi, d'autres jouaient la comédie de l'attachement pour me soutirer des pesos, mais j'en ai connu aussi — et je me souviens en particulier d'une fillette de quatorze ans que m'avait présentée Jean-Jacques D. — qui, lorsque nous faisions l'amour, demandait avec impatience toutes les trois minutes : *It's finished?*, qui se dit en français : "Alors ton coup, tu le tires oui ou merde ?" » Page 249 : « Mes amours décomposés. » Continuons :

« ... Au Robinson's, j'étais seul et mélancolique, les jeunes personnes qui me faisaient des clins d'œil étant toutes, filles et garçons, des petites putes de la pire espèce, assurément vérolées, peu appétissantes. Je sortais quand un gosse frais et charmant, que j'ai d'abord pris pour une fillette, m'a regardé. C'était le bon choix, comme aurait dit Giscard ; oui, un joli gamin, pétillant de malice, parlant un bon anglais, écolier bien propre, treize ans. Il n'a pas voulu que je le baise, mais il m'a sucé à merveille et m'a fait jouir. [...] L'après-midi, "amour" avec une petite rose de quatorze ans. C'est une vraie sauvageonne qui s'est brossé les dents avec la crème après-rasage et a nettoyé ses chaussures avec le gant de toilette. Au lit cette rose en bouton s'est laissé effeuiller avec sensualité et ardeur. [...] Amoureusement, ce que je vis en Asie est très inférieur à ce que je vis en France, même si les petits garçons de onze ou douze ans que je mets dans mon lit sont un piment rare. Oui, un piment, mais seulement un piment : une épice et non le plat de résistance. »

Le journal intime de Gabriel Matzneff comporte 435 pages de descriptions de ce genre. Parfois, il évoque ses après-midi à regarder des films où les acteurs ont moins de quatorze ans :

« Après-midi à visionner des films pornographiques pédophiles chez JCG. Je connaissais certains de ces films pour les avoir vus à Dijon chez le malheureux Jacques S. Celui-ci les a remis à JCG quelques jours avant de se suicider. Sur la dizaine de films qu'il m'a projetés — films privés très supérieurs aux séries en vente à Amsterdam ou au Danemark —, trois au moins étaient excitants, beaux : une fille de treize ans et deux garçons de son âge, deux garçons de douze et treize ans, trois garçons âgés de dix à quatorze ans, se caressant, se suçant, se possédant, se faisant minette et feuille de rose, etc. C'était charmant, mais une fois de plus j'ai vérifié combien je suis peu spectateur : ce que j'aime, c'est vivre, et non regarder vivre les autres. »

Matzneff n'écrit pas une œuvre de fiction ; il rapporte des faits réels, ses heures passées avec des enfants en Asie entre 1983 et 1984.

Il écrit, disserte dans les salons et se raconte longuement à la télévision. Personne ne proteste.

Quand un autre écrivain a osé lui dire en direct que sa pédophilie l'écœurait et qu'elle constituait un crime, une partie des intellectuels a eu un haut-le-cœur. Dans *Le Monde*, dans un article titré : « Qui a peur de Gabriel Matzneff ? », une journaliste s'est indignée, au nom de la littérature et de la liberté d'expression : « Quand les journaux font des "dossiers" pour savoir si "la littérature peut tout dire", il faut commencer de s'inquiéter. Et lorsque les crimes racistes à répétition font moins de bruit à la télévision et dérangent moins la morale des dames d'œuvre que les amours, nombreuses, voluptueuses, tendres, et somme toute anodines, d'un homme très pacifique, il est urgent de s'inquiéter. »

L'article s'intéresse exclusivement aux aventures de l'écrivain pédophile avec de « ... très jeunes filles. Quinze ans, seize ans, dix-sept ans». Il omet seulement de noter que, par extraordinaire, Matzneff, qui parle aux Philippines de gosses de onze ans, ne mentionne plus, dès qu'il s'agit de Paris, que des jeunes filles dont l'âge lui permet d'échapper aux tribunaux. Seize ans en Europe mais dix ou treize en Asie. Allons ! Ceux qui protestent ne peuvent être que des « dames d'œuvre », des culs-serrés, voire des censeurs, aux tendances réactionnaires. Donc dangereux. Un peu d'amalgame, pas mal d'aveuglement et beaucoup d'hypocrisie. J'entendrai souvent ce genre de médiocres plaidoiries. « Qui a peur de Gabriel Matzneff ? » Personne. Sauf peut-être les gamins quand il pose sa plume.

Matzneff est un personnage public. Lui permettre d'exprimer au grand jour ses viols d'enfants sans prendre les mesures nécessaires pour que cela cesse, c'est donner à la pédophilie une tribune, c'est permettre à des adultes malades de violenter des enfants au nom de la littérature. A quoi bon lutter contre le trafic d'enfants, les revues qui utilisent des petits de six, sept, huit ans pour faire des photos ? La fillette dont abuse l'écrivain est semblable aux enfants rencontrés cent fois à Bangkok.

En France, un adulte aurait peut-être témoigné, un procès aurait peut-être eu lieu. En Asie, l'enfant prostitué n'est qu'un objet consommé. Il ne compte pas. En publiant son récit, Matzneff piétine les droits des enfants asiatiques, mais aussi ceux de tous les enfants. Son journal intime a été publié en 1990... l'année où la France a ratifié la Convention des droits de l'enfant. Double discours.

Ce sont des récits comme celui de Matzneff qui alimentent les phantasmes d'hommes en recherche d'enfants. Ce sont ces théories qui permettent à Alain l'architecte d'alimenter sa pathologie et de croire qu'il aime les enfants qu'il laisse au petit matin dans une chambre d'hôtel de Bangkok, de Saigon ou d'ailleurs. Chacun, à un bout de la chaîne, ceux qui achètent des enfants, les séquestrent, les obligent à se prostituer ; et les autres, ceux qui, comme Matzneff et ses frères, les trompent : tous participent à la même besogne. Quelle différence y a-t-il entre le Chinois du Suriwongse et Gabriel Matzneff ? Dans les faits : aucune. Tous deux ont négocié la vie d'une fillette, l'un pour du fric, l'autre pour coucher avec elle. Des enfants disparaissent chaque année en Europe, des gamins que l'on ne retrouve jamais et qui, probablement, alimentent les filières de pédophiles. Des milliers de faux touristes fréquentent les trottoirs de capitales comme Rio, Manille, Colombo, Bangkok à la recherche de gamins. Des maisons d'édition publient, en connaissance de cause, des adresses pour pédophiles. Des clubs internationaux s'organisent pour rassembler ces adeptes du « nouvel amour ». Amours anodines ? L'enfant qui fait « minette et feuille de rose », comme il est écrit si joliment, est le même que nous retrouvons, plus tard, sur sa natte trempée de sueur. Au mieux, il n'a affronté que ses cauchemars ; au pire, ces épisodes de fièvre annoncent d'autres symptômes, les douleurs de ventre, les aphtes dans la bouche, les infections pulmonaires et les taches brunes sur le corps. Tout ce qui fait le futur d'un gamin gagné par le sida. Aujourd'hui, nous savons tout cela.

Je n'ai pas dormi de la nuit. J'ai fini par brancher la vidéo sur un film policier américain. Les mêmes images ont défilé des heures, jusqu'au bout de la nuit. Jusqu'à l'épuisement.

Ce matin, j'en suis à mon troisième café fort, le bus pour le CPCR m'attend. Au foyer, la vie suit son cours. Une trentaine de fillettes vivent ensemble, juste le temps de rechercher les familles, de stabiliser les blessures, d'imaginer un futur. De nouveaux enfants arrivent, d'autres nous quittent pour rentrer chez eux. Nous nous attachons aux enfants, faisons face, avec eux, à toutes les difficultés. Nous devons, nous aussi, accepter les limites de nos interventions. Arrêter de se culpabiliser face aux diagnostics de sida. « Rationaliser », comme dit Bruxelles. Ils ont raison. Mais ce n'est pas si simple.

Patchara et Lao sont assises sur la balançoire au milieu du jardin. C'est leur jeu favori, elles adorent se balancer ensemble. Comme si elles se berçaient mutuellement. Patchara est malade, l'infection progresse à une vitesse foudroyante. Je ne l'ai pas vue depuis trois jours et son état s'est dégradé. Elle perd du poids de façon irréversible. La psychologue passe des heures à tenter de lui faire avaler des repas vitaminés et des boissons sucrées. Mais sa bouche est couverte de petites cloques et d'herpès. Chaque bouchée la fait atrocement souffrir. Le pronostic de l'hôpital est très mauvais. L'équipe médicale fuit le contact et refuse à demi-mot de la prendre en charge. Notre ami médecin ne sait comment justifier le comportement de son équipe. C'est pourtant simple : comme nous tous, ils ont peur de la mort. Et Patchara est une petite fille qui va mourir. Nous le savons tous. Moi aussi je voudrais pouvoir le refuser.

Parfois, je me dis que je suis incompétente et nulle, parce que moi aussi j'ai peur. Mais, à d'autres moments, je suis fière d'être incapable d'accepter de voir un enfant mourir. Ce sentiment, je l'ai eu en travaillant à l'hôpital cinq ans plutôt. Comme une révolte. Qui ne m'a plus jamais quitté.

11 mars 1992. Patchara est morte.

Patchara est morte cette nuit. Elle s'est éteinte comme la flamme d'une bougie au petit matin. La nouvelle a claqué comme une gifle dont la violence me brûle encore la joue. Je voudrais croire, avec mes collègues thaïs, qu'elle est là-haut, portée par les esprits. Qu'elle reviendra un jour sous une autre forme. Patchara est morte et, avec elle, les espoirs de Lao et les miens. Je suis au bout de mes ressources, incapable d'assumer cette nouvelle disparition, cet échec sur la vie. Je suis restée toute la journée dans mon lit, sans décrocher le téléphone, à réécouter la cassette du *Petit Prince*. Le climatiseur crachait son souffle glacial et le froid me rappelait les hivers de chez nous, en Europe, loin de cette horreur.

Rentrer en Europe ! Quitter la Thaïlande. Retourner à Bruxelles et retrouver Jean-Paul, ma famille et l'hôpital. Une vie normale. La nuit est tombée avec son cortège d'angoisses. J'ai vidé mes placards, plié mes vêtements et préparé mes valises. Demain, à la première heure, j'irai prendre mon billet d'avion, direction Bruxelles. J'ai rangé la maison pour faciliter la tâche à mon ami Païthoon, qui viendra déménager les lieux. Et j'ai avalé un somnifère.

Quand je me réveille, ma montre indique dix heures et les rayons du soleil qui traversent les persiennes dessinent des ombres sur mon lit. Il est tard. Au CPCR, maître Teelapon doit s'inquiéter de mon retard. Je descends l'escalier, passe devant mes valises dans l'entrée sans oser les regarder et je fonce vers la salle de bains. Il faut faire vite.

— Mally ! Ouvre-nous !

Teelapon et Païthoon frappent à la porte.

J'ouvre. Teelapon bute sur mes valises et me regarde, interdit. Païthoon se plante devant moi :

— Vous n'avez pas le droit de partir ! Pas sans nous prévenir. Pas sans nous dire au revoir. Pas vous, Mally...

C'est la première fois que « le prof » me parle aussi

directement. Teelapon attrape mes deux valises, grimpe l'escalier et les dépose sur le lit. Il a le regard noir. Sur un ton sec et sans appel, il me propose de préparer un petit sac de voyage et de prendre quelques jours de vacances dans la maison d'une famille thaïe.

Laquelle ?

— Mais la mienne, bien sûr! répond l'ami fidèle.

Dans le jardin du foyer, Lao est restée des heures, assise sur la balançoire rouge. Seule.

Avec le départ de Patchara, ce sont ses projets et ses rêves qui se sont envolés. Elles rêvaient de partager le même atelier de couture, de rendre visite à leurs familles ensemble, de grandir main dans la main. Aujourd'hui, pensive, elle continue ses cours de thaïlandais, étudie ses leçons sur cette même balançoire. Parfois, elle parle seule dans sa chambre. Dans ces moments-là, les autres enfants ne la dérangent pas. Depuis peu, nous savons: Lao, elle aussi, est atteinte du sida.

21

UN VOYAGE EN CHINE

J'attendais cette fin de semaine. Mon ami Hans arrive ce soir de Bruxelles. Je dis ami, parce que je le ressens ainsi. En vérité, je le connais très peu. Nous habitons le même immeuble à Bruxelles, quatre étages où vivent un vieil horloger mystérieux, un couple de brillants universitaires et Antoine, un Grec hypnotiseur.

Dans cette maison, je me suis tout de suite sentie chez moi. Nous l'avons visitée et achetée avec Jean-Paul, un soir, à la lumière d'une lampe de poche.

Deux jours plus tard, il partait pour le Viêt-nam. J'ai emménagé seule un dimanche après-midi. Les déménageurs trimballaient les caisses et les meubles quand un garçon est entré pour me proposer un café. Une tradition hollandaise veut que les voisins, à cette occasion, préparent boissons et sandwiches. Quand je suis repartie pour Bangkok, Hans s'est proposé pour me conduire à l'aéroport. Nous avons échangé quelques lettres. Et le voilà qui arrive pour quatre jours à Bangkok. Tant mieux.

Le CPCR prend toute ma vie. Alors, je profite des visites de Jean-Paul à Bangkok ou des week-ends à Hanoi pour me recharger les batteries. Vingt-quatre heures de bonheur contre quinze jours d'horreur. Heureusement, il y a parfois les joies de tous les jours, le contact des enfants et de l'équipe.

La présence de Hans est bienvenue. Nous nous promenons sur les canaux à la découverte des quartiers anciens. Païthoon, en vrai «prof», m'a noté en thaï les meilleures adresses à visiter: le marché chinois et ses pagodes enbaumées par l'encens, les petits restaurants typiques. Nous courons les boutiques de soieries et traînons chez Jim Thompson pour trouver des petits cadeaux pour tout l'immeuble de Bruxelles. Courte visite. Mais une grande respiration. J'en avais besoin.

Lao nous fait la tête depuis quelques jours. La fillette a changé. Elle fuit le contact, évite toute conversation et a agressé Mme Daeng, l'infirmière. Devant tout le monde, Lao l'a traitée de menteuse. Perdre la face en Asie est la pire des choses qui puisse arriver et Mme Daeng s'est écroulée en larmes. Elle aussi est psychologiquement épuisée. Chacun, ici, est à la merci d'une défaillance. Lao claironne à qui veut l'entendre que le docteur s'est trompé. Qu'elle n'est pas malade. Il nous reste à attendre patiemment que l'enfant se stabilise. Et à tout reprendre à zéro.

Dire ou ne pas dire la vérité sur le sida? Il est plus facile de se taire. Mais les risques de contamination, eux, existent réellement. Les enfants retourneront dans leur village. Et nous nous devons de prévenir les autres. Même si je doute de l'utilisation du préservatif dans les villages du nord du pays. Il faut parier sur l'avenir. Nous y sommes condamnés.

Les jours filent, nous sommes déjà en juin. Je suis allée ce matin dans les bureaux de Médecins sans frontières-France. J'ai rencontré par hasard Frédéric Laffont et Stéphane Thiollier, deux reporters de l'agence Interscoop à Paris. Ils sont de passage pour une dizaine de jours, pour réaliser un reportage sur les équipes de Médecins sans frontières sur le terrain. Ils préparent le sujet depuis près de deux ans déjà et n'ont jamais entendu parler de notre action. Pas étonnant. Notre petit projet est noyé au milieu d'un flot de catastrophes. Je regrette un peu de les avoir bousculés tous les deux ce matin: ils me parlaient de réfugiés, j'étais pressée et je pensais à Lao, aux petites Chinoises et au cortège de problèmes quotidiens. Pourtant, trois minutes ont suffi pour que je comprenne qu'ils n'étaient pas de faux baroudeurs mais de vrais professionnels.

Frédéric et Stéphane sont rentrés en France, choqués par ce qu'ils avaient vu et entendu. Ils m'ont appelée régulièrement depuis, des appels importants qui m'ont permis de tenir bon. Autour d'eux, ils ont parlé du projet. Nous avons commencé à exister officiellement. Leur visite avait duré vingt-quatre heures, mais elle a changé notre quotidien. Plus tard, Frédéric deviendra membre du conseil d'administration de Médecins sans frontières-France et continuera à soutenir notre projet. Quelque part, nous étions moins seuls.

Juillet, août et la saison des pluies, septembre et les premiers ciels bleus, octobre, novembre et les tournées dans les villages des tribus akha et lishu... Des journées trop courtes et des nuits d'insomnie peuplées de coups de téléphone anonymes. Nous accueillons de plus en plus d'enfants chinois, des fillettes de onze à quatorze ans, kidnappées ou volontaires pour un travail en usine et récupérées dans les plus infâmes bordels de Chiang-Rai. Le commerce des enfants s'étend aux frontières birmane et chinoise. Une gigantesque pieuvre, dont les tentacules ont relâché un moment les enfants thaïs pour s'attaquer à de nouvelles victimes. Les réseaux se déplacent, depuis toujours, en fonction de l'offre et de la demande. Les clients ont quitté les Philippines pour les enfants srilankais ; ils sont aujourd'hui à Bangkok et à Pattaya, en Thaïlande, demain au Viêt-nam ou au Cambodge.

Ce soir, je suis invitée chez John que je n'ai pas revu depuis plusieurs mois. Rien n'a changé dans l'appartement. Les poteries chinoises sont toujours aussi jolies, le canapé est recouvert d'une cotonnade de Bali. Je me rappelle les moments passés ici avec Toy. Trois ans déjà. Je ne l'ai jamais revu. De la cuisine, se répand une odeur de soupe de poisson pimentée, une spécialité thaïe améliorée par mon ami John. John travaille toujours entre Bangkok et Hong Kong mais aussi au Viêt-nam. Nous passons une excellente soirée mais John évite soigneusement de parler de notre action et de la prostitution des enfants. Nous nous quittons vers vingt-trois heures. J'ai promis à une jeune prostituée de Patpong de lui apporter contraceptifs et préservatifs. Je propose à John de m'accompagner pour boire un dernier verre. Fatigué, il décline l'invitation.

A Patpong, j'aperçois mon amie derrière le comptoir, je lui tends le paquet et une carte du CPCR. Un signe de la main et me voilà dehors. La rue est noire de monde, des touristes achètent les copies Cartier, un groupe fait la queue au Pink Panther pour le spectacle du week-end. J'aperçois maître Teelapon et Moudame, la psychologue, de l'autre côté de la rue. Moudame propose une nouvelle boîte à explorer. L'endroit est détestable et bondé de monde. J'en ai assez et Teelapon me propose de rentrer. Nous traversons Patpong. Devant un bar, un jeune Thaï interpelle Teelapon, bavarde quelques instants et souhaite s'arrêter quelques minutes à l'intérieur de l'établissement. Je le suis. J'entre... Et mon sang se glace.

Devant moi, sur un tabouret, face au comptoir, John tient un adolescent d'une quinzaine d'années sur ses genoux. L'homme et l'enfant se caressent le corps. Je ne peux pas le croire.

Teelapon me tire par la main au milieu de cette foule. John s'est levé précipitamment. Il m'a vue. Il traverse la salle et nous voilà face à face. Il bredouille quelques phrases que je n'entends pas. J'ai envie de m'enfuir, je ne peux oublier ce que je viens de voir. Il était là, assis sur ce tabouret, derrière le bar, un gamin dans les bras. Dans ma tête, les souvenirs se bousculent. J'entends de nouveau les mots de Toy — «Tu t'es trompée sur John, Mally... » —, les mises en garde de Virginie et je revois la lettre de

John, celle envoyée de Hong Kong d'où il me demandait pardon. Pourquoi n'ai-je pas vu tous ces signes, ou plutôt pourquoi n'ai-je pas voulu les voir ? Pourquoi suis-je restée sourde et aveugle sur ses comportements parfois étranges ? Je me serais probablement méfiée d'un homme vulgaire, au langage rude, au visage mal rasé... Mais pas de John, un ami, un proche. Nous avions des parcours semblables, des amis communs, les mêmes intérêts, les mêmes envies de changement. On se battait tous les deux pour un monde meilleur. Lui aussi, un pédophile... L'idée m'est insupportable. Pourquoi m'a-t-il joué cette comédie ? Comme tous les pédophiles que j'ai rencontrés, il a deux vies. En une minute, sur cette image de John, je viens de toucher le fond. Depuis le début de mon travail ici, il m'est difficile d'accepter qu'un homme puisse un jour éprouver cette envie d'enfant. Je viens de perdre mon ami. Pis, j'ai l'impression d'avoir perdu ce qui me restait d'insouciance. Quelque chose en moi s'est définitivement brisé. Après John, mon regard sur le monde ne sera plus jamais le même.

La main de Teelapon m'a entraînée vers la sortie. Mon corps a suivi le mouvement comme une poupée de chiffon. Les journées qui ont suivi ont été douloureuses. « Tu t'es trompée, Mally... » La phrase de Toy me hantait. Il avait très vite compris que John trichait. Moi, aveuglée par mes sentiments, je n'avais rien vu.

Jean-Paul est de passage à Bangkok.

Nous avons pris la décision quelques mois plus tôt de nous marier en Asie. Après plusieurs épreuves administratives, une date vient enfin d'être fixée. 21 novembre 1991, l'ambassadeur de Belgique lit rapidement quelques passages obligatoires. Douze minutes plus tard, je sais que j'ai maintenant accès au compte bancaire de Jean-Paul ! L'ambassadeur a préféré parler de « coffre familial »... Les gens manquent décidément de romantisme. Une coupe de champagne et une dernière question de M. l'ambassadeur : où est exactement le « lieu de vie commune » qui caractérise tout bon mariage ? Je lui répète que je ne vais pas vivre à Hanoi et que mon mari ne vivra pas à Bangkok ! L'ambassadeur nous regarde, totalement désabusé. Le voilà qui nous parle d'annulation du mariage... Mais nous sommes déjà sur le trottoir, reprenant nos vies par la main. Aujourd'hui, c'est la fête ! Dès demain, Jean-Paul repart pour Hanoi et moi vers la Chine. Nous vivrons notre voyage de noces deux mois plus tard. Un voyage merveilleux... mais glacial, à New York, par moins vingt-deux degrés !

Pour l'heure, l'équipe vole vers le Yunnan avec, à nos côtés, onze petites Chinoises. Des fillettes qui rentrent au pays après dix-huit mois de prostitution forcée. Trois d'entre elles sont séropositives. Nous avons travaillé plusieurs mois avec le consul de Chine à Bangkok pour identifier les familles et reconstituer l'histoire de chaque enfant. A l'aéroport, des officiels chinois nous attendent. Le chef de la police et toute son équipe sont présents : longues déclarations et verre de l'amitié. Dehors, le ciel est gris et le thermomètre affiche quatre degrés. Mes amis thaïs se sont habillés comme pour une visite au pôle Nord. Ils sont drôles, couverts de leurs pulls et de leurs manteaux chauds. Les enfants se sont regroupées derrière nous ; la joie et l'angoisse se lisent sur leur visage. Des officiers vérifient les papiers, posent les cachets et examinent chaque photo. Nous attendons depuis près de deux heures dans cette salle au carrelage délavé. Puis, transfert en minibus pour les fillettes et en voitures de police pour la délégation thaïe. Les Chinois me regardent étrangement. Nous allons passer dix jours dans cette petite ville de la province du Yunnan. Des parents sont venus jusqu'à nous. Ils ont traversé le pays pour retrouver leur enfant, ont passé des heures à faire des déclarations, à signer les papiers et à courir les administrations. Mais ils sont là, pour accueillir leur enfant et rentrer au village.

Les fillettes rient et pleurent à la fois et nous les voyons partir dans de vieux bus soviétiques. Des mains s'agitent, une autre vie commence.

La journée, nous courons les rendez-vous et les rencontres protocolaires ; la nuit, nous en profitons pour découvrir cette Chine si mystérieuse. Les trois membres de l'équipe passent des heures à manger sur les marchés ; ils essaient tout, y compris les « canards déshabillés », les canards laqués. Moi, je flâne dans les rues étroites, j'achète des quantités de pinceaux chinois, de feuilles de riz et de casquettes Mao. Je grignote des tofus aux mille parfums en essayant de mémoriser les odeurs et les bruits du pays. Il y a des vélos partout, des sonnettes qui chantent, des bruits de gorge et la toux grasse des vieux assis sur les petits bancs. Incroyable Chine. Au hasard d'une rue, je croise de très vieilles dames, leurs pieds minuscules enfouis dans des chaussons en velours noir. Des vieillards en costume de travail bleu encre, dernière image du communisme de Mao, déambulent sur les grands boulevards. Les affiches de cinéma sont peintes à la main, les acteurs de Hong Kong ont des visages naïfs. Nous logeons dans un petit hôtel que les autorités ont mis à notre disposition. Les nuits sont fraîches et l'eau chaude est rare. De ma chambre, j'aperçois une rangée de petites maisons. Les ouvriers qui y vivent ressemblent à des fourmis en perpétuelle activité. Une fumée épaisse s'échappe des cheminées et le vent d'automne porte la délicieuse odeur des soupes de nouilles.

Ce matin, nous avons accompagné Tchou dans sa petite ville natale. La fillette de treize ans paraît beaucoup plus jeune. Tchou s'est échappée du bordel où elle était retenue prisonnière en utilisant un conduit de ventilation. Cette petite fille, experte en gymnastique chinoise, est d'une souplesse impressionnante. A la nuit tombée, elle s'est glissée dans le conduit, a rampé sans un bruit jusqu'à l'extérieur et, une fois libre, a couru jusqu'au premier bureau de police. Par chance, l'enfant possédait quelques mots de thaï. Le policier, avec qui nous avions déjà travaillé par le passé, nous a contactés sans délai. Le témoignage de Tchou a permis la libération de treize enfants et de vingt et une jeunes femmes.

Les parents de Tchou sont des artisans qui fabriquent des colorants naturels pour tissus. Le père travaille dans les quelques mètres carrés de sa cour, mélangeant les plantes et les écorces d'arbres pour obtenir une poudre de couleur. Sa femme teint des pièces de tissu qui sèchent sur de longs fils qui traversent la rue. Cette petite dame au corps frêle et aux cheveux gris nous a accueillis sur le pas de la porte. Quelques mètres derrière nous, Tchou guettait la réaction des siens. Nous avons assisté, émus, aux retrouvailles de la fillette et de ses parents. Et nous sommes repartis. Tchou n'avait plus besoin de nous.

De retour à Bangkok, nous avons repris le travail quotidien, les réunions, les soirées au foyer, les rapports administratifs. Nous avons maintenant deux maisons d'accueil pleines d'enfants. Nous manquons toujours de place. Nous ne souhaitons pas développer d'autres lieux d'hébergement. Les associations thaïlandaises doivent prendre le relais et créer d'autres lieux d'accueil pour des enfants en difficulté. J'apprécie beaucoup les membres du comité de la Fondation pour les enfants. Leur participation ne se limite pas à offrir des budgets importants : ils réfléchissent aussi en termes de stratégie.

Nous sommes en décembre 1991 et je viens de recevoir un appel surprenant de Paris. Des journalistes du magazine *Elle* ont assisté à la conférence de presse de Médecins sans frontières-France qui célèbre ses vingt ans cette semaine. On a projeté trois émissions de cinquante minutes: les reportages de Frédéric et de Stéphane. La Thaïlande et les enfants prostitués terminaient la série des trois émissions. Dix minutes d'images fortes, des regards d'enfants et la voix de Michel Piccoli qui nous parle du dernier esclavage du XXe siècle. A Paris, la salle est restée silencieuse.

La rédaction du magazine *Elle* souhaite me remettre le Prix de la Femme de l'année 1991. Un titre symbolique. J'avoue que je ne comprends pas grand-chose à cet intérêt soudain. Mais j'espère que cela va contribuer à briser un isolement de près de deux ans maintenant. Les journalistes Patricia Gandin et Marie-Françoise Colombani, choquées par le contenu du reportage, ont décidé de remuer ciel et terre pour que la vérité éclate au grand jour. Médecins sans frontières-France a découvert sur le petit écran le combat que nous menions contre l'esclavage des enfants thaïs. La machine infernale des médias s'est emballée et on ne parle plus que de notre action. Les pressions se font plus nombreuses et le téléphone sonne toutes les trois minutes. De Bruxelles, aucune réaction. Je pars pour Paris pour quelques jours, conférence de presse, journalistes, et rendez-vous multiples.

J'ai la désagréable impression de me faire manipuler par les uns et par les autres. Des bruits courent déjà sur des choses que je n'ai pas dites, et parfois même pas imaginées. On s'interroge sur l'intérêt d'une telle action: souci moral ou défense des droits de l'enfant. Toujours la même vieille et inutile polémique. Une chose est certaine, le sujet dérange de nombreuses personnes. Facile de coller les étiquettes de moralisatrice ou de pasionaria pour masquer la réalité du débat.

Quelques personnes comme Xavier Emmanuelli, Frédéric, Stéphane et quelques autres vont se battre pour que l'Association s'engage. Quotidiens et magazines publient des articles, tantôt de vrais témoignages, pudiques et forts; parfois des reportages à sensation qui me remplissent de honte. Ils veulent tous interviewer des enfants victimes, visiter des usines clandestines et participer aux libérations des bordels avec la police. Hé, pardi! C'est tellement simple. Evidemment, ce n'est pas possible. Je retrouve des journalistes qui, trois mois plus tôt, se moquaient encore de cette action. Aujourd'hui, nous existons sur la place publique. Alors les choses sont différentes. Une journaliste d'un magazine parisien à sensation souhaite vivre à nos côtés trois semaines et enquêter sur les réseaux d'enfants... de moins de six ans. Le scoop, comme elle dit. Je refuse ce genre de visite. Certains se fâchent, d'autres tentent de nous séduire ou de jouer les victimes. Une émission de télévision souhaite recevoir sur son plateau une fillette thaïe pour témoigner. Je connais la position de mon équipe sur ce sujet: c'est non. De retour à Bangkok, je vois des journalistes débouler sans prévenir dans le bureau de Médecins sans frontières et du CPCR. Je me demande si nous ne sommes pas en train de vivre un mauvais rêve. Je n'ai aucune expérience de ce type de communication.

Je ne pourrai jamais oublier une scène: un matin, j'arrive, seule, au bureau de Médecins sans frontières. Mme Tick, la femme de ménage, a préparé du thé chinois, il y a du courrier, des fax, des messages téléphoniques et une journée chargée en prévision. Un homme barbu d'une quarantaine d'années entre et, sur un ton suffisant, s'annonce comme grand reporter d'un magazine français très connu. Moins de trois minutes plus tard, il a établi « notre » programme pour les prochaines quarante-huit heures. Je lui demande de répéter. Sans aucune concertation, il a imaginé que j'allais accepter de perdre des heures précieuses à courir les bordels en sa compagnie en échange de mon nom dans son papier. Notre collaboration s'est arrêtée là, mais ce personnage m'a empoisonné la vie pendant trois jours.

Heureusement, nous avons aussi rencontré de vrais journalistes, des professionnels qui écoutent et vérifient chaque information. Des hommes et des femmes capables de mener leur propre enquête, humains et respectueux du travail de toute une équipe. Beaucoup d'entre eux sont devenus de vrais amis, qui par la suite nous ont aidés dans notre travail d'explication en Europe.

Le Prix de la Femme de l'année nous a permis d'exister face aux instances internationales et aux autorités thaïes. Notre lutte contre l'esclavage des enfants a quitté la clandestinité pour vivre au grand jour. Sur le plan personnel, je me suis exposée à l'admiration des gens et plus encore aux jalousies et aux rivalités. J'ai gagné de nouveaux amis ; j'en ai perdu beaucoup aussi. La moindre erreur, le moindre faux pas fait l'objet de critiques. Peu importe ! Personne ne pourra m'enlever ce que j'ai vécu.

En décembre, plusieurs sections de Médecins sans frontières ont décidé de lancer une campagne d'information auprès des agences de voyages. Une idée intéressante proposée par un ex-directeur d'agence touristique en poste à Médecins sans frontières-Suisse. Dans la pratique, seule la branche suisse a mis ce projet à exécution. Des affiches ont été placées dans les agences de voyages qui se sont engagées à joindre une lettre d'information à tous les billets achetés à destination de Bangkok. Cette campagne, dirigée par Paul Vermeulen, est un succès. Trois mois plus tard, les agences demandent encore ces lettres informatives. A Bangkok, nous avons reçu plus de six cents lettres de soutien en moins d'un mois. Les ambassades de différents pays ont collaboré activement au soutien de cette campagne.

Les photos de Micheline Pelletier sont sorties dans *Paris-Match* qui a publié des images du projet dans le Nord, du village-école de Kanchanaburi et une scène de baignade dans la rivière Kwaï. De belles photos, disent les Thaïs. Un magazine local thaïlandais a publié ces mêmes photos ainsi qu'une partie du reportage écrit. J'avoue que lorsque ces photos sont sorties, une nouvelle vague de critiques a « traversé » l'océan. J'en ai assez de ces bêtises. Me voilà accusée de manque de réserve avec les enfants et de flirt avec mon coordinateur... maître Teelapon ! Il faudrait avoir, comme Jean-Paul, la force d'en rire. Mais les membres de notre équipe sont choqués par ces rivalités très occidentales. Une fois de plus, Teelapon, le directeur Sanphasit et ses collègues vont tout faire pour que ces critiques ne m'atteignent pas. Heureusement, cette nouvelle attaque est arrivée pendant la visite d'un journaliste du *Nouvel Observateur.* Nous avons travaillé ensemble pendant presque deux semaines. J'étais très réticente à son arrivée. Nous avions beaucoup de problèmes dans nos deux foyers d'enfants, des enfants sidéens en phase terminale, Lao en très mauvais état et une équipe sur les genoux. Nous étions tous très fatigués et l'idée d'accueillir un journaliste en plus ne simplifiait pas la situation. Nous avons organisé une colonie de vacances dans le Sud avec les enfants, profité de ce temps pour rafraîchir les maisons et repeindre les murs. Le journaliste est arrivé comme prévu. Nous avons passé beaucoup de temps ensemble dans les différentes étapes du projet. Nous sommes allés dans le Nord, dans la maison de Yake et, pour la première fois, j'ai livré toute la solitude ressentie durant ces années au CPCR, l'abandon des gens de ma propre culture, les étiquettes de moralisatrice et de religieuse. Je lui ai parlé plusieurs heures de cette grande aventure avec mes amis thaïs, je lui ai tout dit de mes peurs, de cette vie en équilibre constant, des appels anonymes et du besoin permanent de lumière la nuit. Ce soir-là, je me suis endormie libérée de tous ces sentiments. Au petit matin, j'ai tiré les conclusions de ma confession et j'ai décidé de quitter la Thaïlande au mois de septembre suivant, six mois plus tard. Je suis allée me promener dans la montagne avec Teelapon et je lui ai annoncé ma décision. Maître Teelapon m'a prise par les épaules :

— Tu ne pars pas réellement, Mally. Aide-nous là-bas, en Europe. Aide-nous à trouver de nouveaux financements, à convaincre la Communauté européenne de l'existence du trafic d'enfants en Asie.

J'ai dit oui, bien sûr. Et nous avons marché. Il souriait :

— J'avoue que je ne croyais pas que tu resterais tout ce temps-là avec nous. Jamais je n'oublierai tous ces moments partagés ensemble.

Pour moi aussi, c'était inoubliable.

Le journaliste du *Nouvel Observateur* est reparti pour la France mais nous avons gardé le contact par téléphone et par courrier. Je lui ai confié que, depuis quelques semaines, je me sentais moins en sécurité à Bangkok. Les médias thaïlandais et asiatiques ont relayé l'information concernant ma présence dans cette action. Appels anonymes, lettres de menaces se multiplient au point que les gardiens de la maison démissionnent les uns après les autres. Je dors de temps en temps au bureau de Médecins sans frontières. Je suis partie dix jours dans le Nord avec mon équipe. A mon retour, la femme de ménage, affolée, a trouvé un colis déposé devant la porte de la maison. Une boîte de la poste contenant des abats et un message, en forme de question, collé sur le volet interne du carton : « Est-ce de l'homme ou de l'animal ? » Une lame de couteau était plantée dans la viande. « Une menace à prendre au sérieux », ont dit les Thaïs.

Trois colis sont arrivés en moins de huit jours. Ni les voisins, ni le gardien ne peuvent expliquer comment ces colis sont parvenus jusqu'à la porte. Le dernier était accroché au montant du volet de ma chambre à coucher. Je ne dors plus la nuit. Hier soir, je suis allée dans un bar de Patpong, un lieu géré par un Français. Je le connais bien. Mais cette fois, il était agressif, m'a accusée de casser le commerce avec mes campagnes d'information et mes positions sur le sida. En quittant le bar, les marques de ses doigts sont restées imprimées sur mon bras droit. Il m'a rattrapée dans la rue pour me montrer un gros Chinois, un homme d'une quarantaine d'années au physique peu sympathique :

— Si tu continues ce boulot, il s'occupera de toi, et je ne te le souhaite pas !

La peur est devenue mon fidèle compagnon, elle ne me quitte plus un seul instant.

Quelques jours plus tard, un autre colis est arrivé à la maison. Teelapon l'a ouvert, il était étrangement léger. Une boîte vide avec un couteau à la lame aiguisée. Un seul message en thaï et en anglais : « Peut-être serez-vous le prochain colis ? » disait le papier blanc taché de liquide rouge.

J'ai appelé Médecins sans frontières à Bruxelles et ensuite Jean-Paul à Hanoi. Et j'ai décidé d'avancer mon départ de Thaïlande. Cette décision était la meilleure pour moi-même et pour tous ceux qui souhaitaient mon départ. Les Thaïs se sont chargés de mes effets personnels et de la maison. Partir en catastrophe est quelque chose d'horrible.

Pour la première fois, j'ai l'impression d'abandonner mon équipe, les enfants, Lao et tous les autres. Teelapon et Païthoon m'accompagnent à l'aéroport. Nous ne sommes pas prêts à cette séparation.

22

L'ADIEU À BANGKOK

Assise sur le siège arrière, je laisse les souvenirs défiler. Je me revois arrivant en Asie, en 1986 : j'avais vingt-cinq ans et c'était l'aventure ! Je me rappelle les adieux à l'aéroport de Bruxelles et mes premières balades à Bangkok. J'avais envie de tout vivre, de tout voir, je croyais comprendre ce qu'était l'Asie. Du bout des doigts, j'ai effleuré la culture, les gens et leur histoire. J'ai surtout appris à me connaître. J'ai cru longtemps que la solitude me faisait peur et, pourtant, je l'ai surmontée. J'ai découvert qu'il suffisait de désirer les choses très fort pour trouver la force de les réaliser. Que chacun pouvait déplacer des montagnes s'il laissait parler en lui l'enfant qui nous habite tous. Le mien était, il est vrai, particulièrement turbulent. Il n'a pas grandi, il est toujours là. Il existe sûrement dans ma propre histoire quelque chose qui rend intolérable toute disparition d'enfant. Je crois, grand-mère Simm, l'avoir mieux compris. Dans les camps de réfugiés vietnamiens et cambodgiens, jamais je ne me suis habituée à cet univers de barbelés, à la présence brutale des militaires thaïs et à leurs vexations. Et quand j'ai compris que des enfants étaient enlevés pour alimenter les réseaux de prostitution, je me suis interdit toute réflexion philosophique et j'ai laissé parler ce qui était en moi. Pendant quatre ans, cette colère m'a portée.

Sonta a été la petite lampe témoin qui m'a guidée

sur ce chemin chaotique. C'est elle qui m'a empêchée de démissionner et de plier bagage. Quand elle est morte, au printemps 1991, dans ses montagnes, entourée des siens mais sans moi, j'ai failli, une fois de plus, tout abandonner. Mais il y a eu Lao, Patchara et tant d'autres, ces petites flammes que j'ai vues partir vers leur village ou vers la mort. Elles m'ont donné la force de continuer.

J'ai quitté mon ami Toy, deux ans plus tôt, sur un trottoir de Bangkok. La rue était noire de monde et c'était l'heure du déjeuner : il m'a caressé la joue et s'est glissé dans un taxi. Une main s'est agitée et puis, plus rien. Depuis, pas un signe. Si j'éprouve de la tristesse, ce n'est pas de ne pas l'avoir revu, mais de ne pas comprendre la raison de son silence. La pire des choses est de ne pas savoir pourquoi quelqu'un a disparu. Aujourd'hui, je vis avec cette énigme.

Les rencontres avec les pédophiles, Alain, Nicolas, Helmut et les autres ont été des moments très difficiles. Je les ai haïs avant de comprendre le mal-être qu'ils portaient en eux. Je n'accepte toujours pas ce qu'ils font mais je peux réfléchir aux possibilités de traitement et à une action de prévention. Avec John, mon ami, le traître, j'ai cru que mes forces me lâchaient pour toujours. Et je garde un pincement au cœur. Et puis, il y a tout le chemin parcouru avec maître Teelapon, Païthoon le prof, Sanphasit le directeur et l'équipe du CPCR. Les grands moments, les crises et les fêtes, les visites au village-école de Kanchanaburi ou chez Yake le chef rebelle dans les montagnes du Nord, les nuits à discuter autour d'une lampe à pétrole, le voyage en Chine et ses parfums. Ce sont des centaines de pages de mes cahiers de route, une aventure que j'ai couchée sur le papier pour ne jamais oublier. Tous les détails sont là. Je sais que je peux y retrouver les odeurs des marchés, le son des instruments de musique et le cliquetis des anneaux de métal que portent autour du cou les femmes girafes de Birmanie. J'ai connu en Thaïlande les moments les plus durs de mon existence, je me suis sentie abandonnée et jugée, j'ai côtoyé la maladie, la torture, le spectre du sida et la mort, j'ai aussi vécu des moments extraordinaires, la libération d'enfants, les victoires successives contre la pieuvre de la mafia chinoise et l'affection sans détour de toute une équipe qui ne m'a jamais déçue, jamais trahie. Mon carnet d'adresses s'est modifié : j'en ai volontairement rayé certaines, d'autres se sont perdues mais celles qui sont restées ou sont venues s'ajouter à ce carnet couleur bordeaux ne le quitteront plus.

Il est temps de laisser mes amis thaïs. Nous avons fait ensemble un long chemin, un parcours avec le moins de fautes possible. De toute façon, je préfère regretter nos erreurs que d'avoir le remords de n'avoir rien fait.

Ils vont poursuivre leur lutte pour sortir les enfants des bordels. Il reste tant à faire. Je n'ai fait que les accompagner dans ce projet qui est le leur. Le mien est de me battre sur mon propre terrain, en Europe, là où la philosophie fumeuse du « nouvel amour » a ses racines.

Dans quelques minutes, je passerai le dernier contrôle de douane. Toute l'équipe est là. Ils sont une vingtaine à agiter les mains. Teelapon et Païthoon détournent le regard.

Lao traverse le couloir en courant, le douanier la laisse s'approcher. Sa petite main osseuse me glisse une enveloppe de papier cartonné bleu, des larmes roulent sur son visage. Je caresse le front de cette enfant malade. C'est peut-être la toute dernière fois.

On me presse de rejoindre la salle d'embarquement, je marche, somnambule, dans les couloirs de ce gigantesque aéroport. Dans l'avion, je me laisse aller contre l'appui-tête. Les souvenirs m'assaillent, il y en a trop. Mon voisin, un homme d'une cinquantaine d'années, charmant monsieur en voyage d'affaires, s'inquiète de mes larmes. Je fuis son regard.

Je ne veux pas partager mon histoire. Pas encore. Il est trop tôt.

Dans mon sac, ma main froisse le papier épais de la lettre que m'a remise l'enfant malade. J'ouvre l'enveloppe bleue. A l'intérieur, une seule feuille et un dessin naïf au crayon gras. Je reconnais le foyer, les arbres et la cour noircie par des têtes d'enfants. Et, au fond du jardin, dessinée à gros traits, la balançoire avec une enfant. Seule. Celle qui a signé cette lettre en forme d'adieu : « Lao ».

Épilogue

CE QU'ON PEUT FAIRE

La lutte contre la prostitution des enfants n'est pas un combat désespéré. Il y a des actions à mener. Des garde-fous peuvent être rapidement mis en place :

— Il est urgent de lever toute ambiguïté sur le problème de la pédophilie et de lutter contre la banalisation du concept du « nouvel amour ». Aujourd'hui, on peut, sans grandes difficultés, trouver sur le marché des magazines et des livres qui promeuvent ouvertement la pédophilie. Comment s'étonner dès lors de l'existence de réseaux ou de clubs internationaux ayant pignon sur rue ? Un rappel : la loi qualifie de crime l'agression sexuelle vis-à-vis d'un enfant.

— La prévention : les enfants, comme les parents, doivent être informés des dangers encourus. Les milieux de l'éducation, professeurs, instituteurs, animateurs socioculturels, etc., doivent jouer un rôle important dans cette information. Il est par ailleurs courant que les pédophiles s'orientent vers les milieux de l'éducation, pour être plus proches des enfants. Pourquoi ne pas réfléchir à la mise en place de formes de dépistage qui permettraient d'éviter le recrutement d'enseignants de ce type ? En cas de délit, il convient de sanctionner pénalement son auteur. Il est déplorable qu'un établissement scolaire choisisse, par peur du scandale, de couvrir le personnel impliqué ou lui permette, comme c'est trop souvent le cas, de reprendre ses activités dans un autre établissement, sans tenir compte du traumatisme causé à l'enfant et des risques à venir. Une formation adéquate devrait aussi être dispensée au personnel des centres médicaux afin qu'il puisse dépister, en temps utile, les cas de pédophilie.

— Il convient d'organiser le suivi systématique des petits garçons victimes de viols et ce, jusqu'à l'âge adulte. Au travers des nombreux témoignages, nous avons pu observer que les violeurs d'enfants avaient souvent eux-mêmes été violentés au cours de leur jeunesse. Le violé devient violeur. Et le cycle de la violence se perpétue.

— Il est temps, en Europe, de généraliser la prise en charge des pervers sexuels. L'expérience du centre Pinel de Montréal est reconnue par de nombreux professionnels. Pourquoi ne pas imaginer des unités spécialisées dans le traitement des délinquants sexuels en prison comme à leur sortie ? Pourquoi la justice et la médecine ne pourraient-elles pas agir ensemble dans ce domaine, coopérer pour prendre en charge les délinquants sexuels et sauver ainsi du viol d'autres victimes potentielles ? Une chose est claire : il ne sert à rien de jeter un violeur en prison sans lui assurer un traitement psychologique. D'abord, parce que ce genre de délinquant est aussi, souvent, un homme en détresse. Ensuite, parce que, une fois sa peine purgée, il ressortira et, presque toujours, il récidivera.

— La collaboration entre les différentes polices n'est pas suffisante dans ce domaine. Trop de pédophiles récidivistes voyagent librement vers des régions du tiers monde où ils peuvent s'adonner à leur manie sans encourir de poursuites judiciaires. Des réseaux se sont constitués pour assurer la promotion de circuits criminels. Des guides indiquant les endroits de rendez-vous sont disponibles sur le comptoir de nos marchands de journaux. Un rappel : la Convention des droits de l'enfant s'adresse à tous les enfants, qu'ils soient riches ou pauvres.

— Nous retrouvons à Bangkok les pédophiles qui

fréquentaient hier les Philippines ou le Sri Lanka. Ils sont souvent connus des polices locales ou de leurs ambassades respectives sans que rien soit fait pour limiter les abus. La Communauté européenne pourrait exercer les pressions nécessaires sur les pays qui montrent trop de complaisance à l'égard de l'exploitation des enfants dans le cadre du travail illégal ou du tourisme sexuel. A noter que le Bureau international du travail à Genève développe des stratégies visant à aider certains pays pour une politique réaliste et acceptable sur le travail des enfants. Des recommandations ont déjà été faites au gouvernement thaïlandais. Récemment, le gouvernement indien a accepté de revoir les mesures de protection à l'égard des enfants travaillant dans les usines de tapis.

Vous pouvez aussi soutenir nos actions à Bangkok. Trois adresses :

— En France : Association Tomorrow, CCP : 136 301 Z, 34000 Montpellier. Mentionner : CPCR, Bangkok.

— En Belgique : Familles sans frontières, ASBL. Compte : 240 0860784-10. Déduction fiscale. Mentionner : CPCR, Bangkok.

— En Suisse : White Lotus Foundation. Compte : 12-2048-5. Union des banques suisses, Genève. Mentionner : CPCR, Bangkok.

Pour nous joindre : Marie-France Botte et Jean-Paul Mari, Boîte postale 3, 1180 Bruxelles 7, Belgique.

— A noter l'action contre le tourisme sexuel menée par l'ACPE, 76, rue de la Verrerie, 75004 Paris.

— Pour toute information plus précise, contacter le délégué général aux droits de l'enfant et à l'aide à la jeunesse : WTC, tour 1, 20e étage, 162, boulevard Émile-Jaquemin, 1210 Bruxelles. Tél. : (33-2) 219 74 01 — Fax : (32-2) 219 63 02.

REMERCIEMENTS

Ce livre tout entier, le travail auprès des enfants de Thaïlande, le fonctionnement du projet, l'enquête et l'action sur place, la découverte des camps de réfugiés, les différents voyages et le long séjour en Asie du Sud-Est... de l'essentiel jusqu'aux choses du quotidien, rien n'aurait pu exister sans le travail et la conscience professionnelle des uns et la chaleur, la fidélité, la confiance et l'amitié des autres. Qu'ils sachent que nos remerciements sincères vont à chacun d'entre eux, même et surtout s'ils sont nombreux.

Au *Nouvel Observateur*, sans qui notre rencontre, à Bangkok, n'aurait pas eu lieu.

A la Foundation For Children. Bangkok (CPCR) : Toy, Teelapon, Sanphasit, Païthoon, Biphop, Moo, Poo, Dr Sem, Dr Uthai, Mme Daeng.

A Médecins sans frontières-France : Dr Rony Braumann, Dr Xavier Emmanuelli, Dr Marc Castellu-Etchegorry, François Dumaine, Dr Luc Fréjacques et sa femme, Jean-Luc Nahel, Anne-Violaine Macon, Michel Fitzbin, Xavier Descarpentiers, Jean-Christophe Rufin, Brigitte Vasset.

A Médecins sans frontières-Belgique : Dr Reginald Moreels et le conseil d'administration, Dr Jean-Pierre Luxen et toute son équipe, Dr Lydie Van Cauwenberg, Anne Reumont, Olivier Thiteux, Dr Eric Goemaere, Béatrice Logie, Nadine Van Wallegem, Dr Myriam Henkens, Mimi Jourdain, William Claus, Dr Paul Gigase, Drs Patrick et Geneviève Maldague, Marianne Van De Calseyn, Carlos Deboul, Daniel Roland, Annette Bodart, Raymond Philippon, Marc Wolf, Dr Alain Destexe, Claire Bourgeois, Robert Collart.

A Médecins sans frontières-Suisse : Paul Vermeulen et le conseil d'administration.

A François-Xavier Bagnoud : la présidente Albina du

Bois Rouvray. Le conseil d'administration : Denis Severis, Georges Casati, Bruno Bagnoud.

A S.M. le roi Baudouin et à S.M. la reine Fabiola.

A Terre des Hommes à Lausanne : Tim Bond.

A la Communauté européenne à Bruxelles et à Bangkok.

Au Bureau international du travail à Genève : Carlos Bauverd.

A l'ambassade de Belgique à Bangkok : M. l'ambassadeur J.-M. Noirfalisse et Ariane Juzen.

A France Liberté : Mme Mitterrand et son équipe.

A la Fondation Marina Picasso : Marina Picasso et son équipe.

A la Délégation générale aux droits de l'enfant à Bruxelles : Claude Lelièvre.

A l'institut Emile Vandervelde : André Flahaut et son équipe.

A Défense enfants international (DEI) à Genève.

A Parents anonymes Montréal : Jocelyn Paiement et Celyne Muloin.

A l'Association contre la prostitution des enfants à Paris : Monique Lousteau.

A la Croix-Rouge.

A l'Hôpital universitaire Saint-Pierre de Bruxelles et l'Office national de la naissance et de l'enfance : Pr Vainsell, Pr Dachy, Pr Dopchy, Dr Levy, Dr Beeckmans, Dr Barbara Gevers, Anne-Marie Cauwenberg : « Salle 33 ».

A Maître Paul Lombart, à Paris.

A Sygma : Micheline Pelettier-Decaux et Alain Mingant.

A Interscoop, Paris : Frédéric et Lise Laffont, Sophie et toute l'équipe.

Aux amis : Patrick Van De Velde, Georges Ponette, Serge Christians, Marcel Van Erps, Pierre Jambor, Lionel Rosenblatt et Yvette Pierpaoli, Brigitte Maitre, Jeremy Condor, Yvan Sturm, Simone Brocard, Catherine Nickbarte-Mayer, Yolande et Pierre Goemaere, Marie-Noelle Grell, Anne-Marie Demarbay, Michel Brent, Colette Brackman, Claire Nœsen, Béatrice Bracht, Gabrielle de Fierlant Dormer, Muguette Cozzi, Yvette Hirsch, Francine Versavel, Jacques Vanhee, André Flahaut, Marie-Françoise Lucher-Babel, Nigel Cantwels, Maxime Leforestier, Yohanne Verheyen, Michel Letrowska, Caroline Soupart, Hans Morenhout, Andrée Despy, Christine Borowiak, Patricia Gandin, Marie-Françoise Colombani, Georges et

Geneviève Deroux, Rosalba Commando, Gilles Cock, Richard Erman, Dominique Gilles, Amélie d'Aultremont, Mme Nicoli, Dr Marcel Germain, Samuel Luret, Ly Sophat, Nacer Leshaef, Marie et Jean Kamps, Charuvan Sursock.

Aux services clubs de la ville de Nivelles. Union Soroptimist, Suisse, Verviers, Binche, Charleroi, Soleilmont. White Lotus Foundation de Genève. Association Enfants de Thaïlande. Rotary de Genève, de Charleroi et de Fontaine-Lévêque. Institut Emile Vandervelde. Société littéraire de Hasselt. Comité Belge pour l'Unicef. Cepac Bruxelles. Fifty One de Binche et de Ohain. Lyon's Club de Waterloo et de Charleroi. Connaissance et Vie. Kiwanis de Charleroi. Marie de Contée. Troupe théâtrale Les Jeunes Planches.

A ma famille.

TABLE

Grands romans

La littérature conjuguée au pluriel, pour votre plaisir. Des œuvres de grands romanciers français et étrangers, des histoires passionnantes, dramatiques, drôles ou émouvantes, pour tous les goûts...

ADLER PHILIPPE
Bonjour la galère !
1868/1
Les amies de ma femme
2439/3
Mais qu'est-ce qu'elles veulent ces bonnes femmes ? Quand il rentre chez lui, Albert aimerait que Victoire s'occupe de lui mais rien à faire : les copines d'abord. Jusqu'au jour où Victoire se fait la malle et où ce sont ses copines qui consolent Albert.

ANDREWS™ VIRGINIA C.
Fleurs captives
Dans un immense et ténébreux grenier, quatre enfants vivent séquestrés. Pour oublier leur détresse, ils font de leur prison le royaume de leurs jeux, le refuge de leur tendresse, à l'abri du monde. Mais le temps passe et le grenier devient un enfer. Et le seul désir de ces enfants devenus adolescents est désormais de s'évader... à n'importe quel prix.
- Fleurs captives
1165/4
- Pétales au vent
1237/4
- Bouquet d'épines
1350/4
- Les racines du passé
1818/5
- Le jardin des ombres
2526/4
La saga de Heaven
- Les enfants des collines
2727/5
C'est l'envers de l'Amérique : la misère à deux pas de l'opulence. Dans la cabane sordide où elle vit avec ses quatre frères et sœurs, Heaven se demande comment ses parents ont eu l'idée de lui donner ce prénom : «Paradis». Un jour, elle apprendra le secret de sa naissance.
- L'ange de la nuit
2870/5
- Cœurs maudits
2971/5
- Un visage du paradis
3119/5
- Le labyrinthe des songes
3234/6
Ma douce Audrina
1578/4
Etrange existence que celle d'Audrina ! Sur cette petite fille de sept ans, pèse l'ombre d'une autre : sa sœur aînée, morte il y a bien longtemps dans des circonstances tragiques et qu'elle est chargée de faire revivre.
Aurore
Un terrible secret pèse sur la naissance d'Aurore. Brutalement séparée des siens, humiliée, trompée, elle devra payer pour les péchés que d'autres ont commis. Car sur elle et sur sa fille Christie, plane la malédiction des Cutler...
- Aurore
3464/5
- Les secrets de l'aube
3580/6
- L'enfant du crépuscule
3723/6
- Les démons de la nuit
3772/6
- Avant l'aurore
3899/5

ARCHER JEFFREY
Le souffle du temps
4058/9

ASHWORTH SHERRY
Calories story
3964/5 Inédit

ATTANÉ CHANTAL
Le propre du bouc
3337/2

AVRIL NICOLE
Monsieur de Lyon
1049/2
La disgrâce
1344/3
Isabelle est heureuse, jusqu'au jour où elle découvre qu'elle est laide. A cette disgrâce qui la frappe, elle survivra, lucide, dure, hostile, adulte soudain.
Jeanne
1879/3
Don Juan aujourd'hui pourrait-il être une femme ? La belle Jeanne a appris, d'homme en homme, à jouir d'une existence qu'elle sait toujours menacée.
L'été de la Saint-Valentin
2038/1
La première alliance
2168/3
Sur la peau du Diable
2707/4
Dans les jardins de mon père
3000/2
Il y a longtemps que je t'aime
3506/3
L'amour impossible entre Antoine, 14 ans, et Pauline, sa belle-mère.

BACH RICHARD
Jonathan Livingston le goéland
1562/1 Illustré
Illusions/Le Messie récalcitrant
2111/1
Un pont sur l'infini
2270/4

Grands romans

BELLETTO René

Le revenant
2841/5
Sur la terre comme au ciel
2943/5
La machine
3080/6
L'Enfer
3150/5

BERBEROVA Nina

Le laquais et la putain
2850/1
Astachev à Paris
2941/2
La résurrection de Mozart
3064/1
C'est moi qui souligne
3190/8
L'accompagnatrice
3362/4
De cape et de larmes
3426/1
Roquenval
3679/1
A la mémoire de Schliemann
3898/1

BERGER Thomas

Little Big Man
3281/8

BEYALA Calixthe

C'est le soleil qui m'a brûlée
2512/2
Le petit prince de Belleville
3552/3
Maman a un amant
3981/3

Loukoum, douze ans, est un Africain de Belleville, gouailleur et tendre comme tous les gamins de Paris. Mais voilà que sa mère décide soudain de s'émanciper. Non contente de vouloir apprendre à lire et à écrire, elle prend un amant, un Blanc par-dessus le marché ! Décidément, la liberté des femmes, c'est rien de bon...

BLAKE Michael

Danse avec les loups
2958/4

BORY Jean-Louis

Mon village à l'heure allemande
81/4

BOUDARD Alphonse

Saint Frédo
3962/3

BRAVO Christine

Avenida B.
3044/3

TERROIR

Romans et histoires vraies d'une France paysanne qui nous redonne le goût de nos racines.

BRIAND Charles

De mère inconnue
3591/5

Le destin d'Olga, placée comme domestique chez des paysans angevins et enceinte à 14 ans.

CLANCIER G.-E.

Le pain noir
651/3

GEORGY Guy

La folle avoine
3391/4

Orphelin, Guy-Noël vit chez sa grand-mère, une vieille dame qui connaît tout le folklore et les légendes du pays sarladais.

JEURY Michel

Le vrai goût de la vie
2946/1
Une odeur d'herbe folle
3103/5
Le soir du vent fou
3394/5

Un soir de 1934, alors que souffle le vent fou, un feu de broussailles se propage rapidement et détruit la maison du maire...

LAUSSAC Colette

Le sorcier des truffes
3606/1

MASSE Ludovic

Les Grégoire

Histoire nostalgique et tendre d'une famille, entre Conflent et Vallespir, en Catalogne française, au début du siècle.

- Le livret de famille
3653/5
- Fumées de village
3787/5
- La fleur de la jeunesse
3879/5

PONÇON Jean-Claude

Revenir à Malassise
3806/3

SOUMY Jean-Guy

Les moissons délaissées
3720/6

Mars 1860. Un jeune Limousin quitte son village natal pour aller travailler à Paris, dans les immenses chantiers ouverts par Haussmann. Chaque année, la pauvreté contraint les gens de la Creuse à délaisser les moissons... Histoire d'une famille et d'une région au siècle dernier.

VIGNER Alain

L'arcandier
3625/4

VIOLLIER Yves

Par un si long détour
3739/4

Grands romans

BROUILLET Chrystine
Marie LaFlamme
- Marie LaFlamme
3838/6
En 1662, à Nantes, la mère de Marie est condamnée au bûcher. Pour sauver sa fille, elle lui fait épouser un riche et cruel armateur, Geoffroy de St Arnaud. Mais Marie aime Simon et pour conquérir sa liberté, elle est prête à tout. Même à s'embarquer pour la Nouvelle-France, qui va devenir le Canada...
- Nouvelle-France
3839/6
- La renarde
3840/6

BYRNE Beverly
Gitana
3938/8

CAILHOL Alain
Immaculada
3766/4 inédit
Histoire d'un écrivain paumé, en proie au mal de vivre. Un humour désespéré teinte ce premier roman d'un auteur bordelais de vingt ans, qui s'inscrit dans la lignée de Djian.

CALFAN Nicole
La femme en clef de sol
3991/2

CAMPBELL Naomi
Swan
3827/6

CATO Nancy
Lady F.
2603/4
Tous nos jours sont des adieux
3154/8
Sucre brun
3749/6
Marigold
3837/2

CHAMSON André
La Superbe
3269/7
La tour de Constance
3342/7

CHEDID Andrée
La maison sans racines
2065/2
Le sixième jour
2529/3
Le choléra frappe Le Caire. Ignorante et superstitieuse, la population préfère cacher les malades car, lorsqu'une ambulance vient les chercher, ils ne reviennent plus. L'instituteur l'a dit : «Le sixième jour, si le choléra ne t'a pas tué, tu es guéri.»
Le sommeil délivré
2636/3
L'autre
2730/3
Les marches de sable
2886/3
L'enfant multiple
2970/3
Le survivant
3171/2
La cité fertile
3319/1
La femme en rouge
3769/1

CLANCIER Georges-Emmanuel
Le pain noir
651/3
Le pain noir, c'est celui des pauvres, si dur, que même les chiens n'en veulent pas. Placée à huit ans comme domestique chez des patrons avares, Cathie n'en connaîtra pas d'autre. Récit d'une enfance en pays Limousin, au siècle dernier.

CLERC Christine
Jacques, Edouard, Charles, Philippe et les autres
3828/5

CLÉMENT Catherine
Pour l'amour de l'Inde
3896/8
Le roman vrai des amours de Nehru et de Lady Edwina Mountbatten, l'une des plus grandes dames de l'aristocratie anglaise, femme du dernier des vice-rois des Indes britanniques.

COCTEAU Jean
Orphée
2172/1

COLETTE
Le blé en herbe
2/1

COLOMBANI Marie-Françoise
Donne-moi la main, on traverse
2881/3
Derniers désirs
3460/2

COLLARD Cyril
Cinéaste, musicien, il a adapté à l'écran et interprété lui-même son second roman Les nuits fauves.
Le film 4 fois primé, a été élu meilleur film de l'année aux Césars 1993. Quelques jours plus tôt Cyril Collard mourait du sida.
Les nuits fauves
2993/3
Condamné amour
3501/4
Cyril Collard : la passion
3590/4 (par J.-P. Guerand & M. Moriconi)
L'ange sauvage (Carnets)
3791/3

CONROY Pat
Le Prince des marées
2641/5 & 2642/5
Le Grand Santini
3155/8

CORMAN Avery
Kramer contre Kramer
1044/3

Grands romans

DeMILLE Nelson

Le voisin
3722/9

DENUZIERE Maurice

A l'aube du XIXe siècle, le pays de Vaud apparaît comme une oasis de paix, au milieu d'une Europe secouée de furieux soubresauts. C'est cette joie de vivre oubliée que découvre Blaise de Fontsalte, soldat de l'Empire, déjà las de l'épopée napoléonienne. De ses amours clandestines avec Charlotte, la femme de son hôte, va naître une petite fille... La nouvelle saga de Maurice Denuzière.

Helvétie
3534/9
La Trahison des apparences
3674/1
Rive-Reine
4033/6 & 4034/6

DHÔTEL André

Le pays où l'on n'arrive jamais
61/2

DICKEY James

Délivrance
531/3

DIWO Jean

Au temps où la Joconde parlait
3443/7

1469. Les Médicis règnent sur Florence et Léonard de Vinci entame sa carrière, aux côtés de Machiavel, de Michel-Ange, de Botticelli, de Raphaël... Une pléiade de génies vont inventer la Renaissance.

DJIAN Philippe

Né en 1949, sa pudeur, son regard à la fois tendre et acerbe, et son style inimitable, ont fait de lui l'écrivain le plus lu de sa génération.

37°2 le matin
1951/4

Se fixer des buts dans la vie, c'est s'entortiller dans des chaînes... Oui, mais il y a Betty et pour elle, il irait décrocher la lune. C'est là qu'ils commencent à souffrir. Car elle court derrière quelque chose qui n'existe pas. Et lui court derrière elle. Derrière un amour fou...

Bleu comme l'enfer
1971/4
Zone érogène
2062/4
Maudit manège
2167/5
50 contre 1
2363/2
Echine
2658/5
Crocodiles
2785/2

Cinq histoires qui racontent le blues des amours déçues ou ignorées. Mais c'est parce que l'amour dont ils rêvent se refuse à eux que les personnages de Djian se cuirassent d'indifférence ou de certitudes. Au fond d'eux-mêmes, ils sont comme les crocodiles : «des animaux sensibles sous leur peau dure.»

DOBYNS Stephen

Les deux morts de la Señora Puccini
3752/5 Inédit

DORIN Françoise

Elle poursuit avec un égal bonheur une double carrière. Ses pièces (La facture, L'intoxe...) dépassent le millier de représentations et ses romans sont autant de best-sellers.

Les lits à une place
1369/4
Les miroirs truqués
1519/4
Les jupes-culottes
1893/4
Les corbeaux et les renardes
2748/5

Baron huppé mais facile à duper, Jean-François de Brissandre trouve astucieux de prendre la place de son chauffeur pour séduire sa dulcinée. Renarde avisée, Nadège lui tient le même langage. Et voilà notre corbeau pris au piège, lui qui croyait abuser une ingénue.

Nini Patte-en-l'air
3105/6
Au nom du père et de la fille
3551/5

Un beau matin, Georges Vals aperçoit l'affiche d'un film érotique, sur laquelle s'étale le corps superbe et intégralement nu de sa fille. De quoi chambouler un honorable conseiller fiscal de soixante-trois ans ! Mais son entourage est loin de partager son indignation. Que ne ferait-on pas, à notre époque, pour être médiatisé ?

Pique et cœur
3835/1

Grands romans

DUBOIS Jean-Paul
Les poissons me regardent
3340/3
Une année sous silence
3635/3
Vous aurez
de mes nouvelles
3858/2

DUNKEL Elizabeth
Toutes les femmes
aiment un poète russe
3463/7

DUROY Lionel
Priez pour nous
3138/4

EDMONDS Lucinda
En coulisse
3676/6

ELLISON James
Calendar girl
3804/3

FERBER Edna
Show-Boat
4016/5

Au début du siècle, tous les grands fleuves américains sont sillonnés de bateaux affrétés par des troupes théâtrales. Ces comédiens ambulants abordent pour quelques représentations et repartent un peu plus loin. La vie et les amours de Magnolia, une enfant de la balle, dans le Sud pittoresque d'autrefois.

FIELD Michel
L'homme aux pâtes
3825/4

FIELDING Joy
Dis au revoir à maman
1276/4

Lors de son divorce, Donna s'est battue pour avoir la garde de ses enfants. Mais lors d'un week-end, Victor, son ex-mari, disparaît avec Adam et Sharon. Que peut Donna contre ce rapt qui ne tombe sous le coup d'aucune loi ? Pour retrouver ses enfants, elle va se battre, espérant et désespérant tour à tour...

La femme piégée
1750/4

FOSSET Jean-Paul
Saba
3270/3

FOUCHET Lorraine
Jeanne sans domicile fixe
2932/4

FREEDMAN J.-F.
Par vent debout
3658/9

FRISON-ROCHE

Né à Paris en 1906, l'alpinisme et le journalisme le conduisent à une carrière d'écrivain. Aujourd'hui il partage son temps entre de grands reportages, les montagnes du Hoggar et Chamonix.

La peau de bison
715/3
La vallée sans hommes
775/3
Carnets sahariens
866/2
Premier de cordée
936/3

Le mont Blanc, ses aiguilles acérées, ses failles abruptes, son pur silence a toujours été la passion de Jean Servettaz. C'est aussi pour cela qu'il a décidé d'en écarter son fils. Mais lorsque la montagne vous tient, rien ne peut contrarier cette vocation.

La grande crevasse
951/3
Retour à la montagne
960/3
La piste oubliée
1054/3
La Montagne
aux Écritures
1064/2
Le rendez-vous
d'Essendilène
1078/3
Le rapt
1181/4
Djebel Amour
1225/4

En 1870, une jolie couturière épouse un prince de l'Islam. A la suite de Si Ahmed Tidjani, elle découvre, éblouie, la splendeur du Sahara. Décidée à conquérir son peuple, elle apprend l'arabe, porte le saroual et prend le nom de Lalla Yamina.

La dernière migration
1243/4
Les montagnards de la
nuit
1442/4

Frison-Roche, qui a lui-même appartenu aux maquis savoyards, nous raconte le quotidien de ces combattants de l'ombre.

L'esclave de Dieu
2236/6
Le versant du soleil
3480/9

GEDGE Pauline
La dame du Nil
2590/6

L'histoire d'Hatchepsout, reine d'Egypte à 15 ans. Les splendeurs de la civilisation pharaonique et un destin hors série.

Grands romans

GEORGY Guy

La folle avoine
3391/4
Le petit soldat de l'Empire
3696/4
L'oiseau sorcier
3805/4

GOLDSMITH Olivia

La revanche des premières épouses
3502/7

GOLON Anne et Serge

Angélique
Marquise des Anges
2488/7

Lorsque son père, ruiné, la marie contre son gré à un riche seigneur, Angélique se révolte. Défiguré et boîteux, le comte de Peyrac jouit en outre d'une réputation de sorcier. Derrière cet aspect repoussant, Angélique va pourtant découvrir que son mari est un être fascinant...

Le chemin de Versailles
2489/7
Angélique et le Roy
2490/7
Indomptable Angélique
2491/7
Angélique se révolte
2492/7
Angélique et son amour
2493/7
Angélique et le Nouveau Monde
2494/7
La tentation d'Angélique
2495/7
Angélique et la Démone
2496/7
Angélique et le complot des ombres
2497/5
Angélique à Québec
2498/5 & 2499/5
La route de l'espoir
2500/7
La victoire d'Angélique
2501/7

GROULT Flora

Après des études à l'Ecole des arts décoratifs, elle devient journaliste et romancière. Elle écrit d'abord avec sa sœur Benoite, puis seule.

Maxime ou la déchirure
518/1
Un seul ennui, les jours raccourcissent
897/2

A 40 ans, Lison épouse Claude, diplomate à Helsinki. Elle va découvrir la Finlande et les enfants de son mari. Une erreur ?

Ni tout à fait la même, ni tout à fait une autre
1174/3
Une vie n'est pas assez
1450/3
Mémoires de moi
1567/2
Le passé infini
1801/2
Le temps s'en va, madame...
2311/2
Belle ombre
2898/4
Le coup de la reine d'Espagne
3569/1
L'amour de...
3934/1

HEBRARD Frédérique

Auteur de nombreux livres portés avec succès à l'écran ; son œuvre reçoit la consécration avec Le Harem, *Grand Prix du Roman de l'Académie française 1987.*

Un mari, c'est un mari
823/2
La vie reprendra au printemps
1131/3
La chambre de Goethe
1398/3
Un visage
1505/2
La Citoyenne
2003/3
Le mois de septembre
2395/1
Le Harem
2456/3
La petite fille modèle
2602/3
La demoiselle d'Avignon
avec Louis Velle
2620/4
Le mari de l'Ambassadeur
3099/5

Sixtine est ambassadeur. Pierre-Baptiste est chercheur à l'Institut Pasteur. Opposés, l'aventure les réunit pourtant, au beau milieu d'une révolution en Amérique centrale, et va les entraîner jusqu'au Kazakhstan, en passant par Beyrouth et le Vatican !

Félix, fils de Pauline
3531/2
Le Château des Oliviers
3677/7

Entre Rhône et Ventoux, au milieu des vignes, se dresse le Château d'Estelle, son paradis. Lorsqu'elle décide de le ramener à la vie, elle ne sait pas encore que son domaine est condamné. Aidée par l'amour des siens et surtout celui d'un homme, Estelle se battra jusqu'au bout pour préserver son univers.

3983

Composition Interligne B-Liège
Achevé d'imprimer en Europe (France)
par Brodard et Taupin à La Flèche (Sarthe)
le 7 mai 1996. 1134P-5
Dépôt légal mai 1996. ISBN 2-277-23983-6
1er dépôt légal dans la collection : juillet 1995
Éditions J'ai lu
84, rue de Grenelle, 75007 Paris
Diffusion France et étranger : Flammarion